Sonnenhof
nach Braunshart
Alter Steinbruch
Eichkopf
Panoramaweg
Römerkastell
„Autobahn“
Forsthaus
Waldsee
Seufzerbrocken
zum Forsthaus
Amselhof

Elena – Ein Leben für Pferde

Ihr größter Sieg

Nele Neuhaus, geboren 1967 in Münster/Westfalen, lebt heute im Taunus. Sie reitet seit ihrer Kindheit und schreibt bereits ebenso lange. Nach ihrem Jurastudium arbeitete sie zunächst in einer Werbeagentur, bevor sie begann, Erwachsenenkrimis zu schreiben. Mit diesen schaffte sie es auf die Bestsellerlisten und verbindet nun ihre zwei größten Leidenschaften: Schreiben und Pferde. Ihre eigenen Pferde Fritzi und Won Da Pie standen dabei Pate für die gleichnamigen vierbeinigen Romanfiguren. Von Nele Neuhaus ist auch die Reihe „Charlottes Traumpferd" bei Planet! erhältlich. **www.neleneuhaus.de**

Elena – Ein Leben für Pferde bei Planet!:

Elena – Ein Leben für Pferde
Bd. 1: Gegen alle Hindernisse

Elena – Ein Leben für Pferde
Bd. 2: Sommer der Entscheidung

Elena – Ein Leben für Pferde
Bd. 3: Schatten über dem Turnier

Elena – Ein Leben für Pferde
Bd. 4: Das Geheimnis der Oaktree-Farm

Elena – Ein Leben für Pferde
Bd. 5: Ihr größter Sieg

Elena – Ein Leben für Pferde
Bd. 6: Eine falsche Fährte

Nele Neuhaus

Elena

Ihr größter Sieg

PLANET!

Für meine Schwester Camilla

1. Kapitel

»Oh mein Gott, ich glaub, ich dreh gleich durch!« Melike hopste auf der Rückbank des großen Lkw herum und rüttelte ungeduldig an der Kopfstütze des Vordersitzes, auf dem ich saß. »Können Sie nicht ein bisschen Gas geben, Herr Weiland?«

»Mit dem Lkw darf ich nur achtzig fahren«, erwiderte Papa geduldig. »Außerdem nützt es wenig, wenn wir früher da sind. Nachdem die Maschine gelandet ist, dauert es nach meiner Erfahrung sowieso mindestens anderthalb Stunden, bis alle Formalitäten erledigt sind.«

Mein Vater hatte schon oft Pferde zum Flughafen gefahren oder dort abgeholt, er kannte sich aus. Unser Amselhof lag nur knapp fünfundzwanzig Kilometer vom Frankfurter Flughafen entfernt und nicht selten wurden bei uns Pferde untergebracht, die auf der Durchreise in irgendwelche exotischen Länder waren. Meistens blieben sie nur für eine Nacht, aber manchmal auch für ein paar Tage, bis ihre Reise weiterging.

Ich hatte Papa einmal begleiten dürfen, im vergangenen Jahr, als wir mein Berittpferd Quintano, das dem Schweizer Pferdehändler Nötzli gehört hatte, zum Flughafen gefahren hatten. Herr Nötzli hatte den braunen

Wallach, dem ich meine ersten Siege in M-Springen verdankte, an die amerikanische Springreiterin Brenda Murray verkauft, und Quintano war von Frankfurt aus nach Boston geflogen. Brenda hatte das Versprechen, das sie mir damals gegeben und das ich zunächst nicht ernst genommen hatte, tatsächlich wahr gemacht: Sie hatte mich und eine Freundin auf ihre Farm nach Massachusetts eingeladen. Klar, dass Melike mitgekommen war, und wir hatten in den sechs Wochen wahnsinnig viel erlebt. Auf der Oaktree-Farm hatte es nicht nur Brendas Springpferde gegeben, wie wir eigentlich angenommen hatten, sondern auch jede Menge Westernpferde. Brendas Vater, Richard Baxter, war in ganz Amerika bekannt für seine Zucht von hochklassigen Quarter Horses. Es verstand sich von selbst, dass Melike und ich das Westernreiten ausprobiert hatten. Zuerst war uns die herrliche Farm wie das totale Pferde-Paradies erschienen, aber dann waren wir zusammen mit Brendas Kindern, Luke und Joana, einer Bande von üblen Pferdequälern auf die Schliche gekommen, deren Anführer ausgerechnet Brendas zweiter Mann Chris gewesen war. Als Dank für unsere Hilfe hatte uns Richard Baxter zum Abschied zwei seiner Pferde geschenkt: mir die Fuchsstute Mainly Mathilda, mit der ich bei einer Show eine Reiningprüfung gewonnen hatte, und Melike einen jungen Buckskinwallach mit dem komplizierten Namen Dunitwhizasmile. Und seit diesem Augenblick sprach meine beste Freundin von nichts anderem mehr als von ihrem Smiley. Während Melikes Freund Niklas sich geduldig ihre Schwärmereien anhörte, war Tim mittlerweile total genervt und machte einen Bogen um meine Freundin. Das hatte zu einer leichten Verstimmung zwischen uns geführt, denn auch wenn ich es selbst nicht mehr hören konnte, so verstand ich Melikes Aufregung.

Heute sollten die Pferde endlich nach Deutschland kommen und genau deshalb saßen Melike und ich an diesem Mittwochvormittag im September nicht in der Schule, sondern mit Papa im Lkw.

Seitdem wir vor zwanzig Minuten losgefahren waren, quatschte Melike ohne Punkt und Komma. Sie war ohnehin redselig, aber wenn sie aufgeregt war, war sie überhaupt nicht mehr zu bremsen.

»Warum fahren wir eigentlich mit dem großen Lkw?«, fragte sie plötzlich. »Der Pferdehänger hätte doch auch gereicht, oder?«

»In den passen aber nur zwei Pferde rein«, entgegnete Papa.

»Hä?«, wunderte sich Melike. »Hilda und Smiley, das sind doch zwei Pferde!«

»Tja. Diejenige, die die beiden begleitet, bringt aber auch noch zwei Pferde mit«, sagte mein Vater und konnte sich ein Grinsen nicht verkneifen. »Und das sind dann vier, wenn ich mich nicht verrechnet habe.«

»Wie? Was? Wer?« Melike riss die Augen auf. »Davon weiß ich ja gar nichts! Du, Elena?«

»Nein.« Ich war genauso erstaunt wie meine Freundin.

»Wenn du mir in den letzten zwanzig Minuten mal die Gelegenheit gegeben hättest, zu Wort zu kommen, dann hätte ich es euch längst erzählt«, schmunzelte Papa. »Es sollte eine Überraschung sein, und offenbar haben Brendas Kinder wirklich nichts verraten.«

Tatsächlich hatten weder Luke noch Joana in den zahlreichen WhatsApps, die wir uns seit unserer Rückkehr aus Amerika hin- und hergeschrieben hatten, mit keinem Wort erwähnt, dass Hilda und Smiley von irgendwem begleitet werden sollten. Nun bestürmten Melike und ich meinen Vater, damit er uns mehr erzählte.

»Es ist Gloria, stimmt's?«, vermutete ich und Papa nickte. »Wie cool!«, freute ich mich.

Gloria hatte auf der Oaktree-Farm als *working student* gearbeitet. Davor war sie in anderen Ställen gewesen, in denen man sie allerdings wie eine Stallarbeiterin behandelt hatte, obwohl sie total gut reiten konnte. Sie stammte aus der Schweiz und hatte Melike und mir viel über das Westernreiten beigebracht. Am Ende war es ihrer mutigen Hilfe zu verdanken, dass wir die brutalen Machenschaften von Chris Murray und J.J. Coleman, dem Trainer, hatten aufdecken können.

»Welche Pferde bringt sie wohl mit?«, überlegte Melike. »Ich wusste gar nicht, dass sie eigene Pferde hat! Ob sie den Baxters welche abgekauft hat? Das ist ja voll geil, noch mehr Westernpferde auf dem Amselhof! Gibt es überhaupt genügend Boxen? Oh Mann, gut, dass ich das nicht vorher wusste, ich wäre voll durchgedreht vor Ungeduld!«

Melikes Wangen glühten und Papa schüttelte belustigt den Kopf.

»Tust du das nicht sowieso schon?«, neckte er meine Freundin. »Oder wie bezeichnet man den Zustand, in dem du dich seit zwei Wochen befindest?«

»Das ist voll gemein von Ihnen, Herr Weiland!« Melike tat so, als sei sie eingeschnappt, aber das hielt sie nicht lange durch, dann strahlte sie wieder. »Ich freu mich halt. Smiley ist schließlich mein allererstes eigenes Pferd.

Hach! Und er ist sooo wahnsinnig süüüß! Hab ich Ihnen eigentlich schon mal ein Foto von ihm gezeigt?«

»Ja, das hast du!«, unterbrach Papa sie und hob in gespielter Verzweiflung die Hand. »Du hast mir mindestens dreißig Fotos von diesem Pferd gezeigt. Ich glaube, wenn ich noch einmal den Namen ›Smiley‹ höre, kriege ich nervöse Zuckungen.«

Bei der Vorstellung, wie Papa nervöse Zuckungen bekam, musste ich kichern.

Melike stieß einen tiefen Seufzer aus und ließ sich nach hinten sinken. »Es tut mir leid, wenn ich euch alle nerve«, sagte sie. »Ich bin einfach nur so glücklich! Ich meine, ich war ja echt nie eine besonders tolle Reiterin und vor dem Springen hatte ich immer voll Schiss, aber beim Westernreiten hatte ich gleich irgendwie das Gefühl, dass ich das lernen kann.«

Papa setzte den Blinker und fuhr auf die A3 Richtung Frankfurt. Unvermittelt stieß Melike einen spitzen Schrei aus.

»Da! Da!«, quiekte sie und deutete auf ein Flugzeug im Landeanflug. »Ich wette, da sind Hilda und mein …«

»Bitte nicht!«, stieß Papa hervor und verzog das Gesicht, als ob er Zahnschmerzen hätte. »Das ist Folter!«

»… *Ihr-wisst-schon-Wer* drin«, beendete Melike ihren Satz und grinste. »Ach, Herr Weiland, in welche Boxen sollen denn eigentlich die Pferde, die jetzt mit *Sie-wissen-schon-Wem* kommen?«

Ich musste so sehr lachen, dass mir die Tränen über die Wangen liefen. So gut gelaunt hatte ich meinen Vater schon lange nicht mehr erlebt. Er mochte meine Freundin sehr und freute sich für sie, das wusste ich. Bisher war Melike immer auf Jasper, dem alten Pferd ihrer Mutter, geritten, und der war nicht unbedingt ein Traumpferd.

»Die Pferde kommen erst mal in Lajos' Stall«, entgegnete Papa. »Ich hoffe, dass die Paddockboxen nächste Woche fertig werden, dann können sie umziehen.«

In den sechs Wochen, in denen wir in Amerika gewesen waren, hatte sich auf dem Amselhof eine Menge getan. Die finanziellen Probleme, die vor zwei Jahren beinahe für eine Zwangsversteigerung des Hofes gesorgt hatten, gehörten glücklicherweise längst der Vergangenheit an. Mittlerweile waren meine Eltern wieder in der Lage, notwendige Erneuerungen und Renovierungen vornehmen zu lassen. Seit dem letzten Sommer gab es eine moderne, große Reithalle mit einem neuen Stalltrakt, in dem bereits jede Box vermietet war. Das nächste große Projekt war der Umbau des langen Stalls neben der alten Reithalle gewesen, da die fensterlosen Innenboxen auf der einen Seite der Stallgasse zu klein, zu dunkel und nicht mehr zeitgemäß waren. Stattdessen waren die Fensterboxen vergrößert worden und hatten jeweils einen eigenen Paddock als »Vorgarten« bekommen. Außerdem waren auf der anderen Seite der neuen Reithalle eine Scheune, als Ersatz für die, die im Frühjahr abgebrannt war, und zwanzig weitere Boxen mit einem Paddock davor gebaut worden. Mein Großvater hielt Paddockboxen für unwirtschaftlichen Quatsch, aber viele der Einsteller waren gerne bereit, den höheren Preis zu bezahlen, damit ihre Pferde mehr Licht, Luft und Bewegung hatten.

Endlich passierten wir das Tor, durch das man in den Cargo-Bereich des Flughafens gelangte. Eine ganze Weile fuhren wir an riesigen Hallen vorbei und staunten, wie weitläufig das Gelände war, das sich hinter hohen Sichtschutzzäunen verbarg, sodass man es von außen nie richtig sehen konnte.

Papa parkte den Lkw schließlich vor einer der Wellblechhallen, betätigte die Druckluftbremse und stellte den Motor aus. Wir kletterten aus dem Fahrerhaus und überquerten den Parkplatz.

»Lufthansa Cargo Animal Lounge«, las Melike von dem Schild ab, das über dem Eingang hing.

Papa öffnete die Tür des Abholbüros und wir betraten einen Raum mit einem langen Tresen, vor dem schon ein paar andere Leute warteten. Es sah fast ein bisschen so aus wie in einer Tierklinik, sauber und zweckmäßig.

Nach einer Stunde, die sich anfühlte wie ein halber Tag, war es endlich so weit: Wir wurden durch eine Tür in das Innere der großen Halle geführt. Irgendwo wieherte ein Pferd, Hunde bellten, ein Rolltor rasselte herunter. Wir bogen um eine Ecke und sahen Gloria. Bei ihrem Anblick kam es mir so vor, als seien wir wieder auf der Oaktree-Farm: Gloria trug wie üblich Jeans, eine karierte Bluse, Cowboystiefel und einen weißen Cowboyhut und strahlte, als sie uns sah.

»Hey, Cowgirls!«, rief sie. »Überraschung!«

»Gloria!« Ich fiel ihr um den Hals. »Wie *cool*, dass du hier bist! Mein Vater hat es uns eben erst verraten.«

Für eine ausgiebigere Begrüßung blieb keine Zeit, denn die Pferde hatten Zoll und Veterinärcheck hinter sich, alle Papiere waren überprüft und in Ordnung und wir durften sie endlich entgegennehmen.

Melike zappelte neben mir herum, als ob sie versehentlich ein Starkstromkabel berührt hätte.

»Was ist denn mit dir los?«, erkundigte sich Gloria.

»Sie freut sich auf Smiley«, antwortete ich an Melikes

Stelle und rollte mit den Augen. »Höchste Zeit, dass er kommt. Sie nervt uns allmählich alle.«

»Das ist eben mein südländisches Temperament!« Melike tat beleidigt. »Ich bin ein emotionaler Mensch, im Gegensatz zu euch drögen Deutschen!«

»Auf jeden Fall hat dich das Westernvirus voll erwischt«, bemerkte Gloria grinsend. »Cooles Profilfoto bei Facebook und WhatsApp!«

»Ja, nicht wahr?« Melike kicherte. Kurz nach unserer Landung aus Boston hatte sie ihre Profilfotos durch ein Bild ihrer pinkfarbenen Cowboystiefel ersetzt.

Papa hatte mittlerweile alle Papiere für die Pferde bekommen. Er reichte Gloria zur Begrüßung die Hand und erkundigte sich, ob während des Fluges alles gut verlaufen sei.

»Völlig ohne Probleme«, versicherte Gloria.

Und dann war er endlich da, der große Moment! Wir betraten die Halle, in der sich die Pferdeboxen befanden. Zuerst erblickte ich hinter den Gitterstäben einen hellen Fuchs mit einer breiten Blesse.

»Das ist doch Shiner!«, rief ich erstaunt. Den Fuchswallach mit den hellblauen Augen hatte Melike oft geritten, er war schon zwölf Jahre alt und sehr erfahren.

»Ja, das ist er«, bestätigte Gloria. »Richard hat mir ihn und Gray Jac zu einem echt fairen Preis verkauft.«

Melike war nicht mehr zu halten, als sie ihren Smiley in der vierten Box erspäht hatte.

»Smiley!«, jubelte sie. »Oh, Smiley, da bist du ja endlich!«

Der goldfarbene Buckskinwallach spitzte die Ohren und wieherte tatsächlich, als er seinen Namen hörte. Da brach Melike in Freudentränen aus. Smiley, der merkte, dass er aus der schmalen Box befreit werden sollte, begann ungeduldig herumzutänzeln.

»Melike, lass mich besser Smiley nehmen. Er ist ein bisschen nervös nach dem Flug«, sagte Gloria. »Nimm lieber Shiner.«

»Nein, ich will mein Pferd selbst führen«, widersprach Melike. »Ich schaff das schon.«

Ich öffnete die Box, in der Mainly Mathilda untergebracht war, und begrüßte die hübsche Dunkelfuchsstute, die ich auf der Oaktree-Farm fast jeden Tag geritten hatte. Sie sah mich aus ihren braungoldenen Augen ruhig an und rieb ihre Nase an meinem Arm.

»Willkommen in Deutschland«, sagte ich und streichelte ihren Hals, dann hakte ich den Führstrick in das Halfter.

Melike wollte Smiley aus der Nachbarbox führen, aber der Wallach wartete nicht, bis sie vorgegangen war, sondern quetschte sich gleichzeitig durch die Tür und klemmte Melikes Arm ein. Auf der Stallgasse hatte meine Freundin Mühe, ihn zum Stehen zu bringen.

»Hohooo, mein süßer, kleiner Smiley«, gurrte Melike, doch das ging dem süßen kleinen Smiley, der gar nicht so klein war, ziemlich am Allerwertesten vorbei. Er zerrte sie hinter sich her, tänzelte herum, wieherte nervös und rutschte mit den Hufeisen auf dem Betonboden, sodass die Funken stoben.

»Verdammt, was hat er denn?«, keuchte Melike.

»Temperament«, erwiderte Gloria und grinste gutmütig. »Komm, gib ihn mir.«

Widerstrebend reichte Melike ihr den Strick und übernahm Shiner, der dastand, als ob er Schlaftabletten genommen hätte. Gloria hatte keine Probleme mit Smiley, denn sie hatte ihn auf der Oaktree-Farm häufig geritten und kannte ihn gut.

Papa führte Gray Jac, den Grauschimmel, den Chris Murray bei seiner wilden Flucht durch den Wald fast zu Schanden geritten hatte. Bei der Erinnerung daran, wie Gloria und Joana an jenem Tag beinahe im Kofferraum von Glorias Auto, das Chris in den Saw Mill River gefahren hatte, ertrunken wären, lief mir eine Gänsehaut über den Rücken.

Wir führten die Pferde durch das Rolltor zum Lkw. Gehorsam trotteten sie neben uns her über den Parkplatz und ließen sich völlig problemlos verladen, obwohl keines der vier Pferde so steile Verladerampen kannte. In Amerika wurden Pferde mit Trailern transportiert, die gar keine Rampen brauchten.

Als alle Pferde angebunden waren, kam ein Gabelstaplerfahrer noch mit mehreren Kisten und Koffern über den Hof getuckert.

»Was ist das denn?«, fragte ich überrascht.

»Mein Gepäck. In anderthalb Jahren sammelt sich 'ne ganze Menge Zeug an«, antwortete Gloria und grinste. »Außerdem schicken Richard, Barbara und Brenda euch noch ein bisschen was mit. Sättel, Kandaren und so was. Das braucht ihr ja alles als richtige Westernreiter.«

2. Kapitel

Wir verstauten die Kisten und Glorias Gepäck in der Wohnkabine und fuhren endlich los Richtung Amselhof. Während der Fahrt richtete Gloria uns Grüße von Brenda, Luke, Joana, Richard und Barbara Baxter, aber auch von Hugh Sinclair und seinem Sohn Brody aus. Dann erzählte sie von dem Flug, der für sie ziemlich aufregend gewesen war, denn sie hatte sich die ganze Zeit um die Pferde kümmern dürfen.

»Nur bei Start und Landung musste ich mich anschnallen«, erzählte sie. »Ich bin zum ersten Mal in meinem Leben mit einer Frachtmaschine geflogen und da geht's völlig anders zu als in einem Passagierflugzeug. Außer mir waren nur noch ein anderer Passagier und zwei Piloten an Bord.«

»Und wie haben sich die Pferde benommen?«, wollte ich wissen.

»Einfach super!«, schwärmte Gloria. »Ich hatte ja erst Bedenken, denn von denen ist keins jemals vorher geflogen, aber sie haben Heu gefressen, getrunken und vor sich hin gedöst, als würden sie in ihren Boxen stehen. Aber so sind die Quarter Horses eben: total cool.«

Ich erkannte Gloria kaum wieder. Auf der Oaktree-Farm

war sie zwar freundlich gewesen, aber immer ein wenig bedrückt. Woran das gelegen hatte, wussten wir mittlerweile, sie war einfach total unglücklich gewesen. Jetzt lachte und erzählte sie fast im selben Tempo wie Melike, wenn sie normal drauf war.

»Werden Sie wieder zurück nach Amerika gehen?«, erkundigte Papa sich.

»Ich weiß noch nicht. Vielleicht für ein paar Monate«, antwortete Gloria. »Ich würde nämlich gerne Chad Channings gewaltfreie Ausbildungsmethoden erlernen, damit ich hier in Europa Kurse geben und eine Westernreitschule für Pferde und Reiter aufbauen kann, am liebsten in Deutschland.«

»Wow! Das klingt toll!« Melike war begeistert.

»Ja, aber es ist nicht so einfach.« Gloria machte eine sorgenvolle Miene. »Zwar könnte ich zu meinen Eltern auf den Hof gehen, aber der liegt in einem kleinen Kaff im Berner Oberland und wir haben nicht mal eine Reithalle. Und ich hatte eigentlich auch nicht geplant, zwei Pferde mitzubringen. Richard hat mich regelrecht überrumpelt. Nachdem ich ihm von meiner Idee mit der Westernreitschule erzählt habe, hat er mir Gray Jac und Shiner quasi geschenkt. Aber ich hab kein Geld, um die beiden irgendwo unterzustellen. Wahrscheinlich bleibt mir nichts anderes übrig, als sie zu verkaufen.«

»Oh nein!«, riefen Melike und ich entsetzt. »Das kannst du nicht tun!«

»Was soll ich sonst machen?« Gloria zuckte mit den Schultern. »Ich hab keinen Job, kein Auto und das Geld, das ich mir zusammengespart habe, wollte ich eigentlich in meine berufliche Zukunft investieren.«

»Fürs Erste können die Pferde auf dem Amselhof bleiben«, bot Papa zu meiner Überraschung an. »Wir haben gerade neue Offenställe gebaut und noch ein paar Boxen frei.«

»Echt? Oh, das … das ist großartig!« Gloria sah aus, als ob ihr gerade einen Riesenstein von der Seele geplumpst wäre, doch dann schien ihr etwas einzufallen. »Ich hab aber leider echt nicht viel Geld für Boxenmieten.«

»Darüber können wir später noch reden«, sagte Papa.

Es war kurz nach halb zwei, als wir den Amselhof erreicht hatten und Papa den Lkw auf dem großen Hof zwischen der neuen Reithalle und dem Turnierstall parkte.

»Wow, ist das schön hier!«, rief Gloria begeistert. »Ich hatte mir den Amselhof gar nicht so groß vorgestellt, Elena!«

»Verglichen mit der Oaktree-Farm ist er ja auch winzig«, erwiderte ich.

»Verglichen mit Amerika ist in Europa alles winzig«, behauptete Gloria.

Natürlich wartete schon das Empfangskomitee auf uns. Mama, Oma, Opa und Christian waren neugierig auf die Pferde aus Amerika. Mein Hengst Fritzi streckte den Kopf aus dem Fenster seiner Eckbox und wieherte schrill, als wir die Verladerampe herunterließen. Neue Pferde fand er immer wahnsinnig aufregend.

Wir kletterten aus dem Fahrerhaus und ich stellte Gloria erst Mama, dann meinen Großeltern vor.

»Und das«, sagte ich, »ist mein Bruder.«

»Ha…hallo«, stotterte mein sonst so redegewandter Bruder. »Willkommen auf dem Amselhof.«

»Hallo, Fritzi«, begrüßte Gloria ihn freundlich. »Freut

mich, dich kennenzulernen. Elena hat viel von dir erzählt.«

Melike kicherte. Der Aknefrosch, der lässig in der Stalltür lehnte, schnaubte spöttisch, und Christian verzog das Gesicht. Eigentlich hieß der Aknefrosch Jens und war als Bereiter auf dem Amselhof angestellt. Den Spitznamen hatte ich ihm als Revanche für die gemeinen Bezeichnungen, die er für mich auf Lager hatte, verpasst. Genau betrachtet war Jens längst kein Aknefrosch mehr, aber den Spitznamen benutzten Melike und ich zu seiner Verärgerung noch immer.

»Äh, nein, mein Bruder heißt Christian«, beeilte ich mich nun Gloria zu erklären. »Fritzi ist mein Pferd!«

»Oh, da hab ich wohl was verwechselt.« Gloria lachte verlegen. »Tut mir leid.«

»Kein Problem.« Christian grinste etwas gezwungen. »Typisch für meine Schwester, dass sie mehr über ihr Pferd quatscht als über mich.«

Papa stand schon oben auf dem Lkw und band Gray Jac los. Der Grauschimmel zögerte und traute sich zuerst nicht, einen Huf auf die steile Rampe zu setzen. Er schnaubte ängstlich, seine Ohren spielten vor und zurück. Fritzi beobachtete das alles von seinem Boxenfenster aus und wieherte. Smiley, der wohl fürchtete, allein zurückbleiben zu müssen, scharrte aufgeregt mit den Vorderhufen und wieherte ungestüm. Hilda und Shiner hingegen standen ruhig da und sahen sich die ganze Sache neugierig an.

»Oh, mein armer kleiner Smiley!«, sagte Melike.

»Geht zur Seite, falls er versuchen sollte, von hier oben runterzuspringen!«, befahl Papa und wir gehorchten. Es brauchte ein paar Minuten geduldigen Zuredens, bis der

Schimmel endlich Schritt für Schritt die Rampe hinunterging.

»Ich will Smiley selbst abladen!« Melike lief zu ihrem Pferd, bevor Papa sie zurückhalten konnte.

»Warte, bis ich wieder oben bin!«, herrschte er meine Freundin an, aber zu spät. Besorgt um ihr Pferd hatte sie schon die Bruststange gelöst. Smiley, der nach der langen Reise nur zu seinem Kumpel Gray Jac wollte, stürmte blindlings los und Melike konnte sich nur mit einem schnellen Satz zur Seite retten, sonst hätte Smiley sie einfach umgerannt. Da er noch an der Kette festgebunden war, wurde er jedoch unsanft zurückgerissen. Panisch stemmte er sich gegen den Druck, den das Halfter plötzlich auf sein Genick ausübte, und Melike war zwischen der Wand und dem Pferd eingeklemmt.

»*Easy*, Smiley, *easy!*«, schrie sie, die Stimme schrill vor Angst, aber das Pferd reagierte nicht, sondern warf sich noch heftiger hin und her. Der Lkw begann zu schaukeln. Wir alle hielten erschrocken die Luft an, denn die Lage war äußerst gefährlich. Wenn das Halfter riss, würde sich Smiley rückwärts überschlagen und womöglich die Rampe hinunterstürzen.

»Bleib ruhig, Melike! Nichts tun!«, kommandierte Papa, der in kritischen Situationen nie die Nerven verlor. Er drückte mir den Führstrick von Gray Jac in die Hand, aber bevor er zurück auf den Lkw gehen konnte, war Jens schon oben. Der Aknefrosch versetzte Smiley einen ordentlichen Klaps auf die Kruppe, woraufhin das Pferd einen Satz nach vorne machte. Sofort ließ der Druck nach und der Aknefrosch nutzte den Moment, in dem das Pferd verwirrt innehielt, um den Karabinerhaken der Kette zu öffnen und einen Führstrick ins Halfter einzuhaken. Jens konnte zwar manchmal echt nervig sein, aber er hatte unbestritten Ahnung vom Umgang mit Pferden und keine Angst, wenn es mal brenzlig wurde. Smiley zitterte am ganzen Leib vor Schreck, war aber wieder gehorsam und Jens gelang es, den goldfarbenen Wallach die Rampe hinunterzuführen. Melike taumelte hinter ihnen her, sie war schneeweiß im Gesicht und zitterte nicht weniger als ihr Pferd.

»Was sollte denn das?«, fuhr Papa sie verärgert an. »Du hast doch wirklich schon lange genug mit Pferden zu tun, um zu wissen, dass man die Bruststange niemals aufmacht, bevor die Anbindekette gelöst ist! Er hätte sich das Genick brechen und dich schwer verletzen können!«

»Tut mir leid.« Melike standen die Tränen in den Augen. Sie griff nach dem Führstrick von Smiley, aber Papa hielt sie davon ab.

»Gloria bringt das Pferd in seine Box. Und du beruhigst dich jetzt mal, Melike!«, sagte Papa streng. »Jeder hier hat Verständnis dafür, dass du dich sehr auf dein Pferd freust, aber nun ist es da und du solltest dich wieder vernünftig benehmen und nicht wie ein kleines Kind, okay?«

Melike ließ zerknirscht den Kopf hängen und nickte. »Okay«, murmelte sie geknickt.

Sie tat mir total leid, aber Papa hatte recht und das wusste sie auch. Im Umgang mit Pferden, besonders mit einem jungen Pferd wie Smiley, das von all den neuen Eindrücken verwirrt war, musste man ruhig und besonnen sein, sonst konnte es schnell zu lebensgefährlichen Situationen kommen.

Papa und Jens luden noch Shiner und Hilda ab, dann führten wir die Pferde an der großen Reithalle vorbei zu dem Stalltrakt, der für die vierbeinigen Patienten von Lajos reserviert war. Die Neuankömmlinge bezogen vier der fünf Boxen, die komplett von allen anderen Boxen getrennt waren und als Quarantäneboxen dienten. In ein paar Tagen konnten sie in die neuen Paddockboxen umziehen, die U-förmig um einen frisch gepflasterten Hof gebaut worden waren.

Mama, meine Großeltern, Lajos und Christian waren uns gefolgt und gemeinsam beobachteten wir nun, wie die Pferde ihre neue Heimat in Augenschein nahmen. Sie schnupperten und scharrten im Stroh, Hilda wälzte sich sofort ausgiebig, Gray Jac und Smiley pinkelten erst mal und Shiner stürzte sich auf den Wassereimer und trank.

»Denen geht's gut.« Gloria war zufrieden und erleichtert, dass alle vier Pferde gesund und munter an ihrem Ziel angekommen waren.

»Wie klein diese Westernpferde sind«, fand Christian, der wie zufällig genau neben Gloria in der Stallgasse stand. »Kaum größer als ein Pony.«

»Das stimmt. Shiner hat gerade mal 1,46 Stockmaß«, bestätigte Gloria. »Aber Quarter Horses sind sehr kräftig. Schau dir nur mal die Hinterhand an, wie stark bemuskelt die ist.«

»Die müssten doch eigentlich auch springen können, oder?« Jens trat an ihre andere Seite, doch statt des Pferdes betrachtete er Gloria, genauso fasziniert wie es Christian tat. Sie schien das aber gar nicht zu bemerken.

»Drüben in der Gaststätte gibt's für euch alle ein ordentliches Mittagessen!«, verkündete Oma nun. »Gefüllten Spießbraten mit Kartoffelgemüse.«

Der verfressene Aknefrosch verlor bei der Aussicht auf

Essen umgehend jegliches Interesse an den neuen Pferden und an Gloria.

»Und was gibt's als Nachtisch?«, erkundigte er sich.

»Lass dich überraschen«, erwiderte Oma.

»Hoffentlich keinen Obstsalat oder so was Langweiliges«, maulte der Aknefrosch und kassierte dafür einen Schubser von Oma, die es nicht leiden konnte, wenn man ihre Kochkünste kritisierte.

Alle verschwanden, nur Melike und ich blieben im Stall zurück.

»Komm, lass uns auch was essen«, schlug ich vor.

»Ich hab keinen Hunger.« Meine Freundin schüttelte den Kopf. Sie stand vor Smileys Box, hatte die Ellbogen auf die untere Hälfte der Boxentür gelegt und stützte trübsinnig ihr Kinn in die Hände. Ihre ganze Fröhlichkeit war wie weggeblasen, sie sah niedergeschlagen aus und kämpfte mit den Tränen. So traurig hatte ich meine beste Freundin nur einmal erlebt, nämlich damals, als sie erfahren hatte, dass es für Friday keine Rettung gab.

»Hey, was ist denn?«, fragte ich besorgt.

»Ich hab mich wie eine Idiotin benommen!«, sagte sie, ohne mich anzusehen. »Fast hätte Smiley sich verletzt und ich wäre schuld dran gewesen. Wenn Jens nicht so schnell reagiert hätte, hätte das voll ins Auge gehen können. Dein Vater ist jetzt bestimmt total sauer auf mich und das zu Recht!«

»Ach Quatsch! Das hat er sicher schon längst wieder vergessen«, behauptete ich. »Du weißt doch, wie er Christian und mich manchmal anpfeift, wenn wir irgendwas Blödes machen. Aber das ist dann sofort wieder erledigt.«

»Mmh.« Melike seufzte. »Ich hab mich in den letzten

Wochen echt voll zum Affen gemacht. Und warum? Wegen 'nem Pferd, das mich eben um ein Haar totgetrampelt hätte!« Sie druckste ein bisschen herum und vermied es noch immer, mich anzuschauen. »Smiley ist … irgendwie ganz anders, als ich ihn mir vorgestellt habe«, platzte es schließlich aus ihr heraus. »Ich hab mich so auf ihn gefreut und jetzt hab ich auf einmal richtig Angst vor ihm. Ich weiß gar nicht, ob ich ihn noch haben will, nachdem er sich so übel aufgeführt hat!«

»Jetzt lass ihm doch erst mal die Zeit, sich hier einzugewöhnen«, riet ich ihr. »Zuerst kann Gloria ihn reiten, sie kann dir ja auch Unterricht geben.«

»Und was mache ich, wenn sie wieder weggeht?« Melike war total deprimiert. »Ich komme doch nie im Leben mit so einem wilden Vieh zurecht!«

»Ich glaube, er ist gar nicht so wild«, widersprach ich ihr.

»Klar, du siehst das natürlich total anders«, entgegnete Melike frustriert und ein bisschen vorwurfsvoll. »Du setzt dich ja eh auf jeden irren Gaul und springst gleich über Riesenhindernisse! Ich … ich bin halt 'ne Schisserin, deshalb war ich ja so glücklich, dass die Westernpferde viel braver sind als unsere Pferde hier. Aber seit gerade eben … hab ich Angst und das ärgert mich.«

Jetzt kapierte ich erst, was in meiner Freundin vorging. Melike hatte noch nie ein eigenes Pferd besessen, sie hatte sich wahnsinnig auf Smiley gefreut und sich in den letzten beiden Wochen regelrecht in diese Vorfreude hineingesteigert. Dabei hatte sie außer Acht gelassen, dass Smiley ein fremdes Pferd für sie war. Auf der Oaktree-Farm hatte sie ihn nie geritten und ich vermutete, dass Richard

Baxter ihr dieses Pferd nur deshalb geschenkt hatte, weil es zufällig dieselbe Farbe hatte wie Friday, in den Melike sich so sehr verliebt hatte. Außer der Farbe hatte Smiley jedoch nichts mit Friday gemeinsam: Er war längst nicht so abgeklärt und umgänglich, sondern ein junges, temperamentvolles Pferd, das außerdem einen langen Flug hinter sich hatte und von der fremden Umgebung zusätzlich irritiert war.

Im Gegensatz zu mir, die ich von klein auf daran gewöhnt war, dauernd mit neuen und fremden Pferden umzugehen, deren Eigenarten man erst nach und nach kennenlernte, hatte Melike sich ohne jede Vorsicht auf ihr Pferd gestürzt. In ihrer Vorstellung hatte sich Smiley in eine Art Friday verwandelt, deshalb hatte sein Verhalten ihr einen Riesenschreck eingejagt, ihre Träume platzen lassen und sie vollkommen ernüchtert.

Endlich hob sie den Kopf und blickte mich an. In ihren großen dunklen Augen glänzten zu meiner Bestürzung Tränen.

»Ich dachte, ich könnte jetzt endlich irgendwie mit euch mithalten«, sagte sie mit zittriger Stimme. »Du und Tim und Niklas, ja, selbst Ariane und Christian – ihr reitet alle göttlich und habt vor keinem Pferd Angst, auch wenn es noch so sehr buckelt oder steigt! Ganz zu schweigen von diesen Hindernissen, die für euch nie ein Problem sind, während mir schon beim bloßen Gedanken, auf so etwas zuzureiten, schlecht wird!« Sie stieß ein kurzes Lachen aus, das aber nicht fröhlich, sondern richtig verzweifelt klang. »Gegen euch komme ich mir immer so … mickrig vor, so … so … zweitklassig. Und ich hab echt gehofft, dass das mit Smiley jetzt anders würde! Aber das wird es nicht. Ich sollte mit dem Reiten ganz aufhören, bevor ich auch mit 'nem Westernpferd total versage und alle heimlich über mich lachen!« Und dann legte sie den Kopf auf ihre Arme und begann hemmungslos zu weinen.

Ratlos blickte ich auf ihre zuckenden Schultern und fragte mich, was ich darauf antworten und wie ich sie trösten konnte. Ihr Geständnis hatte mich erschüttert, denn ich hätte niemals für möglich gehalten, dass ausgerechnet die selbstbewusste, scharfsinnige Melike, meine allerbeste Freundin, die für jedes Problem einen Ratschlag und eine Lösung wusste, insgeheim darunter litt, dass sie nicht so furchtlos reiten konnte wie ich oder einer von den Jungs. In all den Jahren unserer Freundschaft war das nie ein Thema gewesen und ich betrachtete die Tatsache, dass ich besser reiten konnte, als das Einzige, was ich Melike voraushatte. In allen anderen Belangen des Lebens war sie mir weit überlegen, was ich neidlos anerkannte.

»Aber Melike«, begann ich vorsichtig. »Du bist doch in Amerika voll super geritten! Und wenn Smiley sich hier erst mal eingewöhnt hat, dann …«

»Auf der Oaktree-Farm hab ich doch nur die braven, alten Viecher zum Reiten gekriegt!«, unterbrach Melike mich heftig. »Und bei der Show hab ich mich nicht getraut, richtig schnell zu galoppieren, weil ich immer dachte, mein Pferd könnte ausrutschen und hinfallen! Über so was denkst du überhaupt nie nach und das ist der große Unterschied! Ich denke einfach zu viel!«

Bevor ich etwas darauf antworten konnte, begann mein Handy zu klingeln. Mama war dran und wollte wissen, wo wir blieben.

»Wir sind schon auf dem Weg«, erwiderte ich und steckte

mein Handy wieder weg. Meine Freundin starrte vor sich hin.

»Kommst du mit?«, fragte ich zaghaft.

»Klar.« Melike straffte die Schultern, warf einen letzten düsteren Blick auf ihr Pferd, das zufrieden an seinem Heu knabberte, und wischte sich dann energisch die Tränen von den Wangen. »Ich hab Hunger wie ein Wolf.«

3. Kapitel

Als wir die Gaststätte durch den Seiteneingang betraten, schoss Twix, mein braun-weiß gescheckter Jack-Russell-Terrier, aus seinem Tagsüber-Körbchen, das im Flur zwischen der Wohnung von Oma und Opa und der Gaststätte stand, und sprang an mir hoch. Seitdem ich sechs Wochen in Amerika gewesen war, fürchtete er ständig, ich könnte wieder für eine so lange Zeit verschwinden, und wäre mir am liebsten bis aufs Klo gefolgt.

Die gesamte Belegschaft des Amselhofes hatte sich um den größten Tisch in der Gaststätte versammelt: Opa, meine Eltern, Christian, Jens, unsere polnischen Stallarbeiter Stani und Heinrich und Srdjan aus Kroatien, der erst seit ein paar Wochen bei uns arbeitete. Gloria saß lächelnd zwischen meinem Bruder und dem Aknefrosch, die von beiden Seiten auf sie einlaberten.

»Na, Melike, hast du es geschafft, dich von deinem Schätzchen zu trennen?«, fragte der Aknefrosch spöttisch.

»Mit größter Mühe«, entgegnete sie und grinste. »Aber nur für höchstens eine halbe Stunde.«

Während des Essens lachte und redete sie, als wäre nichts gewesen, obwohl es in ihrem Innern doch ganz anders aussah, und ich bewunderte ihre schauspielerische Leistung.

Sie entschuldigte sich bei Papa für ihr unüberlegtes Verhalten, aber wie ich es mir schon gedacht hatte, war das für meinen Vater längst erledigt.

»Ich hab noch nie auf 'nem Westernpferd gesessen«, sagte Christian gerade zu Gloria. »Aber ich will's unbedingt probieren.«

»Ich auch«, mischte Mama sich ein. »Elena und Melike haben jetzt so viel davon erzählt, dass ich richtig neugierig geworden bin. Vielleicht ist das ja was für mich.«

»Oh, Mama, das wäre cool!«, rief ich begeistert. »Es wird dir ganz sicher Spaß machen!«

Früher war meine Mutter mal eine ziemlich erfolgreiche Amateur-Springreiterin gewesen, aber sie hatte mit dem Reiten aufgehört, als Christian und ich zur Welt gekommen waren.

Wir hatten oft versucht, sie dazu zu überreden, wieder in den Sattel zu steigen, aber sie hatte jedes Mal abgelehnt. Seit sie Kinder hatte, habe sie die Unbefangenheit beim Reiten verloren, hatte sie mal erklärt. Und heute, mit über vierzig, habe sie einfach Angst, sich zu verletzen, falls sie stürzen sollte.

»Wisst ihr übrigens, dass auch die letzten Einsteller auf dem Sonnenhof gekündigt haben?«, sagte Christian. »Tim hat's mir vorhin in der Schule erzählt.«

»Weiß ich schon«, entgegnete ich mit vollem Mund. »Mir hat er's gestern Abend am Telefon gesagt.«

»Aber du weißt noch nicht, dass Herr Teichert den Pachtvertrag aufgelöst hat«, triumphierte mein Bruder. »Und dass Tim mit seiner Mutter und seiner Schwester in den Herbstferien nach Steinau ziehen wird.«

Davon wusste ich allerdings nichts. Und es kränkte mich

zutiefst, dass Tim so etwas Wichtiges zuerst meinem Bruder erzählte und nicht mir.

»Herr Teichert hat sich schon erkundigt, ob wir noch zwei Boxen für Arianes Pferde frei hätten«, sagte Mama nun.

»Nach allem, was die sich hier geleistet haben, hast du ihm doch wohl hoffentlich abgesagt.« Ich verzog das Gesicht. »Oder?«

Vor vielen Jahren, zu Grundschulzeiten, waren Ariane und ich gute Freundinnen gewesen, aber dann war sie aus Steinau weggezogen und hatte mich fallen lassen wie eine heiße Kartoffel. Plötzlich war ich nicht mehr gut genug für sie gewesen und das hatte mir sehr wehgetan. Allerdings war sie weiterhin auf dem Amselhof geritten, bis ihr Vater seine jungen Pferde ausgerechnet auf den Sonnenhof von Tims Vater gestellt hatte. Richard Jungblut war Papas größter Feind und um ein Haar wäre es ihm gelungen, den Amselhof zu ruinieren, denn mit Herrn Teicherts Unterstützung hatte er viele unserer Einsteller auf seinen Sonnenhof gelockt. Um allem die Krone aufzusetzen, hatte Herr Teichert sogar noch versucht, Papa um das Berittgeld und die Boxenmieten für ein paar Monate zu betrügen, aber ich war mutig in sein Büro marschiert und hatte das Geld geholt – immerhin fast siebentausend Euro! Ariane, die in meiner Klasse war, hatte mir daraufhin das Leben schwer gemacht, mich gemobbt und über mich gelästert. Doch auch die Tatsache, dass sie seit den schlimmen Vorfällen auf dem Turnier in Alsfeld plötzlich total nett zu mir war und mir vor den Sommerferien sogar Mathe-Nachhilfe gegeben hatte, konnte mich das alles nicht so einfach vergessen lassen.

»Also, ich hab kein Problem damit.« Mein Bruder zuckte die Achseln.

»Dir hat sie ja auch nie das Leben zur Hölle gemacht!«, fuhr ich ihn an. Dann blickte ich zwischen meinen Eltern hin und her und begriff, dass es längst abgemachte Sache war: Ariane würde mit ihren Pferden also auf den Amselhof zurückkehren!

Das verschlug mir den Appetit. Ich verzichtete auf den Nachtisch und ging hinaus, um Tim anzurufen. Er hatte mir auf keine meiner WhatsApps, die ich ihm heute Morgen geschickt hatte, geantwortet. Dabei hatte er sie bekommen, das konnte ich an den zwei blauen Häkchen unter den Nachrichten erkennen.

»Hey«, meldete Tim sich nach dem zweiten Klingeln. »Bin im Stall. Sorry, ich krieg gerade einen Anruf.«

Und schon hörte ich nur noch das Besetztzeichen.

»Na, danke!«, murmelte ich leicht verärgert und lief durch die Putzhalle zu Lajos' Stall. Ich mochte es nicht, am Telefon einfach abgewürgt zu werden, und es verletzte mich, dass Tim so wichtige Dinge wie das mit dem Umzug zuerst anderen Leuten als mir erzählte.

Tim hob grüßend die Hand, als er mich sah, aber als ich ihm ein Begrüßungsküsschen geben wollte, legte er einen Finger an die Lippen und schüttelte den Kopf.

»Okay, okay!« Ich hob die Hände und ging an ihm vorbei in Lajos' Stall. Mit einem Ohr hörte ich, was Tim am Telefon sagte. Besonders fröhlich klang er nicht, aber das tat er eigentlich nie. Endlich war er fertig.

»Du hast mir gar nicht auf meine WhatsApps geantwortet«, sagte ich und ärgerte mich sofort über den gekränkten Tonfall meiner Stimme.

»Was sollte ich denn darauf antworten?«, erwiderte Tim. »Ich war in der Schule und du hast mir zig Bilder von den Pferden geschickt, die ich ja eh jetzt gleich sehe.« Er schaute flüchtig durch die Gitterstäbe der Boxen. »Gut, dass sie endlich hier sind. Dann kriegt Melike sich hoffentlich wieder ein. War ja echt nicht mehr zu ertragen, der Zirkus wegen diesem Gaul.«

Ich warf ihm einen verwunderten Blick zu. Was war bloß los mit ihm in letzter Zeit? Seit er aus Amerika zurückgekommen war, hatte er sich verändert, war schnell gereizt und genervt.

»Wer war denn das eben am Telefon?«, erkundigte ich mich, weil mir nichts Besseres einfiel.

»Ach, kennst du nicht«, antwortete er ausweichend. »Es ging um den Sonnenhof.«

»Apropos Sonnenhof: Christian hat erzählt, dass der Teichert den Pachtvertrag mit euch gekündigt hat«, sagte ich. »Ariane will ihre Pferde wieder hierher stellen und meine Eltern machen das sogar noch!«

»Warum auch nicht?« Tim zuckte die Schultern.

»Hallo? Wie können meine Eltern vergessen, wie der Teichert sich aufgeführt hat?«, empörte ich mich. »Ich würde dem nicht so leicht verzeihen, dass er versucht hat, uns zu betrügen. Mal ganz abgesehen davon, dass Ariane den Amselhof überall total miesgemacht und sie damals die Hälfte unserer Einsteller zu euch gelockt hat.«

Tims Telefon piepste und er las eine Nachricht.

»Jetzt habt ihr sie ja alle wieder, eure Einsteller. Und der Sonnenhof steht leer«, entgegnete Tim mit diesem bitteren Unterton, der mich daran erinnerte, dass ich mich einem sensiblen Thema näherte.

Hätten Tim und ich uns nicht vor zwei Jahren ineinander verliebt, wären die Jungbluts und die Weilands wahrscheinlich noch bis heute verfeindet und wir hätten nie erfahren, wie es dazu gekommen war, dass aus guten Freunden erbitterte Feinde und Konkurrenten geworden waren. Früher waren meine Eltern und Lajos Kertéczy nämlich ganz dick mit Tims Eltern befreundet und eine Clique gewesen, so wie Niklas, Tim, Christian, Melike und ich heute. Aber dann kam Mamas Schwester bei einem Autounfall ums Leben und Tims Vater, der gefahren war, obwohl er zu viel Alkohol getrunken hatte, hatte die Schuld auf Lajos geschoben. Lajos, der bei dem Unfall das Bewusstsein verloren hatte, konnte nicht beweisen, dass er nicht am Steuer gesessen hatte. Er war wegen fahrlässiger Tötung verurteilt worden und unschuldig ins Gefängnis gewandert. Und während Lajos im Gefängnis saß, hatte seine Freundin Linda Gottschalk ausgerechnet Richard Jungblut geheiratet.

Hilda streckte den Kopf über die Boxentür und schnupperte an meinem Arm. Ich kraulte sie unter dem Kinn, was ihr besonders gut gefiel, während Tim irgendetwas in sein Handy tippte.

»Teicherts sind echt das Allerletzte«, brummte er. »Einfach den Pachtvertrag kündigen und abhauen! Jetzt können wir sehen, wie wir klarkommen.«

»Wann wolltest du mir eigentlich erzählen, dass ihr nach Steinau zieht?«, fragte ich spitz.

Tim hob die Augenbrauen und ließ sein Smartphone sinken. »Meine Mutter hat mich gestern Abend erst in ihre Pläne eingeweiht. Wann hätte ich es dir denn erzählen sollen?«

»Du hättest mir eine WhatsApp schreiben können«, antwortete ich gekränkt und vorwurfsvoll.

»Ich hatte keine Lust, dir so etwas per WhatsApp zu schreiben«, sagte Tim.

»Aber Christian hast du es dann heute Morgen gleich erzählt ...«

»Mensch, Elena, jetzt mach mir doch keinen Stress!« Tim schüttelte verärgert den Kopf. »Ich wollte es dir in einer ruhigen Minute erzählen. Meine Mutter sucht nach einem neuen Pächter und der Makler hat ihr gesagt, der Hof ließe sich besser verpachten, wenn das Haus leer ist. Deshalb ziehen wir erst mal zu Opa und Oma.«

»Und was sagt dein Vater dazu?«

»Keine Ahnung.« Tim blickte wieder auf sein Handy. »Ist mir auch wurscht.«

Tim hasste seinen Vater, der ihn immer schlecht behandelt hatte. Richard Jungblut hatte Tim häufig verprügelt, wenn ihm irgendetwas nicht passte, und er hatte ihn sogar zwingen wollen, nach der Zehnten die Schule zu verlassen, damit er von morgens bis abends als billige Arbeitskraft im Stall schuften und die Handelspferde seines Vaters reiten konnte. Im vergangenen Sommer hatte Tims Vater mithilfe von Andy, der unter dem falschen Namen Liam O'Brian bei uns gearbeitet hatte, meinen jungen Hengst Fritzi gestohlen. Erst in allerletzter Sekunde hatten wir verhindern können, dass Fritzi und die anderen gestohlenen Pferde ins Ausland abtransportiert worden waren. Einer von Richard Jungbluts Komplizen hatte auf mich geschossen, aus Versehen aber Tim getroffen. Und danach hatte Tim für seinen Vater nur noch Verachtung empfunden.

»Ich kriege die Einliegerwohnung mit 'nem eigenen Bad,

einer kleinen Küche und so. Wenn ich einen Studienplatz für Tiermedizin in Gießen bekäme, dann könnte ich zu Hause wohnen bleiben und weiter auf dem Amselhof trainieren.«

So weit dachte Tim also schon!

»Schön«, sagte ich, ohne ihn anzusehen. Sein Vorwurf, ich würde ihm Stress machen, hatte mich verletzt.

Hilda verlor das Interesse an den Streicheleinheiten und ich lehnte mich an die Boxentür.

»Meine Mutter will sich von meinem Vater scheiden lassen«, fuhr Tim fort. »Natürlich kriegt sie das allein nicht auf die Reihe, dazu fehlt ihr der Mumm. Wie bei allem.«

»Du meinst, sie braucht dafür die Hilfe von deinem Opa?« Mir war nie wohl dabei, wenn sich ein Gespräch um Tims Familie drehte. Die Jungbluts waren – bis auf Tim – alle seltsam, und ich konnte nicht einschätzen, ob Tim seine Mutter und seine Schwester mochte oder einfach nur aus purer Loyalität nichts Negatives über sie sagte. Ich hatte bisher kaum zehn Sätze mit der Frau gewechselt, die mir nicht sonderlich sympathisch war. Ich konnte bis heute nicht verstehen, warum sie Tim nie vor seinem schrecklichen Vater beschützt hatte. Linda Jungblut hatte zugelassen, dass Tim nach der Schule im Stall knechten musste, und sie hatte einfach weggeschaut, wenn Tim wieder mal ein blaues Auge oder eine blutige Lippe gehabt hatte, was häufig genug der Fall gewesen war.

»Nicht nur von Opa.« Tim schnaubte verächtlich. »Ich glaube eher, meine Mom hat einen anderen Mann kennengelernt und hofft, dass der jetzt alle Probleme für sie löst. Sie quatscht jeden Abend stundenlang am Telefon mit jemandem, und neulich ist sie mitten in der Nacht weggefahren, als Gina im Bett war. Ich hab sie am nächsten Morgen gefragt, wo sie gewesen ist, und da hat sie …«

Schritte näherten sich und Tim verstummte. Melike und Niklas kamen um die Ecke.

»Wo ist das böse Untier, das meinem Mädchen nach dem Leben trachtet?«, fragte Niklas und daran erkannte ich, dass Melike ihm ihre Befürchtungen nicht verschwiegen hatte.

»He, du sollst dich nicht über mich lustig machen!«, beschwerte meine Freundin sich.

»Würde ich niemals tun!«, beteuerte Niklas und lächelte. Er öffnete die Boxentür und ging gemeinsam mit Melike zu Smiley.

Der hübsche, goldfarbene Wallach döste vor sich hin. Ein langer Heuhalm hing ihm aus dem Maul und seine braunen Augen blickten sanft und gelassen.

»Er sieht doch ganz friedlich aus«, stellte Niklas fest. »Wahrscheinlich war er einfach nur aufgeregt nach dem Flug.«

»Das meint Elena auch.« Melike schien wenig überzeugt. »Wir werden sehen.«

»Was hat sie denn eigentlich für ein Problem?«, wollte Tim von mir wissen, ohne den Blick von seinem blöden Smartphone zu heben.

Plötzlich wallte Zorn in mir auf. »Frag sie doch selbst!«, fuhr ich ihn an.

»Sind wir ein bisschen zickig heute, hm?« Er hob spöttisch eine Augenbraue und da reichte es mir.

»Komm, Melike«, sagte ich zu meiner Freundin. »Wir müssen Gloria helfen, den Lkw sauber zu machen und das Sattelzeug wegzuräumen.«

Ich ließ Tim einfach stehen und ging hinaus.

Als wir alles aufgeräumt hatten, zog ich mir Reitklamotten an, denn Lenzi und Skyfall warteten auf ihre tägliche Arbeit, außerdem ritt ich zwei- bis dreimal pro Woche die fünfjährige Fuchsstute Bittersweet, die Papa und Mama selbst gezüchtet hatten. Da jedes Jahr neue Fohlen zur Welt kamen, mussten auch immer wieder junge Pferde verkauft werden. Bittersweet hatte sich spät entwickelt, deshalb war sie erst vierjährig angeritten worden. Im Frühjahr hatte der Aknefrosch sie in ihren ersten Springpferdeprüfungen geritten, aber die sensible Stute brauchte einen feineren Reiter. Ich hatte sie ein paarmal gesprungen und kam gut mit ihr zurecht. Nun wollte Papa, dass ich sie auf den letzten Turnieren der Saison vorstellte.

Als ich zehn Minuten später in den Turnierstall kam, war Melike schon dabei, Bittersweet zu satteln.

»Ich dachte mir, ich helf dir ein bisschen«, sagte sie nur.

»Oh super. Danke!«, erwiderte ich erfreut. »Ist alles okay?«

»Ja, klar.« Melike grinste schief. »Ich werde nicht zulassen, dass die Angst Macht über mich gewinnt und mir alles versaut, worauf ich mich so gefreut habe.«

»Cool!« Ich klopfte ihr auf die Schulter. »So ist's richtig.«

»Face your fears, heißt die Devise«, sagte Melike. »Und deshalb sattle ich dir auch gleich Skyfall.«

4. Kapitel

Am Abend kamen Melikes Eltern, um Smiley kennenzulernen. Auch Niklas' Eltern und Lajos waren da, später stießen noch Tims Großeltern dazu. Es war ein warmer, schöner Spätsommerabend und Opa warf kurzerhand den Grill im Biergarten an. Auf dem Springplatz ritten noch ein paar Leute, unter anderem Niklas und Tim. Gloria, Melike und ich putzten die vier neuen Pferde in der Putzhalle. Natürlich blieb jeder, der vorbeikam, bei uns stehen, schließlich waren die Pferde aus Amerika schon seit Wochen Gesprächsthema auf dem Amselhof.

»Das ist also der berühmte Smiley«, hieß es immer wieder. »Ein schicker Kerl, Melike, herzlichen Glückwunsch! Reitest du ihn jetzt? Oh, da müssen wir ja direkt dableiben und zuschauen!«

Meine Freundin wurde immer blasser und wortkarger.

»Warum hab ich bloß meine große Klappe nicht gehalten, ich dumme Nuss«, sagte sie unglücklich. »Wir werden wohl mehr Zuschauer haben als bei dem Turnier auf der Oaktree-Farm. Uuuh, mir wird schlecht!«

Sie presste die Hand auf den Magen und stürzte davon.

»Was ist denn mit Melike los?«, erkundigte sich Gloria erstaunt.

»Sie fürchtet sich ein bisschen vor Smiley«, rückte ich heraus.

»Aber warum denn?« Gloria warf dem Buckskinwallach einen erstaunten Blick zu. »Er ist doch total brav!«

Ich suchte nach einer passenden Erklärung, um meine Freundin nicht blöd dastehen zu lassen, doch bevor ich etwas sagen konnte, tauchten mein Bruder und Jens auf.

»Na, wann geht's los mit der großen Westernshow?«, erkundigte sich der Aknefrosch. »Fritzi und ich sind schon ganz neugierig.«

»Wenn du mich noch ein Mal ›Fritzi‹ nennst, verrate ich Gloria deinen Spitznamen!« Mein Bruder funkelte ihn drohend an.

Melike kehrte zurück, blass, aber entschlossen. Sie trug ihre Reitkappe und die Sicherheitsweste.

»Warum habt Ihr Eure volle Rüstung angelegt, edles Fräulein?«, spottete der Aknefrosch. »Fürchtet Ihr etwa, von Eurem stolzen Ross zu stürzen?«

»Angeblich seid ihr doch in Amerika nur lässig mit 'nem Cowboyhut durch die Gegend galoppiert«, stichelte Christian.

Melike war nicht nach Scherzen zumute. Sie machte eine Miene, als sei sie auf dem Weg zu ihrer Hinrichtung.

»Lasst Melike in Ruhe!« Ich legte Hilda den Sattel auf und schnallte Gurte und Vorderzeug fest, dann stellte ich meine Bügellänge ein. »Wieso verschwindet ihr nicht einfach?«

»Mit dir redet doch keiner, dummes Kind«, sagte der Aknefrosch.

Ihr eigentliches Ziel war – das war nicht zu übersehen – Gloria, die es ihnen wohl beiden angetan hatte. Sie lungerten um sie herum, quittierten jeden ihrer Handgriffe mit peinlich durchsichtigen Komplimenten und sie versuchten, Gloria zu beeindrucken.

»Mensch, super, wie du das machst.«

»Wow, sieht bei dir total leicht aus.«

»Wie kannst du diese ganzen Gurte bloß auseinanderhalten?«

Ich verdrehte nur spöttisch die Augen.

»Also echt!« Gloria schüttelte amüsiert den Kopf. »Ich reite western, seitdem ich neun bin. Wenn ich nicht mal ein Pferd satteln könnte, sollte ich mir wohl besser einen anderen Job suchen.«

»Mit neun Jahren hast du angefangen?« Mein Bruder tat verblüfft. »Das ist ja höchstens … äh … neun Jahre her!«

»Fünfzehn.« Gloria, der es Spaß zu machen schien, von zwei Gockeln umworben zu werden, lächelte Christian an und mein Bruder wurde tatsächlich rot!

»Merkst du was, Fritzi?«, sagte Jens. »Du bist viel zu jung für die schöne Frau.«

»Dafür sehe ich um Klassen besser aus als du, Aknefrosch!«, konterte Christian.

»Aknefrosch?« Gloria kicherte und betrachtete Jens mit schief gelegtem Kopf. »Wieso das denn? Du hast doch gar keine Pickel.«

»Er hatte aber welche«, mischte ich mich ein. »Und zwar richtig fiese Eiterbeulen.«

Christian lachte mit boshafter Befriedigung, sogar Melike grinste.

»Und warum ›Frosch‹?«, wollte Gloria nun von mir wissen.

»Pass auf, was du jetzt sagst!« Der Aknefrosch warf mir einen warnenden Blick zu, den ich absichtlich übersah.

»Glubschaugen, breiter Mund – ich fand, er sah aus wie ein Frosch mit Akne.« Ich konnte nicht anders, ich musste lachen.

»Was gibt's da zu gackern, dummes Kind?« Jens war zum Glück nicht sauer. »Pickel gehen irgendwann weg, wie du siehst. Doofheit ist leider unheilbar.«

»Willst du dich vielleicht mal in einen Westernsattel schwingen?«, bot Gloria ihm an und hielt ihm die Zügel von Shiner hin. »Ich hab noch ein Pferd übrig.«

»Klar.« Jens' Augen leuchteten auf, er nickte und ergriff die Zügel. Mein Bruder zog eine Flunsch. Fürs Erste schien er im Wettstreit um Glorias Gunst aus dem Rennen zu sein.

»Elena, zeig doch Jens bitte, wie man aufsitzt«, bat Gloria mich, und jetzt war es der Aknefrosch, der ein langes Gesicht machte, als er mit Shiner an mir vorbeiging.

»Stopp!«, rief ich, als er nach dem Sattelhorn griff. »Beim Westernreiten …«

»Erzähl mir nix«, schnitt er mir das Wort ab und schwang sich so lässig in den Sattel wie ein Cowboy. Er benutzte nicht mal den Steigbügel. »Ich war einen Sommer lang auf einer Guestranch in Colorado als Wrangler und meine Schwester arbeitet in einem Westernstall bei Augsburg. So viel wie du weiß ich längst übers Westernreiten.«

»Warum tust du dann so, als hättest du keine Ahnung?«, fragte ich erstaunt.

»Willst du einen kostenlosen Lebenshilfe-Tipp vom lieben Jens haben?« Er grinste mich an wie ein Haifisch.

»Danke. Ich verzichte«, erwiderte ich und saß ebenfalls auf.

»Du kriegst ihn trotzdem! Es ist nämlich ungemein praktisch, gelegentlich unterschätzt zu werden. Ich sage nur: Hermann Hesse.« Er grinste schelmisch.

Darauf erwiderte ich nichts. Noch immer schämte ich mich, wenn ich daran dachte, wie der Aknefrosch bei einem Mittagessen mal ein komplettes Gedicht von Hermann Hesse, den ich für einen neuen Kunden von Lajos gehalten hatte, fehlerfrei aufgesagt und mich damit komplett bloßgestellt hatte.

Wenig später ritten wir zum Springplatz, Melike und ich vorneweg. Hinter uns erteilte Gloria Jens einen Schnellkurs in Westernreittheorie, was unnötig war, aber das konnte sie ja nicht wissen.

»Der Aknefrosch«, sagte ich zu Melike, »ist in Wirklichkeit ein übler Lügenfrosch.«

»Wieso?«, fragte sie erstaunt. Smiley trottete am langen Zügel neben Hilda her und machte keineswegs den Eindruck, als ob er im nächsten Moment explodieren und buckelnd über den Platz rasen wollte.

»Weil er schon westernreiten kann!«, erwiderte ich. »Er tut mit Absicht so, als hätte er keinen Plan.«

»Damit Gloria sich um ihn kümmert, ganz klar«, stellte Melike fest. »Er ist nämlich scharf auf sie.«

»Das sieht ein Blinder mit Krückstock«, bestätigte ich finster. »Und mein Bruder macht sich auch zum Affen.«

Niklas und Tim kamen uns entgegengeritten. Tim starrte mal wieder auf sein Handy.

»Ich beeil mich«, versprach Niklas Melike und hauchte ihr einen Kuss zu. »Cool bleiben, Baby!«

»Ich bin so was von cool«, erwiderte meine Freundin mit bebender Stimme. »Ich bin quasi schockgefroren.«

Auf dem Rasen zwischen Parkplatz und Gaststätte drängten sich jede Menge Leute.

»Deine Eltern sind da«, verkündete ich. »Und Tims Mutter auch. Ach, und da ist auch Ariane.«

»Na super!«, stöhnte Melike. »Siehst du zufällig auch jemanden vom Fernsehen oder von den *Steinauer Nachrichten*? Warum hab ich bloß so ein Fass aufgemacht?«

»Wenn du stoppen willst, musst du die Bügel austreten und ›Whoa‹ sagen«, erklärte Gloria hinter uns gerade dem Aknefrosch, der immer wieder treuherzig »Aha« und »Okay« sagte.

»Du meinst so?«, fragte er schleimig. »WHOA!«

Smiley blieb abrupt stehen, als er das Kommando hörte, und der Aknefrosch kringelte sich vor Lachen.

»Sehr witzig!«, fuhr Melike ihn an.

»Jetzt mach dir nicht gleich in die Rüstung«, entgegnete er. »Dein Esel ist doch total entspannt.«

Viel wollten wir den Pferden nach ihrer strapaziösen Reise nicht abverlangen, aber ein wenig Bewegung würde ihnen guttun, das hatte auch Papa gemeint. Wir ließen sie deshalb etwas im *Trot* und dann auch im *Lope*, dem langsamen Galopp, gehen. Melike wurde von Runde zu Runde lockerer und endlich kehrte das glückliche Strahlen auf ihr Gesicht zurück. Smiley benahm sich vorbildlich, ganz wie Gloria es vorausgesagt hatte.

»Er ist supertoll zu sitzen!«, rief Melike mir begeistert zu. »Viel besser als Shiner oder Choco.«

Ich hob den Daumen und grinste. Hilda trabte flott und energiegeladen, wie ich das von ihr kannte. Ihr war nicht anzumerken, dass sie einen langen Flug hinter sich hatte. Ich parierte vor unseren Zuschauern durch.

»Mama!«, rief ich und winkte meiner Mutter, die neben Tims Mom auf einer der Bänke saß. »Komm, setz dich mal drauf!«

Erst hatte sie ein paar Ausreden, aber ich ließ nicht locker, und schließlich kam sie zu mir auf den Reitplatz.

»Ich weiß gar nicht, wie lange ich nicht mehr auf einem Pferd gesessen habe«, sagte sie und wirkte plötzlich ganz aufgeregt. Sie hörte mir aufmerksam zu, als ich ihr erklärte, wie sie aufsitzen und die Zügel halten sollte, und dann saß sie auf Hildas Rücken und grinste.

Linda Jungblut fotografierte sie mit ihrem Handy.

»Habt ihr nicht noch ein Pferd für Linda übrig?«, rief Mama.

»Doch, klar!« Gloria saß bereitwillig von Gray Jac ab.

Wenig später ritten Mama und Tims Mutter, die vor jenem tragischen Unfall so gute Freundinnen gewesen waren wie Melike und ich heute, nebeneinander her über den Reitplatz und lachten ausgelassen wie zwei Teenies.

»Schaut sie euch an, die zwei Mädels!«, rief Opa und klatschte in die Hände. »Wie früher!«

Mein Blick fiel zufällig auf Lajos, der zwischen Papa und Friedrich Gottschalk an der Reitplatzumzäunung lehnte und Mama und Linda mit den Augen folgte. Ich registrierte einen Ausdruck auf Lajos' Gesicht, den ich nie zuvor an ihm gesehen hatte. Ein leichtes Lächeln, das seinen Mund umspielte, und da traf mich die Erkenntnis wie ein Schock. Lajos und – Linda Jungblut? Nein, das konnte nicht wahr sein! Oder doch? Was hatte Tim vorhin gesagt? *Ich glaube, meine Mom hat irgendjemanden kennengelernt.* Und dass sie mitten in der Nacht wegfuhr, wenn Gina schlief. Vom Sonnenhof bis zum

Forsthaus waren es mit dem Auto knapp fünfzehn Minuten. Mich beschlich ein seltsames Gefühl, fast so etwas wie … Eifersucht. Von allen Erwachsenen, die ich kannte, mochte ich Lajos am allerliebsten, mal abgesehen von meinen Eltern natürlich, aber die zählten nicht richtig. Lajos hatte mich immer ernst genommen und nie mit irgendwelchen Sprüchen abgespeist, wie Erwachsene das sonst gerne tun. Abgesehen davon, dass er ein fantastischer Tierarzt und Pferdeheiler war, war er ein warmherziger, verständnisvoller und gerechter Freund, verlässlich und aufrichtig. Niemandem gönnte ich es so sehr wie ihm, glücklich zu werden und nicht länger allein im Forsthaus im Wald sitzen zu müssen. Aber er konnte sich doch unmöglich ein zweites Mal in eine Frau verlieben, die ihn nicht nur im Stich gelassen, sondern ausgerechnet den Mann geheiratet hatte, der ihn ins Unglück gestürzt hatte! Ich wusste nicht, was ich davon halten sollte, aber mit Tim konnte ich darüber unmöglich sprechen. Egal was Linda Jungblut jemals getan hatte, sie war seine Mutter und …

»*Yeeee*-ha!«

Ich zuckte erschrocken herum. Der Aknefrosch konnte es natürlich nicht lassen, vor Publikum mit seinen Reitkünsten anzugeben. Er ließ Shiner aus dem Galopp stoppen und einen Rollback vollführen und das ziemlich gekonnt.

»Wow!« Gloria war beeindruckt. »Das war *echt* gut!«

»Ich bin halt ein Naturtalent.« Jens zwinkerte mir scheinheilig zu, als er an mir vorbeigaloppierte.

»Lügenfrosch!«, zischte ich böse.

»Hohlbirnchen«, entgegnete er gut gelaunt.

Ich duckte mich unter der Umzäunung hindurch und ging zu Tim hinüber, ganz benommen von dem Verdacht, den ich plötzlich hatte. Aus den Augenwinkeln beobachtete ich Lajos, der ganz entspannt mit Friedrich Gottschalk und Papa zu plaudern schien, aber dauernd zu Linda und Mama hinüberschaute.

»Guck dir unsere Mütter an«, sagte Tim geringschätzig. »Total kindisch.«

Ich sagte nichts dazu. Warum sträubte sich bloß alles in meinem Innern gegen die Vorstellung, Lajos könnte sich in Tims Mom verliebt haben? Es ging mich doch überhaupt nichts an!

»Wo ist eigentlich deine Schwester?«, erkundigte ich mich.

»Die hockt im Auto und guckt Filme auf ihrem iPod«, antwortete Tim. »Du weißt doch, dass sie den Amselhof hasst.«

Gina war immer der Liebling ihres Vaters gewesen. Während Richard Jungblut seinen Sohn wie einen Sklaven behandelt hatte, hatte er seine kleine Tochter nach Strich und Faden verwöhnt, und das Mädchen liebte ihn natürlich abgöttisch. Zwar sollte sie mit zehn Jahren eigentlich alt genug sein, um zu kapieren, warum ihr Vater im Gefängnis saß, aber offenbar wollte sie nicht wahrhaben, dass er ein Verbrecher war. Lieber gab sie meiner Familie die Schuld dafür. Sie nahm ihrer Mutter und Tim übel, dass sie die Jahrzehnte dauernde Feindschaft zwischen den Jungbluts und den Weilands beendet hatten.

»Was sagt sie dazu, dass ihr nach Steinau ziehen werdet?«, fragte ich Tim.

»Ich glaube, sie weiß es noch gar nicht«, sagte er düster. »Keine Ahnung, wie meine Mom das hinkriegen will.«

Auch wenn Tim nie darüber sprach, so ahnte ich, dass ihm die Feindseligkeit seiner kleinen Schwester mir gegenüber zu schaffen machte, aber ich war wohl die Letzte, die ihm in dieser Angelegenheit helfen konnte.

5. Kapitel

Ein appetitlicher Duft nach gebratenem Fleisch wehte vom Grill herüber, als wir nach dem Reiten die Pferde versorgt hatten und zurück zum Reitplatz kamen. Die Sonne war bereits hinter den Baumwipfeln des Waldes verschwunden und es wurde kühl. Das tat aber der guten Stimmung keinen Abbruch. Es wurde gelacht und gescherzt und natürlich standen die neuen Pferde und Gloria im Mittelpunkt des Interesses.

»Ich bin so stolz auf mein Cowgirl.« Niklas zog Melike an sich und gab ihr einen Kuss auf die Wange. »Dein Smiley ist wirklich ein superschickes Pferd.«

Die beiden lächelten sich verliebt an und Melike schmiegte sich an ihn. Niklas sagte immer irgendwelche süßen Sachen zu Melike und ich freute mich ehrlich für meine Freundin, aber insgeheim machte es mich auch etwas traurig. Wieso war Tim nicht ein klitzekleines bisschen wie Niklas? Ganz am Anfang, als wir unsere Liebe noch geheim halten und vor anderen Leuten so tun mussten, als ob wir uns nicht leiden könnten, da war es mir nicht aufgefallen, doch jetzt, wo längst jeder wusste, dass wir zusammen waren, da hätte er mich schon hin und wieder in den Arm nehmen oder mit mir Händchen halten können. Leider war das nicht Tims Ding. Er fand so was peinlich, besonders dann, wenn meine Eltern oder andere Erwachsene dabei waren.

Jetzt saß er neben mir, beachtete mich kaum und sprach mit Christian und Ariane über die Hessenmeisterschaften. Den Trubel um unsere neuen Pferde hatte er als »kindisches Theater« abgetan, was mich noch etwas mehr verärgert hatte. Stumm saß ich dabei und fühlte mich ausgeschlossen, denn das Turnier, über das sie redeten, hatte stattgefunden, als Melike und ich in Amerika gewesen waren.

Warum reagierte Tim seit ein paar Tagen auf alles, was ich sagte oder tat, so zynisch und genervt? Was war los mit uns? Früher hatten wir uns permanent Nachrichten geschrieben und jeden Abend telefoniert, manchmal so lange, bis die Akkus unserer Handys leer waren. Doch jetzt, wo wir uns jeden Tag in der Schule und im Stall sahen, redeten wir kaum noch miteinander und wenn, dann nur über irgendwelche alltäglichen Dinge. Wusste ich überhaupt noch, was in meinem Freund so vor sich ging? Zwar hatte er mir vor meinem Abflug nach New York einen Ring geschenkt, in den er unsere Initialen und ein Herz hatte eingravieren lassen, aber *gesagt* hatte er mir schon lange nicht mehr, dass er mich liebte. Tat er das überhaupt noch oder ging ich ihm nur auf die Nerven? Fand er mich langweilig, da nichts Heimliches und Neues mehr an unserer Beziehung war?

Mein Blick schweifte über die Gesichter der anderen, die um den Tisch herumsaßen. Papa und Mama waren auch fast so jung zusammengekommen wie Tim und ich und seit über zwanzig Jahren verheiratet. Liebten sie sich wohl noch oder waren sie einfach nur ein gutes Team? Und was war erst mit Opa und Oma, die schon seit mehr als fünfzig Jahren verheiratet waren?

Der Lügenfrosch flirtete mit Gloria auf Teufel komm raus, ich hatte ihn noch nie so redselig und witzig erlebt. Meistens war er mürrisch und schlecht gelaunt, aber plötzlich schien er wie ausgewechselt und Gloria war ganz fasziniert von ihm. Und was war mit Lajos und Linda Jungblut? Sie saßen sich gegenüber, schwatzten und lachten scheinbar unbefangen mit allen anderen, doch ich bemerkte, wie sich ihre Blicke immer wieder trafen. Da war etwas zwischen ihnen, zweifellos. Plötzlich durchfuhr mich ein nadelspitzer Stich und ich stellte erschrocken fest, dass es Neid war. Ja, ich war neidisch auf dieses Gefühl der Verliebtheit, das aufregende, prickelnde Herzklopfen, das so bitter und so süß zugleich war. Mir kam es vor, als sei es gestern gewesen, dass Tim und ich uns heimlich auf der Waldwiese getroffen hatten, um Fritzi zu trainieren, und niemand außer Melike davon gewusst hatte. Eigentlich sollte ich mich für Lajos freuen, aber das tat ich nicht. Ich traute Linda Jungblut nicht über den Weg, schlimmer noch, ich konnte sie nicht leiden und gönnte ihr Lajos nicht.

»Wo ist denn eigentlich Gina heute?«, erkundigte sich Friedrich Gottschalk in diesem Augenblick.

»Die hockt im Auto und will nicht aussteigen«, erwiderte Tim.

»Wie bitte? Das Kind sitzt *den ganzen Abend* schon im Auto?«, wandte Tims Opa sich voller Entrüstung an seine Tochter. »Das kann ja wohl nicht sein, Linda! Warum holst du sie nicht?«

»Sie weigert sich, auszusteigen«, entgegnete Tims Mutter hilflos. »Was soll ich denn da tun?«

»Und was macht sie dort die ganze Zeit?« Auch Tims Großmutter war fassungslos.

»Keine Ahnung.« Linda Jungblut zuckte resigniert die Schultern und seufzte. »Ich habe sie vorhin gefragt, ob sie etwas essen will, aber angeblich hat sie keinen Hunger.«

»Also so was! Das geht doch nicht!« Tims Großvater erhob sich von der Bank und marschierte davon. Wieder wechselten Linda und Lajos einen Blick. Tim bemerkte das nicht, so wenig wie irgendjemand sonst am Tisch.

Ein paar Minuten später kehrte Friedrich Gottschalk zurück, er zog Gina hinter sich her. Das Mädchen stemmte die Füße in den Boden und trat sogar nach ihrem Opa.

»Lass mich los, ich will nicht da hin!«, protestierte sie wütend. »Du hast mir gar nichts zu sagen!«

»Es ist sehr unhöflich, einfach im Auto sitzen zu bleiben«, erwiderte ihr Großvater und ließ Ginas Handgelenk los.

»Das ist mir egal!«, schrie das verzogene Gör. »Ich *hasse* den Amselhof und ich *hasse* diese ganzen blöden Leute hier! Und dich hasse ich auch, wenn du mich zwingst, hier sein zu müssen! Bevor ich *hier* was esse, falle ich lieber tot um, das schwör ich!«

Die Gespräche rings um den Tisch verstummten, alle starrten das Mädchen ungläubig an. Gina sah aus wie ein kleiner Engel, sie hatte dieselben blauen Augen wie Tim und langes, hellblondes Haar, doch aus ihrem Mund quollen böse, hasserfüllte Worte, die man einem zehnjährigen Mädchen niemals zugetraut hätte. Friedrich Gottschalk war so erschüttert, dass es ihm für einen Moment die Sprache verschlug.

»Aber … aber wie kannst du denn so etwas sagen, Gina?«, stotterte Opas bester Freund, den ich sonst nur redegewandt und selbstsicher kannte, fassungslos. Seine Enkeltochter beachtete ihn gar nicht.

»Die scheiß Weilands sind dran schuld, dass Papa im Gefängnis sein muss!«, behauptete sie.

Ich schnappte empört nach Luft, aber es kam noch schlimmer, denn Gina deutete mit dem Finger auf mich und funkelte mich feindselig an.

»Vor allen Dingen *die da!* Die hat unsere ganze Familie kaputt gemacht, einfach alles! Ich *hasse* dich, du blöde Kuh!«

Mir klappte ungläubig der Mund auf, die Zeit schien plötzlich stillzustehen.

Niemand sagte etwas, nicht einmal Linda Jungblut oder Tim. Meine Eltern schwiegen betreten, vielleicht weil sie aus Rücksicht auf Tim und seine Mutter nichts Falsches sagen wollten oder aber auch deshalb, weil sie genauso perplex waren wie ich.

Lajos sagte natürlich wegen Tims Mutter nichts, Melikes und Niklas' Eltern hatten keine Ahnung, worum es überhaupt ging, und der Aknefrosch amüsierte sich insgeheim wahrscheinlich sogar köstlich über diese Szene.

Ich schauderte, so sehr erinnerte mich Tims Schwester in diesem Augenblick an Richard Jungblut: derselbe stechende Blick und dieser gemeine Zug um den Mund. Es fühlte sich an wie eine Ewigkeit, in der ich vergeblich darauf wartete, dass Tim für mich Partei ergriff oder irgendetwas tat oder sagte, um seine Schwester in die Schranken zu weisen. Die Unterstützung kam jedoch von einer Seite, mit der ich überhaupt nicht gerechnet hatte.

»Du hast wohl ein Rad ab, du kleine Kröte«, fuhr ausgerechnet Ariane Tims kleine Schwester an. »Was hat Elena denn damit zu tun, dass dein Vater im Knast sitzt? Daran ist kein anderer schuld als er selbst, er hat nämlich Pferde geklaut wie ein Weltmeister.«

Gina lief rot an. »Das stimmt gar nicht!«, schrie sie zornig. »Du lügst doch! Alle lügen! Mein Papa macht so was nicht. Das waren andere Leute!«

»Klar hat er Pferde geklaut. Massenweise«, erwiderte Ariane kühl.

Tims Schwester ballte die Hände zu Fäusten und die Tränen des Zorns schossen ihr in die Augen. »Dich hasse ich auch!«, zischte sie Ariane zu.

»Wenn's dir Spaß macht.« Ariane zuckte gleichgültig mit den Schultern.

»Ich bin froh, wenn ihr endlich vom Sonnenhof abhaut, das ist nämlich *unser* Hof! Der gehört meinem Papa!«

»Stimmt nicht.« Ariane grinste herablassend. »Soweit ich weiß, gehört der Hof der Volksbank, aber ganz sicher nicht deinem Vater.«

Mit einem Wutschrei stürzte sich Gina auf Ariane, aber mein Bruder ging dazwischen. Er packte die Kleine unsanft am Arm und zog sie vom Tisch weg.

»Schluss jetzt! Ich glaub, du spinnst!«, zischte er und schüttelte das Mädchen, das wütend um sich trat und spuckte.

Nun erwachten alle aus ihrer Schockstarre. Friedrich Gottschalk und seine Frau versuchten, Gina zu beruhigen, meine Großeltern wollten ebenfalls helfen. Alle redeten aufgeregt durcheinander, nur ich saß stumm da, wie vom Donner gerührt.

»Willst du vielleicht mal eingreifen?«, fragte Tim seine Mutter mit mühsam beherrschter Stimme.

»Was soll ich denn machen?« Linda Jungblut hielt das Weinglas mit beiden Händen umklammert, ihr Blick wanderte Hilfe suchend zu Lajos, aber der schaute genauso betroffen zu Gina hinüber wie alle anderen.

Natürlich kriegt sie das allein nicht auf die Reihe, dazu fehlt ihr der Mumm. Wie bei allem. Das hatte Tim vorhin gesagt, und jetzt verstand ich, was er gemeint hatte. Wahrscheinlich hatte seine Mutter früher, wenn ihr Mann Tim verprügelt hatte, auch so hilflos dagesessen wie jetzt, statt ihrem Sohn zu helfen.

Tim erhob sich, als seine Mutter sich nicht rührte.

»Ich entschuldige mich für das Verhalten meiner Schwester«, sagte er zu meinen Eltern, knallrot im Gesicht vor Zorn und Scham. »Es ist mir total peinlich, aber leider kennt ihr ja alle die Geschichte.«

»Du bist ein Verräter!«, kreischte Gina. »Papa hatte recht!«

»Halt jetzt die Klappe!«, rief Tim drohend.

Zu mir sagte er nichts. Kein Wort. Dabei war ich doch diejenige, die von Gina beschimpft worden war! Ich wünschte mir, dass er sich wenigstens zu mir umdrehen und mir einen entschuldigenden Blick zuwerfen würde, doch er tat es nicht.

»Ist schon gut, Tim.« Papa nickte ihm zu.

Tim senkte den Kopf, dann wandte er sich an seine Mutter. »Kommst du, Mama?«

Linda Jungblut machte jedoch noch immer keine Anstalten aufzustehen. Sie saß einfach da und nippte an ihrem Weinglas, als ginge sie das alles nichts an.

»Es ist wohl besser, wenn du Gina jetzt nach Hause bringst, Linda.« Friedrich Gottschalk war sichtlich geschockt. »Du solltest dem Kind allmählich mal die Wahrheit über deinen Mann sagen.«

»Ja, Papa.« Tims Mutter lächelte verlegen. »Es … es tut mir leid. Gina ist in einem schwierigen Alter und hängt halt sehr an ihrem Vater. Also, noch einen schönen Abend allerseits.«

»Schwieriges Alter!«, schnaubte Ariane verächtlich. »Sie ist 'ne verwöhnte Göre, der man mal den Hintern versohlen müsste.«

»Das sagt die Richtige«, spottete der Aknefrosch.

Auch Tims Mutter hielt es nicht für nötig, sich bei mir zu entschuldigen, ja, sie schaute mich nicht einmal an, dabei war ich die Freundin ihres Sohnes und von ihrer Tochter aufs Übelste beleidigt worden! Tim ging, ebenfalls ohne ein Wort an mich zu richten oder mich anzusehen. Er schleifte seine zeternde Schwester quer über den Parkplatz bis zum Auto seiner Mutter. Ich blickte ihm nach und hoffte, er würde noch einmal zurückkommen, aber er stieg mit ins Auto und die Jungbluts fuhren davon.

In diesem Moment zerbrach etwas in meinem Innern. Selten hatte ich mich so gekränkt, gedemütigt und im Stich gelassen gefühlt. Der Junge, von dem ich geglaubt hatte, dass er mich lieben würde, hatte in einer Krisensituation ganz deutlich gezeigt, auf wessen Seite er stand und wer ihm wichtig war. Und das war nicht etwa ich, sondern mein Vater! Ging es Tim die ganze Zeit nur darum, bei meinem Vater – seinem Trainer – gut dazustehen? Nahm er mich dafür nur in Kauf? Ausgerechnet Ariane Teichert war es gewesen, die mir geholfen hatte, nicht mein Freund, von dem ich das eigentlich erwartet hätte.

Die Enttäuschung trieb mir die Tränen in die Augen, aber

ich biss mir auf die Lippen. Nur nicht heulen! Während alle anderen so taten, als sei nichts geschehen, und weiteraßen, stand ich auf und ging hinüber zum Haus. Früher hätte ich mich wohl heulend in Fritzis Box verkrochen, in der Hoffnung, dass mir jemand nachlaufen und mich trösten würde, aber aus dem Alter war ich definitiv raus.

»Elena! Elena, warte doch!«, hörte ich Melike hinter mir rufen, doch statt mich umzudrehen, beschleunigte ich meine Schritte. Ich wollte jetzt einfach nur allein sein und begreifen, was da gerade eben geschehen war. Hinter der Feindseligkeit von Tims Schwester hatte sich der alte Abgrund aus Hass, Missgunst und Zorn aufgetan. Die Illusion, dass alles in Ordnung war zwischen den Jungbluts und den Weilands, war wie eine Seifenblase zerplatzt, und plötzlich wurde mir bewusst, dass meine Liebe zu Tim nicht ausreichte, um die Feindschaft zwischen unseren Familien tatsächlich aus der Welt zu schaffen.

6. Kapitel

»*Now we got problems and I don't think we can solve them*«, dröhnte Taylor Swifts Stimme in voller Lautstärke mindestens zum fünfzehnten Mal hintereinander aus den Ohrstöpseln meines Smartphones. »*You made a really deep cut and, baby, now we've got bad blood! Did you have to do this? I was thinking that you could be trusted! Did you have to ruin what was shining? Now it's all rusted …*«

Ich hatte die Bettdecke über den Kopf gezogen und die Musik so laut aufgedreht, wie es nur ging. Twix, der immer sofort spürte, wenn ich traurig war, hatte sich eng an mich geschmiegt und presste tröstend seine feuchte Schnauze an meinen Hals. Mein Smartphone hatte ich in den Flugmodus gestellt, damit mich niemand anrufen konnte. Ich hatte nämlich echt null Bock auf einen Anruf von Tim und auf irgendwelche Erklärungen und Entschuldigungen. Es war nicht einmal Ginas Beleidigung selbst, die mich so gekränkt und enttäuscht hatte, sondern die Tatsache, dass Tim sich nicht sofort auf meine Seite gestellt und seine kleine Schwester in die Schranken gewiesen hatte. Stattdessen hatte er sich bei meinen *Eltern* entschuldigt und war dann abgerauscht, ohne mich noch mal anzugucken, und das war einfach unverzeihlich! Mein Bruder hatte Ariane beschützt wie ein

Ritter, obwohl die nicht mal seine Freundin war und sich problemlos selbst hätte helfen können. Ganz sicher hätte Niklas dasselbe für Melike getan, aber meinem Freund waren alle anderen wichtiger gewesen als ich!

Twix hob den Kopf, wedelte mit seinem Schwanz und stemmte die Vorderpfoten gegen meine Hüfte. Irgendjemand musste in mein Zimmer gekommen sein, aber ich hatte keine Lust auf ein Gespräch. Schließlich riskierte ich doch einen Blick. Halb hoffte und halb befürchtete ich, dass es Tim war, doch zu meiner Enttäuschung war es nur meine Mutter. Sie signalisierte mir, dass sie mir etwas sagen wollte, deshalb würgte ich Taylor Swift ab, zog die Stöpsel aus den Ohren und richtete mich auf.

»Was ist denn los mit dir?«, fragte Mama. »Warum rennst du einfach weg und verkriechst dich hier im Bett?«

»Du warst ja wohl eben mit dabei!«, antwortete ich aufgebracht. »Hätte ich da etwa einfach sitzen bleiben sollen?«

Mama stieß einen Seufzer aus und schüttelte den Kopf. »Das war echt keine schöne Situation«, gab sie zu. »Für niemanden. Linda war das auch sehr unangenehm …«

»Was meinst du, wie unangenehm das mir erst war!« Erbost schleuderte ich die Bettdecke zur Seite. »Dieses kleine Miststück beleidigt mich vor allen Leuten und niemand sagt irgendetwas! Deine tolle Linda denkt ja vielleicht sogar dasselbe wie Gina! Und Tim hat's nicht mal für nötig gehalten, mir beizustehen! Bei *euch* hat er sich entschuldigt, aber *mich* hat er nicht mal angeguckt!« Ich schnaubte wütend und zu meiner Verärgerung stiegen mir gleichzeitig Tränen in die Augen. Ich hatte echt zu nah am Wasser gebaut, verdammt!

»Gina ist doch nur ein kleines Mädchen und …«, begann Mama.

»Komm mir jetzt bloß nicht damit, dass ich *Verständnis* haben sollte!«, fiel ich meiner Mutter ins Wort. »Gina ist genau wie ihr Vater. Sie hasst unsere Familie und mich ganz besonders.«

Twix leckte mir die Hand, als ob er mich beruhigen wollte.

»Ich hab 'ne Menge kapiert heute Abend!« Meine Stimme klang bitter. »Gina hat nur gesagt, was die Jungbluts insgeheim alle denken, das schwör ich dir! Tims Mutter hat mit mir übrigens noch nie mehr als zwei Sätze geredet, obwohl ich seit anderthalb Jahren mit Tim zusammen bin.«

»Jetzt steigere dich nicht in irgendetwas rein«, sagte Mama. »Das wird sich schon alles wieder einrenken.«

»Wenn du meinst.« Ich zuckte die Schultern und sie ging hinaus.

Eine Weile starrte ich auf mein Smartphone und überlegte, ob ich den Flugmodus wieder ausschalten sollte. Allerdings würde ich es nicht ertragen, wenn Tim sich nicht gemeldet hatte. Andererseits wusste ich nicht, was ich tun sollte, falls er mir geschrieben oder versucht hatte, mich anzurufen.

»You made a really deep cut, baby«, murmelte ich, holte tief Luft und tippte auf das Flugzeugsymbol. Das Handy brauchte ein paar Sekunden, um sich in das Funknetz einzuwählen, und ich rechnete mindestens mit einer WhatsApp von Melike. Aber es geschah – nichts. Gar nichts. Niemand hatte versucht, mich anzurufen oder mir zu schreiben. Das frustrierte mich so sehr, dass ich vor lauter Selbstmitleid und Zorn wieder heulen musste. Ich war allen egal: meinem Freund und meiner besten Freundin, ja, sogar meiner liebsten Feindin Ariane, die mich wahrscheinlich nur verteidigt hatte, weil sich eine gute Gelegenheit geboten hatte, der verwöhnten Prinzessin Gina mal die Meinung zu geigen.

Als ich am nächsten Morgen aufwachte, griff ich wie üblich zuallererst nach meinem Handy auf dem Nachttisch. Tim hatte mir tatsächlich noch eine WhatsApp geschrieben, um 23:57 Uhr!

Hey, Elena, tut mir echt leid, was meine Sis zu dir gesagt hat. Hatten hier grad fett Diskussionen deswegen. Lass uns morgen reden, o. k.? Kuss, T.

Glaubte er etwa ernsthaft, damit sei alles wieder in Ordnung? Diesmal hatte ich nicht vor, Tim so schnell zu verzeihen. Dummerweise war ich sonst nämlich wenig nachtragend, was Tim betraf. Egal wie oft er mich versetzt oder mir im letzten Moment abgesagt hatte, ich hatte mich nie beklagt.

Als ich mich gähnend ins Badezimmer schleppte, erwischte ich mich dabei, dass mein Unterbewusstsein schon wieder irgendwelche Entschuldigungen für Tims Verhalten suchte.

»Stopp, Elena!«, sagte ich zu mir selbst. »Diesmal wirst du nicht nur um des lieben Friedens willen sofort wieder nachgeben! Heute muss Tim sich echt entschuldigen.«

Später, an der Bushaltestelle, traf ich Melike, die zuerst einen auf eingeschnappt machte. Sie trug die pinkfarbenen Ferrini-Cowboystiefel, die sie in Amerika gekauft hatte, dazu ein weißes Top und das knallpinke Hoodie von *Abercrombie & Fitch*, das sie in der Shopping Mall in Fall River für einen Spottpreis erstanden hatte. Zwischen all den anderen Leuten in unauffällig dunklen Klamotten leuchtete sie an diesem diesigen Septembermorgen wie ein bunter Eisvogel, der sich in einen Taubenschwarm verirrt hatte.

»Fand ich nicht nett von dir, dass du gestern einfach vor mir weggerannt bist«, sagte sie spitz. »Ich wollte dich noch anrufen, aber dann dachte ich mir: Nee, das mach ich jetzt nicht.«

»Du hättest mich eh nicht erreicht«, erwiderte ich. »Ich hab mein Handy nämlich ausgestellt.«

»Ach ja? Wieso das denn?« Melike, die nie und nimmer auf die Idee kommen würde, ihr Handy auszuschalten, war neugierig.

»Weil ich keinen Bock drauf hatte, dass Tim mich anruft.«

Im Schulbus ergatterten wir unsere Lieblingsplätze ganz hinten in der letzten Bank. Melike war nicht länger sauer auf mich und regte sich nun über Tim und seine Mutter auf.

»Tim hat dich übelst im Stich gelassen. Das war echt nicht okay«, fand sie. »Dein Bruder schmeißt sich wie Batman vor Ariane, um sie zu beschützen, aber dein Freund sitzt einfach nur da und rührt sich nicht, und seine Mutter genauso wenig. Das hätte Niklas niemals gemacht!«

»Stimmt«, bestätigte ich. »Ich kam mir so blöd vor!«

»Die Einzige, die cool reagiert hat, war Ariane«, meinte Melike.

»Warum hab ich eigentlich nicht selbst was gesagt?«, fragte ich. »Ich hab's ja wohl nicht nötig, dass Ariane mich verteidigt, ausgerechnet die!«

Ariane war schon immer unverfrorener gewesen als ich. Insgeheim hatte ich sie für ihre Courage bewundert, später hatte ich oft genug darunter leiden müssen, dass sie immer genau das sagte, was sie gerade dachte, und es ihr völlig egal war, ob sie damit jemanden verletzte oder nicht.

»Ich habe auch überlegt, ob ich mich einmischen sollte«, gab Melike nun zu. »Vielleicht hätte ich's getan, wenn meine und Niklas' Eltern nicht dabei gewesen wären, aber so …«

Sie beendete den Satz nicht und ich sagte auch nichts mehr. Wir schwiegen eine Weile, während der Schulbus durch den Wald Richtung Königshofen tuckerte. Meine Enttäuschung über Tims Verhalten war noch stärker als gestern, deshalb erzählte ich Melike, obwohl ich das eigentlich nicht vorgehabt hatte, wie Tim mich auf der Stallgasse angefahren hatte.

»Er hat ernsthaft zu dir gesagt, du sollst ihn nicht *stressen?*« Meine Freundin riss ungläubig die Augen auf. »Das gibt's ja wohl nicht!«

»Dabei habe ich ihn nur gefragt, wann er mir das von dem Umzug nach Steinau erzählen wollte.«

»Elena, so was darfst du dir nicht gefallen lassen!«, sagte Melike entschieden. »Ich kann Tim echt gut leiden, das weißt du, aber das geht null! Das ist respektlos!«

Sollte ich ihr erzählen, wie abfällig er sich in den letzten Tagen immer wieder über ihre Smiley-Schwärmerei geäußert hatte? Nein, lieber nicht! Melike würde stinksauer werden und Tim sofort zur Rede stellen. Dadurch könnte unsere ganze Clique zerbrechen und das wollte ich nicht riskieren. Vielleicht entschuldigte sich Tim ja heute und dann würde wieder alles gut werden.

»Du musst ihm mal 'ne klare Ansage machen!«, riet Melike mir. »Nur weil du konfliktscheu bist und jeden Streit vermeiden willst, lässt du dir alles gefallen und frisst deinen Kummer in dich rein. Das geht nicht!«

Melikes Kritik traf mich an einer empfindlichen Stelle. Es stimmte, ich konnte schlechte Stimmung nicht ertragen, erst recht nicht mehr, seitdem meine Eltern sich damals beinahe getrennt hatten.

»Vielleicht hat mich das gestern so geschockt, weil ich echt so blöd war zu glauben, alles wäre jetzt gut zwischen den Jungbluts und uns«, sagte ich nach einer Weile. »Für einen Moment hab ich Tims Vater vor mir gesehen. Gina hatte denselben Gesichtsausdruck wie er – so fies und hasserfüllt.« Ich schüttelte mich.

»Ich kann sie sogar ein bisschen verstehen«, antwortete Melike. »Sie war immer Papas Liebling. Und plötzlich ist er weg, die Leute reden schlecht über ihn, die Einsteller ziehen aus, und dann stellt sie auch noch fest, dass ihr großer Bruder ausgerechnet mit einer Weiland zusammen ist.«

»Das verstehe ich ja auch alles«, räumte ich widerstrebend ein. »Aber wieso sagt ihr keiner die Wahrheit? Mir kam's beinahe so vor, als ob sie wirklich keine Ahnung hätte, was ihr Vater getan hat.«

»Also mal ganz ehrlich: Guck dir die Mutter an.« Melike schnaubte verächtlich. »Die Frau hat überhaupt keinen Mumm! Lässt sich mit über vierzig Jahren von *ihrem Vater* sagen, dass sie mit ihrer Tochter nach Hause fahren soll! Hallo?«

In dieser Sekunde fiel mir ein, was ich Melike eigentlich hatte erzählen wollen. Der Bus fuhr schon durch die Straßen von Königshofen, in knapp zwei Minuten würden wir den Busbahnhof erreichen. Mir blieb nicht viel Zeit, deshalb berichtete ich meiner Freundin in aller Eile von meinem Verdacht, Lajos habe sich in Linda Jungblut verliebt.

»Das darf nicht wahr sein!«, stieß Melike entsetzt hervor. »Der arme Lajos!«

Sie hatte eine ganze Weile für Dr. Lajos Kertéczy geschwärmt, nachdem wir ihn peinlicherweise zuerst für einen Pferdedieb gehalten hatten, der im Forsthaus mitten im Wald gestohlene Pferde versteckte. Wir hatten ihm seines wilden Zottelbarts wegen den Spitznamen »Waldschrat« gegeben und ihn sogar heimlich bei der Polizei angezeigt.

Durch Lajos hatten wir überhaupt erst herausgefunden, welche Tragödie zu der Familienfeindschaft zwischen den Weilands und den Jungbluts geführt hatte, und für Tim war eine Welt zusammengebrochen, als er erfahren musste, was sein Vater zwanzig Jahre zuvor angerichtet hatte.

»Bist du dir sicher, Elena?«, wollte Melike wissen.

»Nicht hundertprozentig«, erwiderte ich. »Aber ich hab gesehen, wie Lajos Tims Mutter angeguckt hat, als sie auf dem Reitplatz herumgeritten ist. Und auch später am Tisch haben sie sich immer wieder angestarrt, wenn sie dachten, es sieht keiner.«

»Wir müssen Lajos retten!«, sagte meine Freundin wild entschlossen. »Diese Frau ist nichts für ihn.«

»Wie stellst du dir das vor?« Ich sah Melike zweifelnd an. »Das sind Erwachsene, die können machen, was sie wollen. Und wenn Tim erfährt, was wir über seine Mutter denken, dann …«

»Sie wird Lajos enttäuschen, wie sie es schon einmal getan hat!«, unterbrach Melike mich. »Sie wird ihm wehtun. Aber das werde ich verhindern, das schwör ich dir!«

7. Kapitel

Tim stand an der Bushaltestelle und wartete auf mich, aber zum ersten Mal, seit ich ihn kannte, beschleunigte sich mein Herzschlag bei seinem Anblick nicht, obwohl er rein objektiv noch genauso süß aussah wie immer. Heute jedoch verspürte ich sogar so etwas wie einen leisen Widerwillen.

»Ich muss mich beeilen«, sagte Melike, nachdem sie Tim ziemlich kühl begrüßt hatte, und verschwand im Gewühl der Schülermassen.

Irgendetwas hatte sich zwischen Tim und mir verändert, das merkte ich sofort. Zwar begrüßten wir uns wie üblich mit einem Kuss, aber der war nur halbherzig wie all unsere Küsse in letzter Zeit. Ich steckte die Hände in die Taschen meiner Fleecejacke, obwohl Tim sowieso nicht meine Hand ergriffen oder mir seinen Arm um die Schultern gelegt hätte. Das tat er ja nie.

»Gina ist gestern Abend zu Hause total ausgerastet«, erzählte er mir. »Dagegen war ihr Auftritt auf dem Amselhof harmlos. Sie hat mich und meine Mutter beschimpft und geschrien, sie würde lieber auf ein Internat gehen, als nach Steinau zu ziehen.«

Das klang nach einer prima Lösung, fand ich, sagte das aber natürlich nicht laut. Den ganzen Weg zur Schule hörte ich mir von Tim an, wer was zu wem gesagt hatte, und wie sehr ihn das alles ankotzte und stresste.

»Meine Mom ist voll eingeknickt und will jetzt doch erst mal auf dem Sonnenhof bleiben«, sagte Tim missmutig. »Aber ich ziehe zu Opa und Oma, das steht fest.«

»Na ja«, entgegnete ich nur und erschrak selbst ein bisschen darüber, wie gleichgültig es mir eigentlich war, wo er wohnte. Kurz vor dem Schultor fiel Tim endlich meine Wortkargheit auf. Er blieb stehen.

»Du bist sauer auf mich, stimmt's?«, fragte er und es klang wie ein Vorwurf, was ich ziemlich unpassend fand. Immerhin war ich diejenige, die im Stich gelassen worden war, nicht er.

Statt ihm zu antworten zuckte ich nur mit den Schultern. Jetzt war nicht der richtige Zeitpunkt, ihm zu sagen, wie sehr es mich kränkte, wenn er mich so abweisend behandelte. Ich wollte ihm gerade vorschlagen, später und in Ruhe mal über alles zu reden, aber da sprach er schon weiter, ohne eine Antwort von mir abzuwarten.

Plötzlich tat sich ein Graben zwischen uns auf, der mich davon abhielt, einfach so weiterzumachen, als sei nichts geschehen. Solange Tim nicht kapierte, wie wichtig es für mich war, dass er sich für sein Verhalten bei mir entschuldigte, würde nichts mehr so sein können, wie es einmal gewesen war. Mein Vertrauen zu ihm war erschüttert und damit auch das, was ich bisher für Liebe gehalten hatte. Ich hatte keine Lust mehr, Verständnis für ihn und seine »schwierige Situation« aufzubringen, die ich gar nicht so schwierig fand. Seit sein jähzorniger, brutaler Vater im Gefängnis saß, ging es Tim viel besser, als es ihm jemals zuvor gegangen war: Er musste nicht mehr im Stall arbeiten und irgendwelche verkorksten Handelspferde reiten, er wurde von seinem Vater nicht mehr beschimpft und verprügelt. Stattdessen hatte er gute Freunde, war gerade zusammen mit Niklas vier Wochen in Amerika gewesen, durfte unsere Pferde auf Turnieren reiten und wurde von Papa auf dem Amselhof trainiert. Er war gut in der Schule und würde nächstes Jahr sein Abi machen. Es gab keinen Grund mehr, ihn für irgendetwas zu bedauern, und vielleicht war es an der Zeit, dass er das mal begriff.

»Was ist denn los mit dir?«, fragte er mich nun allen Ernstes. »Warum sagst du nichts?«

Mein Herz begann zu pochen und ich dachte an Melikes Vorwurf, ich sei konfliktscheu. Was würde passieren, wenn ich Tim sagte, was in mir vorging? Er konnte superempfindlich sein und ich erinnerte mich nur zu gut an das dumme Missverständnis, das dazu geführt hatte, dass er letztes Jahr kurz vor Weihnachten mit mir Schluss gemacht hatte. Diesmal sollte er wissen, woran er bei mir war. Wie er jedoch damit umging, würde sich zeigen.

»Ich hatte gehofft, du würdest dich dafür entschuldigen, dass du mich gestern Abend einfach so hast sitzen lassen«, erwiderte ich deshalb kühl. »Dann hätte ich an die ganze Sache einen Haken gemacht. Bei meinen Eltern hast du dich für das, was Gina gesagt hat, entschuldigt, bei mir nicht. Das hat mich total gekränkt und du merkst das nicht mal.«

Tims Miene verfinsterte sich. »Aber ich hab mich doch entschuldigt«, entgegnete er. »In der WhatsApp gestern Nacht.«

»Du hast dich für das entschuldigt, was deine Schwester zu mir gesagt hat«, korrigierte ich ihn. »Nicht dafür, dass du einfach weggegangen bist, ohne mich auch nur anzuschauen.«

»Mein Gott, Elena, was soll denn das?« Wieder hatte seine Stimme diesen genervten Unterton, wie so oft in letzter Zeit. »Es war eine verdammt peinliche Situation gestern Abend. Ich wollte Gina wegbringen, bevor sie noch mehr Blödsinn redet, und ich dachte, du verstehst das schon. Was sollte ich denn sonst tun?«

Mit ein paar Worten hatte Tim wieder einmal den Spieß umgedreht und versuchte, mir ein schlechtes Gewissen zu machen. Aber das funktionierte diesmal nicht.

»Zu mir stehen, wenn ich beleidigt werde«, entgegnete ich. »Mich verteidigen. Mir das Gefühl geben, dass ich dir noch etwas bedeute. Mein Bruder schmeißt sich vor Ariane wie ein Ritter und du lässt mich einfach kommentarlos sitzen und fährst weg. Fühlt sich ziemlich scheiße an.«

»Du meckerst echt nur noch an mir rum.« Tim presste die Lippen zusammen und schüttelte den Kopf. »Das wird mir langsam alles zu anstrengend.«

Der Schulgong ertönte.

»Okay.« Ich bemühte mich, äußerlich gelassen zu bleiben, dabei trafen mich seine ungerechten Worte mitten ins Herz. Tim wollte wohl nicht kapieren, um was es mir ging. Vielleicht hatte es einfach keinen Sinn mehr mit uns. »Dann weiß ich ja Bescheid. Ich muss los. Wir haben Physik in der Ersten.«

Damit ließ ich ihn stehen und trabte durch die Pausenhalle Richtung Hauptgebäude.

»Gerade in Bezug auf Lajos sind uns schon ein paar gravierende Fehleinschätzungen unterlaufen«, sagte Melike, als wir in der ersten großen Pause auf dem Mäuerchen neben der Turnhalle hockten. »Deshalb müssen wir extrem vorsichtig sein und die Lage erst mal ausloten.« Sie biss in ihr Schulbrot und verzog angewidert das Gesicht. »Billiger Formvorderschinken und Margarine, bäh!«, klagte sie. »Paula hat mich für alle Zeit verdorben. Denk doch nur an diese sensationellen Sandwiches, die sie uns immer gemacht hat! Kaltes Lamm mit Minze und Koriander …«

»… Hühnchenbrust mit Gurke, Ei und Mayonnaise«, ergänzte ich und grinste. »Oder Roastbeef mit Salat und Remouladensoße! Das war der absolute Knaller.«

Paula, Brendas Haushälterin auf der Oaktree-Farm, hatte solche Köstlichkeiten mal kurz zwischendurch für uns gezaubert, wenn wir hungrig bei ihr in der Küche aufgetaucht waren.

»Nur der Respekt vor dem armen Schwein, das sein Leben für diesen Schinken lassen musste, hindert mich daran, dieses Brot in den Mülleimer zu werfen«, sagte Melike pathetisch und biss mit gequälter Miene erneut in ihr Brot.

»Hier, nimm meins«, bot ich ihr an. »Ich hab Käse mit Essiggurken.«

Wir tauschten unsere Brote und überlegten kauend, wie wir mit hundertprozentiger Sicherheit herausfinden konnten, ob mein Verdacht in Bezug auf Lajos und Linda Jungblut gerechtfertigt war oder nicht.

»Was war heute Morgen eigentlich mit Tim?«, erkundigte sich Melike. »Hat er sich entschuldigt?«

»Im Gegenteil.« Ich erzählte ihr, was Tim gesagt und wie ich reagiert hatte.

»Was hat er bloß?« Melike war ratlos. »So kenne ich ihn gar nicht.«

»Irgendwie fühlt es sich nicht mehr richtig an mit ihm«, antwortete ich. »Wenn ich uns mit dir und Niklas vergleiche, dann sehe ich, was fehlt.«

»Oh nein, Elena!« Melike ergriff bestürzt meine Hand. »Tim und du, das war so etwas Besonderes! Ich dachte, ihr würdet eines Tages heiraten.«

Das hatte ich auch mal geglaubt. Ich erinnerte mich daran, wie es mit Tim und mir angefangen hatte, ich dachte an das Herzklopfen und die Glücksgefühle, die sich mit Zweifeln und Unsicherheit abgewechselt hatten wie bei einer Achterbahnfahrt. Es war aufregend gewesen und total verboten – und das war wohl der größte Reiz an der ganzen Sache gewesen, denn rückblickend war es ab dem Moment, als Tim und ich nichts mehr verheimlichen mussten, irgendwie öd geworden.

»Es fällt mir schwer, das zu sagen, und ich komme mir ein bisschen fies vor«, gestand ich meiner Freundin. »Aber wenn ich's mir genau überlege, dann ist Tim … nun ja … langweilig. Und total egoistisch. Immer geht's nur um ihn und seine Probleme. Was mit mir ist, interessiert ihn nicht wirklich.«

Melike hörte mir stumm zu.

»Als ich Tim heute Morgen gesehen habe, hab ich zum ersten Mal gedacht: Oh nee, Mist! Wenn wir allein sind, reden wir über Pferde, Turniere, seine Familie. Und wenn andere dabei sind, sind wir wie Bruder und Schwester. Tim würde nie auf die Idee kommen, mich mal in den Arm zu nehmen oder irgendetwas Süßes zu sagen, wie Niklas das bei dir andauernd macht.«

»Willst du etwa mit ihm Schluss machen?«, fragte Melike besorgt.

Ich stieß einen tiefen Seufzer aus. »Ich glaube, es ist schon längst Schluss«, erwiderte ich niedergeschlagen. »Es hat bloß noch keiner von uns ausgesprochen.«

Und so blieb es. Weder Tim noch ich machten offiziell Schluss. Unsere Liebe zerbrach nicht, sie löste sich einfach auf. Ganz ohne Drama, ohne Tränen und Herzschmerz versandete und versickerte sie, und außer Melike fiel das niemandem auf. Eigentlich war ich froh, dass es zu keiner finalen Aussprache gekommen war, bei der wir uns womöglich Dinge an den Kopf geworfen hätten, die wir nicht mehr zurücknehmen konnten. So würde es uns vielleicht gelingen, Freunde zu bleiben und die Erinnerung an die schönen Zeiten, die wir zusammen erlebt hatten, ungetrübt zu lassen.

Tim und ich redeten nur noch selten miteinander und wenn, dann über Belanglosigkeiten. In unseren immer seltener werdenden WhatsApps hatten schon seit längerer Zeit die Herzchen- und Kuss-Emoticons gefehlt, und irgendwann stellte ich fest, dass ich Tim drei Tage lang gar nicht geschrieben hatte und er mir auch nicht. Ich vermisste ihn nicht, im Gegenteil. Ich, die ich so sehr getrauert und gelitten hatte, als er letzten Winter mit mir Schluss gemacht hatte, fühlte mich zu meiner eigenen Verwunderung beinahe erleichtert. Nur hin und wieder, wenn ich dachte, ich müsste Tim unbedingt etwas erzählen, und mir einfiel, dass es ihn nicht mehr interessierte, dann verspürte ich einen kleinen, nagenden Schmerz in meinem Innern.

Eine ganze Weile merkte niemand auf dem Amselhof, dass es mit Tim und mir vorbei war, und meine Eltern fielen aus allen Wolken, als ich es ihnen eines Abends beiläufig in der Stallgasse erzählte. Ich hatte Bittersweet in der letzten Springstunde geritten und nahm ihr nun Sattel, Trense und Gamaschen ab. Mama machte das abendliche Extrafutter für die Turnierpferde fertig und Papa zog Fritzi eine leichte Stalldecke über. In den Nächten wurde es bereits kühl und er wollte nicht, dass die Pferde zu früh Winterfell bekamen, deshalb deckte er sie schon ein.

»Weißt du eigentlich, wann die Jungbluts nach Steinau umziehen?«, fragte er mich. »Das muss doch bald sein.«

»Keine Ahnung.«

»Wie, keine Ahnung? Redet ihr denn nicht über so etwas, Tim und du?«, wunderte Papa sich.

»Nein«, erwiderte ich. »Zwischen Tim und mir ist Schluss.«

»*Was?*«, riefen meine Eltern ungläubig im Chor. »Seit wann das denn?«

»Weiß nicht.« Ich zuckte mit den Schultern. »Ich glaube, seitdem Tims Schwester mich hier vor allen Leuten beleidigt hat.«

»Ach, Elena!« Mama wirkte bekümmert und zu meinem Erstaunen fast den Tränen nahe. »Das ist aber schade!«

»Ja, das ist wirklich schade.« Auch Papa war richtig betroffen.

»Na ja«, sagte ich nur und schleppte das Sattelzeug in die Sattelkammer. Ich hatte nicht die geringste Lust, über Tim zu reden. Meine Eltern sagten nichts mehr, aber sie wirkten auf einmal so bedrückt, als sei irgendjemand gestorben.

Endlich waren alle Pferde versorgt und in ihren Boxen und ich konnte noch einmal bei Hilda und Smiley, die mittlerweile ihre neuen Paddockboxen bezogen hatten, vorbeischauen. Twix und Robbie, unser Berner Sennenhund, begleiteten mich, ließen sich aber schon nach ein paar Metern von irgendeiner aufregenden Fährte ablenken. Als ich um die Ecke der Scheune bog, pfiff ich laut irgendeine Melodie. Das war eine reine Vorsichtsmaßnahme, nachdem ich vor ein paar Tagen unfreiwillig den Aknefrosch und Gloria beim Knutschen überrascht hatte.

»Keiner hier außer mir«, brummte der Aknefrosch griesgrämig wie eh und je, seit Gloria vor ein paar Tagen in die Schweiz gefahren war, um ihre Eltern zu besuchen. Er hockte auf der obersten Stange von Gray Jacs Paddock und tippte auf seinem Smartphone herum. In Glorias Abwesenheit kümmerte er sich um ihre beiden Pferde.

Die grünen Schindeldächer und die weiße Holzverkleidung des Paddockboxenstalls erinnerten mich an die Oaktree-Farm. Noch stand die Hälfte der Boxen leer, aber es gab bereits jede Menge Anfragen von Westernreitern, denn es hatte sich herumgesprochen, dass es auf dem Amselhof nun eine echte Westerntrainerin gab. Gloria hatte sich nämlich dazu entschlossen, vorerst hierzubleiben. Das mochte am Aknefrosch liegen, aber wohl auch daran, dass Mama und Christian Spaß am Westernreiten gefunden hatten. Sogar Papa hatte sich bereits ein paar Mal in den Westernsattel geschwungen und war ebenfalls begeistert von den Quarter Horses und dieser völlig anderen Reitweise. Daher hatten meine Eltern beschlossen, dass Gloria als Trainerin auf selbstständiger Basis auf dem Amselhof arbeiten durfte, und hatten mit ihr eine vertragliche Regelung gefunden.

»Musst du nicht längst ins Heia-Bett?« Der Aknefrosch steckte sein Smartphone weg.

»Nee, ich darf heute mal aufbleiben, bis der Mond aufgeht«, parierte ich. Ich war auch nicht besonders gut gelaunt und das lag nicht nur an der Sache mit Tim. Mein Verdacht, was Lajos und Tims Mutter betraf, schien sich bestätigt zu haben. Erst vorgestern hatten Melike und ich bei einem Ausritt das Auto von Linda Jungblut am Forsthaus im Wald stehen sehen, und wir nahmen beide nicht an, dass sie wegen einer chiropraktischen Behandlung zu Lajos gefahren war.

»Was is'n eigentlich mit Tim und dir los?«, erkundigte sich der Aknefrosch. »Habt ihr Krach gehabt?«

»Es ist vorbei«, brummte ich.

»Wie? Vorbei?«, fragte Jens neugierig nach.

»Halt … nichts mehr.«

»Hat er mit dir Schluss gemacht?«

»Nee. Wir haben nicht so richtig drüber gesprochen.«

Halb erwartete ich schon, dass Jens jetzt irgendeinen blöden Spruch bringen würde, aber das tat er nicht.

»Vielleicht wird's ja wieder was«, sagte er stattdessen. »Eine Auszeit schadet manchmal nicht.«

»Ich weiß nicht«, erwiderte ich und betrachtete Smiley, der in seinem Paddock nach letzten Heuhalmen suchte. »Irgendwie dachte ich immer, ich könnte ohne Tim nicht leben, aber das Gefühl war ganz plötzlich weg. Von einem Tag auf den anderen.«

»Wegen der Sache mit seiner Schwester, stimmt's? War nicht nett von Tim, dich einfach so sitzen zu lassen.«

Ich warf dem Aknefrosch einen überraschten Blick zu. So viel Feingefühl hatte ich ihm gar nicht zugetraut. Eigentlich war er der Allerletzte, mit dem ich über Liebesdinge und Beziehungsprobleme reden wollte, doch auf einmal quollen die Worte nur so aus meinem Mund. Ich erzählte ihm von Tims abweisendem Verhalten und seiner veränderten Art und davon, dass er immer nur an sich selbst dachte.

»Als ich letzten Winter im Krankenhaus war, da hat er sich nicht ein einziges Mal bei mir gemeldet«, sagte ich und war selbst erstaunt, wie tief die Enttäuschung darüber noch immer in mir steckte. »Es war damals zwar Schluss zwischen uns, aber wenn Tim so krank gewesen wäre, hätte ich ihm ganz sicher trotzdem mindestens 'ne WhatsApp geschickt.«

»Hm«, machte der Aknefrosch nur.

»Wenn er hier ist, hängt er mit Christian und Niklas zusammen. Und wenn wir mal reden, geht's nur um sein Abi, ob er den NC für Tiermedizin schafft, dass ihn seine Familie nervt, welche Pferde er reiten kann. Ich bin ihm eigentlich egal«, fuhr ich fort und hörte selbst, wie gekränkt meine Stimme klang.

»Für Tim ist sein Abi gerade total wichtig. Klar, dass ihn das beschäftigt«, sagte Jens. »Er will von seiner verkorksten Familie weg, das kann man durchaus verstehen. Was erwartest du?«

»Weiß nicht.« Ich zuckte deprimiert die Schultern. »Letzten Sommer war es so cool. Wir waren eine super Clique, haben bei der Heuernte geholfen, sind im Waldsee geschwommen, waren zusammen auf Turnieren. Wir hatten voll viel Spaß! Das ist alles vorbei.«

Ich seufzte unglücklich bei der Erinnerung an all das Schöne, was Tim und ich gemeinsam erlebt hatten.

»Mein Gott, du bist echt noch ein dummes Kind!« Der

Aknefrosch schüttelte den Kopf. »Hast du etwa ernsthaft geglaubt, ihr würdet jetzt bis zu eurem seligen Ende ewigen Sommer mit kindischen Vergnügungen haben? Mann, Elena, das Leben geht weiter und alles verändert sich, auch die Menschen. Tim hat momentan ganz andere Dinge im Kopf als im letzten Sommer und nächstes Jahr werden es wieder andere sein. Und bei dir auch! Wie alt bist du jetzt? Elf? Zwölf?«

»Blödi!« Ich musste wider Willen grinsen. »Du weißt genau, wie alt ich bin!«

»Stimmt ja. Wow, schon fünfzehn!« Er grinste auch, wurde dann aber wieder ernst. »Wahrscheinlich denkst du jetzt, ich labere blödes Zeug daher, aber lass dir von einem weisen, älteren Mann etwas sagen: Zwischen euch liegen momentan Welten, aber vielleicht gibt's in ein paar Jahren eine neue Chance für euch.«

Wir schwiegen einen Augenblick.

»Aber was, wenn es *nie mehr* etwas wird mit Tim und mir?«, fragte ich schließlich mit einem Anflug von Kummer.

»Dann hattet ihr eine tolle, romantische Kinderfreundschaft, an die ihr gerne zurückdenkt, wenn ihr alt und grau seid«, antwortete der Aknefrosch.

»Kinderfreundschaft!« Ich schnaubte gekränkt. »Wir haben uns geliebt!«

»Du sagst es doch selbst: Ihr habt euch geliebt. Das ist die Vergangenheitsform.« Der Aknefrosch schaute mich an. »Nichts im Leben ist für immer.«

»Ja«, stimmte ich ihm wehmütig zu. »Nichts ist für immer.«

Jens' Handy begann zu summen. Er warf einen Blick

aufs Display. »So, das war der Grundkurs Lebenshilfe für dumme Kinder.« Er ließ sich von der Stange gleiten. »Die Stunde ist um.«

»Ist das Gloria?«, wollte ich neugierig wissen.

»Neugier hat die Katze getötet«, entgegnete er wieder echt aknefroschig und verschwand in der Dunkelheit.

Ich rief nach Twix, der Sekunden später von irgendwoher auftauchte und freudig an mir hochsprang. Gedankenversunken spazierte ich zum Haus, vorbei an der neuen Reithalle, den Stallungen und dem Reitplatz. Überall waren schon die Lichter aus, nur die Gaststätte war noch hell erleuchtet und der Parkplatz stand voller Autos.

Ich setzte mich auf die Bank an der Remise am Springplatz, in der im Winter die Hindernisse eingelagert wurden. Das Holz war schon feucht vom Tau und die Rosen, die sich in herrlicher Fülle an der Wand der Remise hochrankten, strömten einen betörend süßen Duft aus. Twix hüpfte auf meinen Schoß und rollte sich in meinen Armen zusammen. Über den Parkplatz wehte gedämpft das Stimmengewirr und Gelächter aus der Gaststätte zu mir herüber. Im Haus brannte Licht, ich sah Mama in der Küche hin und her gehen. Alles war wie immer und doch fühlte sich alles so anders, so fremd an, so, als sei ein Stück aus meinem Herzen herausgebrochen worden.

Konnte es wirklich sein, dass Gefühle so plötzlich verschwanden, als wären sie nie da gewesen? Oder hatte ich mir einfach nur nicht eingestehen wollen, dass meine Liebe zu Tim ganz allmählich weniger geworden war?

Von Anfang an hatten wir mit irgendwelchen Problemen kämpfen müssen: das geheime Training von Fritzi, die Feindschaft zwischen unseren Familien, Christians

Hass auf Tim und die Jungbluts im Allgemeinen und eine ganze Reihe von Missverständnissen, die es vielleicht nicht gegeben hätte, wenn unsere Liebe nicht zur Heimlichkeit verdammt gewesen wäre. Irgendwie hatten wir alles hinbekommen, doch jetzt waren wir auf einmal selbst das Problem geworden und das schien unlösbar zu sein.

Ich verstand nicht, was in mir vorging. Tim fehlte mir und fehlte mir gleichzeitig nicht. Auf einmal musste ich an den Tag denken, an dem er mich versetzt und ich zufällig Niklas am Busbahnhof getroffen hatte. Selten hatte ich einen so unbeschwerten und lustigen Nachmittag gehabt. Wir hatten uns gegenseitig beim Weihnachtsgeschenke-Einkauf beraten, danach Pommes und Hamburger gegessen und so viel gequatscht, dass wir die Zeit vergessen hatten. So etwas hatte ich mit Tim nie erlebt. Mit Tim war alles ernsthaft, erwachsen, von Problemen und Verantwortung beschwert. Ich war erst fünfzehn, aber wenn ich mit ihm zusammen war, fühlte ich mich viel älter. Nicht, dass ich mich an Gummiseilen von Brücken stürzen, ohne Führerschein Auto fahren, mich mit Wodka ins Koma trinken oder Joints rauchen wollte, wie es Klassenkameraden von mir taten, nein, aber in mir drin war diese Sehnsucht nach irgendetwas, das ich nicht einmal beschreiben konnte, was mir aber so sehr fehlte, dass es richtiggehend schmerzte.

»*Es muss das Herz bei jedem Lebensrufe bereit zum Abschied sein und Neubeginne*«, murmelte ich. Twix hob den Kopf und blickte mich aus seinen bernsteinfarbenen Augen aufmerksam an. Ich knuddelte seine weichen Öhrchen, er reckte sich genüsslich und schmiegte sich noch enger an mich.

»Das hat schon der gute alte Hermann Hesse gewusst«, sagte ich zu meinem Hund. »Und der Aknefrosch hat leider recht: Es gibt keinen Weg zurück.«

8. Kapitel

Seit den Sommerferien drehte sich in der Schule alles um die Vor-Abi-Party, die in diesem Jahr schon im September stattfinden sollte. Mich nervte die Klamottenhysterie der Mädchen in meiner Stufe, die noch schlimmer war als in den Jahren zuvor. Denn da wir mittlerweile in der Oberstufe waren, war es absolute Pflicht, dort hinzugehen. Während die reguläre Abi-Party von den Elftklässlern für die Abiturienten organisiert wurde, war die Vor-Abi-Party Sache der zwölften Klassen und es ging mehr oder weniger darum, Geld einzunehmen, um eine richtig coole Location für die eigentliche Party mieten zu können. Mein Bruder war im Organisationskomitee und hatte mich gebeten, an der Bar zu arbeiten und Getränke auszuschenken. Ich war ganz froh darüber, denn mir graute davor, allein auf der Party herumzuhängen. Auf die letzte Schulfeier, die nach Fabians und Kikis Attacke auf Ariane durch die Polizei beendet worden war, war ich mit Tim gegangen. Beim Kreisreiterbundball im letzten Jahr hatte er mich versetzt und ich war mir selten dämlich vorgekommen, als ich allein am Tisch herumsitzen musste. Dieses Schicksal sollte mich nicht noch einmal ereilen.

»Na ja, immerhin besser, als wenn sie dich in die Garderobe abgeschoben hätten«, sagte Melike, nachdem sie ihre erste Enttäuschung darüber, dass ich arbeiten musste, überwunden hatte. Sie freute sich darauf, den ganzen Abend zu tanzen, und konnte nicht verstehen, dass ich lieber hinter der Bar stand.

Nach einer Woche Regen schien die Sonne vom wolkenlosen Septemberhimmel und wir nutzten die Gelegenheit für einen Ausritt mit Hilda und Smiley. Die Hitze des Sommers war endgültig vorüber, Spinnwebfäden segelten durch die herbstlich frische Luft. Bald würden die Bäume ihre Blätter verlieren, es würde kalt und ungemütlich werden und um fünf Uhr dunkel sein.

»Ich wollte eigentlich überhaupt nicht hingehen«, erwiderte ich. »Ich *hasse* solche blöden Partys, das weißt du ja!«

»Ach, das ist doch spaßig«, meinte Melike. »Ich hab auf jeden Fall schon ein voll abgefahrenes Outfit für dich.«

»Vergiss es«, sagte ich. »Ich verkleide mich nicht mal an Fasching!«

Wir hatten die »Autobahn« erreicht, so nannten Melike und ich den geschotterten Waldweg, der schnurgerade etwa einen Kilometer bergauf führte und sich auch mit lebhaften Pferden für einen Galopp gut eignete. Die meisten Pferde vom Amselhof kannten die Autobahn als Galoppstrecke und preschten schon los, sobald man von der Kreuzung in den Weg eingebogen war. Aber die beiden Quarter Horses waren mit dem Gelände noch nicht so vertraut. Wir konnten so gemütlich galoppieren, dass Twix mit seinen kurzen Beinchen problemlos mitkam, und uns dabei noch unterhalten.

»Reiten wir oben links oder rechts?«, rief Melike über die

Schulter. Links führte der Weg in einem Bogen am Forsthaus vorbei und dann weiter zu der Wiese, auf der Tim und ich früher heimlich Fritzi trainiert hatten. Es war eine prima Strecke, wenn man nicht viel Zeit hatte, aber wenn möglich vermied ich es, an dieser Wiese vorbeizureiten, denn sie barg zu viele schmerzliche Erinnerungen.

»Rechts!«, antwortete ich deshalb.

»Und was ist mit dem Forsthaus?«

Jedes Mal, wenn wir ins Gelände ritten, unternahmen wir einen Abstecher zum Forsthaus am Waldsee, um zu kontrollieren, ob Tims Mutter bei Lajos war. Nach wie vor gab es keinen wirklichen Beweis für meinen Verdacht, aber wir hielten trotzdem die Augen offen, zumal Tim jetzt als Quelle für neue Informationen ausgefallen war.

»Das können wir uns sparen!«, rief ich zurück. »Lajos ist doch noch auf dem Hof!«

Kurz bevor die Autobahn in den Hauptweg mündete, parierten wir durch zum Trab und galoppierten nach der Kurve weiter. Nach ungefähr einem halben Kilometer bogen wir Richtung Steinauer Moor ab, hielten uns vorher aber links, trabten durch eine Kiefernschonung und galoppierten den Panorama-Weg entlang, der oberhalb des verlassenen Steinbruchs nach Hettenbach führte. Ich mochte diese Strecke, selbst wenn sie in Sichtweite am Sonnenhof vorbeiführte, denn man konnte ein ganzes Stück durch Wiesen und Felder reiten, nicht nur durch den Wald. Nach wie vor erschien mir der Hof von Jungbluts wie der Hort allen Übels, sogar jetzt noch, wo Richard Jungblut im Gefängnis saß. Direkt hinter dem Steinbruch parierten wir zum Schritt durch und ließen unsere Pferde einen steilen Trampelpfad hinunterklettern. Twix holte uns wieder ein.

Seine Zunge hing fast auf dem Boden, aber er war glücklich. Er liebte lange Ausritte genauso sehr wie wir und die Pferde. Wir bogen in einen schmalen Weg ein, der von hohen Ginster- und Geißblatthecken gesäumt wurde. In der klaren Luft kreisten über uns zwei Greifvögel und ließen ab und zu ihre heiseren Schreie hören.

Melike schilderte mir ausführlich, was sie bei der Vor-Abi-Party anziehen würde. Sie hatte die Füße aus den Steigbügeln genommen und gestikulierte mit beiden Armen, um mir zu beschreiben, wie das Kleid aussah, das sie in einem Secondhand-Laden in Frankfurt zu einem Schnäppchenpreis erworben hatte. Plötzlich raschelte es und ein paar Meter vor uns tauchte ein weißes Pony mit einem Mädchen auf dem Rücken aus den Büschen auf. Hilda blieb wie angewurzelt stehen, Smiley machte einen erschrockenen Satz und warf sich um hundertachtzig Grad herum, wie bei einem Rollback. Melike, die nicht darauf gefasst war, flog aus dem Sattel und landete unsanft im Graben. Das Pony galoppierte mit seiner Reiterin davon und verschwand in einem Maisfeld, Twix folgte ihm wie ein braun-weißer Kugelblitz. Die Einzige, die sich nicht gemuckst hatte, war Hilda. Ich bekam auf dem schmalen Weg Smileys Zügel zu fassen und konnte ihn an einer Flucht hindern.

»Twix!«, brüllte ich hinter meinem Hund her. »Twiiihix!«

Melike kroch unterdessen aus dem Graben, der nach dem Regen der letzten Tage voll mit brackigem Wasser stand.

»Was für eine blöde Kuh! Wo kam die denn her?« Meine Freundin richtete sich auf und blickte entsetzt an sich hinunter. »Oh Gott! Wie ich jetzt aussehe!«

Ihre Cowboystiefel waren nicht mehr pink, sondern

schlammbraun und die Jeans an der Außennaht von der Hüfte bis zum Stiefelrand aufgerissen und triefend nass.

»Das war Tims Schwester! Komm, wir müssen hinterher!«, drängte ich Melike, die mir versichert hatte, dass mit ihr alles okay war. »Vielleicht können wir Twix den Weg abschneiden.«

Ich stellte mich in den Steigbügeln auf und versuchte, über die Spitzen der hohen Maispflanzen zu schauen. Auf der anderen Seite des Feldes dehnten sich Wiesen und Äcker bis zu dem Gewerbegebiet, an dessen Rand der Sonnenhof lag. Und tatsächlich sah ich auf der anderen Seite des Feldes einen hellen Fleck, der sich schnell bewegte.

»Morgen hab ich bestimmt überall blaue Flecken!«, ächzte Melike und zog sich in den Sattel.

Ich trabte an und fand nach ein paar Metern die schmale Lücke im mannshohen Mais, in der Gina mit ihrem Pony verschwunden war. Die Maisblätter klatschten gegen meine Knie, und Hilda galoppierte von selbst an.

Hettenbach lag nicht so ländlich und abgeschieden wie Steinau. Die Autobahn führte direkt an dem Städtchen vorbei und über die Hauptstraße donnerten Tag und Nacht große Lkws. Ich machte mir echte Sorgen um Twix, denn wenn meinen Hund mal das Jagdfieber gepackt hatte, achtete er auf nichts mehr, schon gar nicht auf Straßen und Autos.

Als ich aus dem schattigen Dunkel des Maisfeldes kam, sah ich Gina quer über einen frisch eingesäten Acker galoppieren. Twix war ihr dicht auf den Fersen. Von klein auf hatte Papa uns eingebläut, dass es streng verboten war, über bestellte Äcker zu reiten, aber das Gör tat es schließlich auch. Hilda war pfeilschnell, viel schneller als das Pony mit seinen kurzen Beinen, und ich holte rasch auf. Gina warf einen Blick über die Schulter und schien zu erschrecken, weil sie nicht damit gerechnet hatte, dass ich ihr folgen würde.

»Gina!«, schrie ich. »Halt an!«

Sie tat so, als ob sie mich nicht gehört hätte. Verdammt! Ich hatte keine Lust, auf den Sonnenhof reiten zu müssen, um meinen Hund einzufangen! Genau in dem Moment bog ein Traktor in den Feldweg ein, der zwischen dem Acker und Jungbluts Hof lag. Als der Bauer uns sah, fuchtelte er wütend mit den Armen und steuerte direkt auf uns zu.

»Ich dreh dir den Hals um, wenn ich dich erwische!«, verwünschte ich meinen Hund, der das weiße Pony mittlerweile eingeholt hatte und nach dessen Hinterbeinen schnappte. Das Pony schlug nach ihm aus und begann zu buckeln. Gina hielt sich noch einen Moment, doch dann flog sie in hohem Bogen herunter. Das Pony wich auf den Betonweg aus und galoppierte geradewegs auf den Traktor zu. Der Bauer hupte und brüllte, das Pony verschwand und ich glaubte schon, für Twix habe das letzte Stündlein geschlagen. Aber dann tauchte er wieder hinter dem Traktor auf und blieb unschlüssig hechelnd stehen, weil ihm seine Beute entwischt war.

Gina rappelte sich auf, rannte auf eine hohe Hecke neben dem Feldweg zu und quetschte sich hindurch. Passiert war ihr bei dem Sturz auf jeden Fall nichts.

»Habt ihr noch alle Tassen im Schrank?«, schrie mich der Bauer wütend an. »Wie kommt ihr dazu, auf meinem Kartoffelacker herumzureiten?«

»Entschuldigung!«, rief ich. »Mein Pferd ist durchgegangen!«

»Ist mir doch egal! Wer bezahlt mir den Schaden, he?«

Melike, die um das Feld herumgeritten war, hielt neben mir an.

»Diese blöde kleine Kuh!«, rief sie atemlos. »Wo ist sie hin?«

»Sie hat sich durch die Hecke gequetscht«, erwiderte ich und deutete in Richtung Sonnenhof. Der Bauer lamentierte noch immer herum und Melike begann mit ihm zu diskutieren. Ich saß unterdessen ab und schnappte meinen Hund, der schuldbewusst die Ohren anlegte. Mit Twix unterm Arm schwang ich mich wieder in den Sattel.

»Jetzt regen Sie sich nicht so auf«, hörte ich Melike sagen.

»Ich soll mich nicht aufregen?« Der Bauer schnappte empört nach Luft. »Ihr habt mir den ganzen Acker verwüstet!«

»Wollen Sie etwa wegen ein paar Hufabdrücken einen Herzinfarkt kriegen?«, entgegnete Melike furchtlos. »Was glauben Sie, was die Leute auf Ihrer Beerdigung dann sagen?«

»Ein paar Hufabdrücke?!«, explodierte der Mann auf seinem Traktor. »Wie heißt ihr zwei?«

»Ich heiße Ariane Teichert«, log Melike, ohne mit der Wimper zu zucken. »Mein Vater hat den Sonnenhof gepachtet.«

»Ich könnte mich vor Frust zerreißen wie Rumpelstilzchen«, sagte sie, als wir eine Stunde später auf dem Amselhof von unseren Pferden absaßen und ihnen die Beine und Hufe abspritzten.

»Wieso? Die Stiefel kriegst du doch wieder hin«, erwiderte ich.

»Nein, nicht deswegen!« Meine Freundin schüttelte den

Kopf. »Ich bin so ein elender Feigling! Niemals würde ich mich trauen, einfach so im Endgalopp loszurasen wie du vorhin! Wie machst du das?«

»Ich weiß auch nicht.« Ich zog Twix vom Wassereimer weg, bevor er ihn komplett leer trank. »Irgendwie denke ich nie drüber nach.«

»Genau das ist wohl der Unterschied zwischen uns beiden.« Melike seufzte unglücklich. »Ich denke dauernd: Da könnte ein Loch sein, da könnte der Boden glatt sein, hier könnte mein Pferd ausrutschen. So wird nie eine gute Reiterin aus mir.«

Ich wusste nicht, was ich dazu sagen sollte. Warum machte es Melike nur so sehr zu schaffen, dass sie nicht so gut reiten konnte wie ich? Dafür konnte sie doch so vieles, ja, eigentlich alles außer reiten besser als ich! Wir schleppten die schweren Westernsättel in die große Sattelkammer an der Putzhalle und führten die Pferde zum Stall hinüber.

»Ach, da seid ihr ja.« Mama kam uns entgegen. »Was ist denn mit dir passiert, Melike?«

»Ich bin vom Pferd geflogen«, gab Melike zu. »Hatte die Füße nicht in den Steigbügeln. Selbst schuld.«

Wir brachten die Pferde in ihre Boxen, dann zog ich mir meine Chaps über die Jeans und nahm Lenzis Halfter vom Haken. Der kleine braune Vollblüter und Skyfall gehörten dem Pferdehändler Herrn Nötzli und er bezahlte mich dafür, dass ich die Pferde ritt und auf Turnieren vorstellte. Normalerweise war das kein Problem, aber seitdem ich mit Hilda noch ein Pferd hatte, wurde meine Zeit nachmittags oft knapp. Meine Hausaufgaben machte ich meistens erst nach dem Abendessen.

Wenig später führte ich Lenzi quer über den Hof zur

neuen Reithalle. Da in der kleinen Halle die 18-Uhr-Reitstunde begonnen hatte, war ziemlich viel los. Auch Tim und Niklas ritten gerade. Ich mochte Lenzi, der eigentlich Lancelot hieß, sehr gerne und fürchtete mich schon jetzt vor dem Tag, an dem Herr Nötzli einen Kunden für ihn fand. Es war jedes Mal schwer, ein Pferd herzugeben, und obwohl ich mir immer wieder vornahm, mein Herz an kein anderes Pferd außer Fritzi zu hängen, ließ es sich einfach nicht vermeiden, ein Pferd lieb zu gewinnen, mit dem man jeden Tag zu tun hatte.

»Tür frei, bitte!«, rief ich.

»Achtung! Pony-Alarm!«, grinste der Aknefrosch im Vorbeireiten. Seitdem Lenzi im Stall stand, machte er sich über den kleinen, dunkelbraunen Wallach lustig, dabei hatte der Vollblüter noch mehr Springvermögen als Fritzi und Calvador. Er war ein Ausnahmepferd, sehr speziell und schwierig zu reiten, aber wenn sich der passende Reiter für ihn fand, würde Lenzi mit ihm über den Großen Preis von Aachen springen. Insgeheim hoffte ich, dass Herr Nötzli niemanden finden würde, bis ich selbst alt genug war, um schwere Springen reiten zu dürfen.

»Was habt ihr denn heute für einen Abenteuer-Ritt gemacht?« Niklas grinste. Er parierte seinen Fuchswallach No Doubt durch und ritt neben mir her. »Melike ging eben ganz schön lahm.«

Zuerst wollte ich ihm erzählen, was passiert war, aber dann fiel mein Blick auf Tim. Er musste nicht wissen, dass es seine Schwester gewesen war, die unsere Pferde am alten Steinbruch erschreckt hatte.

»Smiley hat sich erschreckt«, sagte ich deshalb vage. »Und Melike hatte die Füße nicht in den Steigbügeln.«

Die Tatsache, dass Tim und ich nicht mehr zusammen waren, machte es für uns alle kompliziert. Früher hatten wir oft beim Reiten beschlossen, irgendetwas zu unternehmen, aber jetzt traute sich niemand mehr, einen spontanen Vorschlag zu machen. Wir waren eine echt coole Clique gewesen. Niklas und Tim waren sogar so gute Kumpels geworden, dass sie in den Sommerferien zusammen nach Amerika geflogen waren, um Melike und mich auf der Oaktree-Farm zu besuchen.

Während ich Lenzi traben und galoppieren ließ, grübelte ich darüber nach, weshalb es überhaupt so weit mit Tim und mir gekommen war, und zum ersten Mal kam mir der Gedanke, dass er vielleicht eine andere hatte, mit der er abends telefonierte und sich WhatsApps mit Herzchen und Smileys schrieb.

Mein Bruder betrat die Reithalle, Tim und Niklas hielten an der Bande und redeten mit ihm. Plötzlich hatte ich das ungute Gefühl, dass ich irgendetwas nicht mitbekam. Unternahmen Niklas und mein Bruder hinter meinem Rücken womöglich heimlich etwas mit Tim? Und was war mit Melike? Würde sie es mir erzählen, wenn es so wäre?

9. Kapitel

Wie jede größere Veranstaltung fand auch die Vor-Abi-Party mangels Alternative in der Königshofener Mehrzweckhalle statt. Melikes Mutter fuhr uns um halb fünf hin, Mama würde uns um Mitternacht abholen. Ich hatte mich erfolgreich gegen Melikes Styling-Vorschläge gewehrt und fühlte mich in Jeans, Cowboystiefeln und einem mintgrünen Top, das gut zu meinen Augen passte, erheblich wohler, als ich das in einem von diesen neonfarbenen Stretchkleidern, die Melike im Dutzend besaß, getan hätte. Da ich den ganzen Abend arbeiten würde, hatte ich meine Haare zu einem Zopf geflochten und schminken tat ich mich ohnehin nie.

Christian und die anderen vom Orga-Team erwarteten uns schon im Foyer der Halle, verteilten die neongrünen Gummiarmbänder, die uns als Helfer auswiesen, und teilten uns unsere Aufgaben zu. Melike schleppte eine große Schüssel mit Taboulé in die Küche. Ich begann damit, die Gläser, die der Getränkelieferant mitgebracht hatte, aus den Kartons auszupacken. Während der DJ die Anlage und die Beleuchter das Licht testeten, lieferten Eltern Salate und alle möglichen Leckereien ab, der Bäcker brachte die Partybrötchen und wir richteten die Bar ein. Melike half mir dabei, Gläser auszupacken und zu polieren. Die Jungs schleppten die Getränkekisten herein, stellten Stehtische, Tische und Stühle rings um die Tanzfläche auf.

Als fast alles fertig war, stolzierte Ariane in den Saal.

»Hast dich ja voll bauernschick gemacht«, spottete sie, als sie mich erblickte. Sie selbst trug einen schwarzen Hauch von Nichts und abenteuerlich hockhackige Overknee-Stiefel, in denen ich mir wahrscheinlich die Knöchel gebrochen hätte. »Siehst ja fast so scharf aus wie Elefanten-Franzi.«

»Das hab ich gehört.« Franzi, die gerade an der Zapfanlage gearbeitet hatte, tauchte hinter der Bar auf und musterte Ariane von Kopf bis Fuß. »Huch, wo gab's denn den Fetzen? In der Halloween-Abteilung bei Aldi?«

Unsere Stufensprecherin und gleichzeitig die Chefredakteurin der Schulzeitung trug Jeans, Chucks und ein Schul-T-Shirt. Sie war nicht wirklich dick, aber schon ziemlich kräftig. Aus ihrer Verachtung für Ariane machte sie keinen Hehl und deshalb hasste Ariane sie, denn sie wollte immer und von jedem bewundert werden.

»Hattest du dich nicht auch für den Getränkeausschank eingetragen?«, fragte Melike Ariane.

»Ihr seid doch hier genug Leute«, erwiderte Ariane, dann beugte sie sich über den Tresen und senkte die Stimme. »Ich mache die Kasse und die Einlasskontrolle zusammen mit dem Neuen aus der Zwölften. Der ist so was von süß, sage ich euch! Er sieht original aus wie Elyas M'Barek und es heißt, er wäre noch solo.«

»Ach, tatsächlich.« Melike war wenig beeindruckt. »Na, dann Waidmannsheil. Der Arme kann einem ja jetzt schon leidtun.«

»Du bist und bleibst echt 'ne blöde Kuh, Melike«, zischte Ariane.

»Danke, gleichfalls«, entgegnete Melike ungerührt. Franzi und die beiden Mädchen aus der Elften, die für die erste Schicht an der Bar eingeteilt waren, kicherten, und Ariane zog beleidigt ab.

Die Musik dröhnte, die Lichter zuckten und alles war bereit für den Ansturm. Mein Bruder hatte erzählt, dass sämtliche Karten verkauft und damit ein neuer Schulrekord aufgestellt worden war.

»Ah, da ist Niklas!«, rief meine Freundin. »Wir sehen uns später!«

In den nächsten zwei Stunden hatte ich so viel zu tun, dass ich überhaupt nicht dazu kam, nach Tim Ausschau zu halten. Ich zapfte ein Getränk nach dem anderen, mixte alkoholfreie Cocktails, kassierte die Bons, mit denen bezahlt wurde, und spülte zwischendurch Gläser.

»Ich will jetzt auch mal tanzen gehen!«, schrie mir Jenny ins Ohr. »Wo bleibt denn unsere Ablösung, verdammt?«

»Geh nur!«, schrie ich zurück. »Ich halte die Stellung.«

Allerdings verschwand nicht nur Jenny, auch die anderen beiden machten sich aus dem Staub. Die Stimmung war gut, die Tanzfläche brechend voll und es war stickig und heiß in der Halle, wodurch der Getränkekonsum extrem hoch war. Ich kam kaum noch nach, Getränke auszuschenken, Bons zu kassieren, leere Gläser anzunehmen und dafür Pfandmarken zurückzugeben. Plötzlich stand ein dunkelhaariger Typ in einem weißen T-Shirt vor mir. Ich hatte ihn nie zuvor gesehen.

»Bist du etwa ganz allein?«, rief er.

»Ja, sorry, wenn's etwas dauert!«, antwortete ich spitz,

weil ich glaubte, er wolle sich beschweren. »Was willst du haben?«

Hinter ihm war die Schlange unübersichtlich lang.

»Nichts«, erwiderte er. »Warte, ich helfe dir.«

Bevor ich etwas sagen konnte, stand er schon neben mir und packte sofort mit an.

»Oh, super!«, schrie ich. »Du bist meine Rettung!«

Er grinste nur und fing an, die Bestellungen abzuarbeiten. Fast eine Stunde schufteten wir unter Hochdruck, dann ließ der Andrang etwas nach und ich kam dazu, Gläser zu spülen. Mein Helfer schloss eine neue Cola-Kartusche an der Zapfanlage an und holte ein paar Kisten Mineralwasser nach vorne. Jetzt endlich tauchten die drei Mädels auf, die eigentlich schon um neun hätten arbeiten sollen.

»Lass uns eine Pause machen!«, schlug mein Retter vor. »Ich könnte etwas Sauerstoff gebrauchen. Wie sieht's bei dir aus?«

»Gute Idee!« Ich grinste. »Wir sind echt ein gutes Team! Danke!«

Wir klatschten uns ab, dann schnappte er zwei Flaschen Cola und ich zog meinen Rucksack unter der Theke hervor. Es dauerte eine Weile, bis wir uns einen Weg durch das Gedränge bis zur Tür gebahnt hatten. Ariane thronte noch immer hinter der Kasse und riss die Augen auf, als sie mich und den dunkelhaarigen Jungen vorbeigehen sah. An der Einlasskontrolle standen Jonas, der Freund von Franzi, und ein anderer Junge aus der Elften, glücklicherweise nicht Tim. Den hatte ich den ganzen Abend über noch nicht gesehen. War er vielleicht gar nicht auf die Party gekommen?

Die frische Luft draußen war herrlich wohltuend. Eine Menge Leute standen und saßen in Grüppchen auf dem

Vorplatz herum. Manche rauchten, andere tranken Alkohol, der drinnen streng verboten war.

»Bitte lächeln!« Plötzlich tauchte Franzi mit gezückter Kamera vor uns auf. »Ein Bild für die Schülerzeitung und die Webseite, bitte.«

»Aber gern.« Mein Retter legte seinen Arm um meine Schulter, wir grinsten beide in die Kamera.

»Danke schön.« Franzi zwinkerte mir zu und nahm sich gleich die nächsten vor, die aus der Halle kamen.

Hier draußen war es mindestens genauso voll wie drin, deshalb gingen wir um die Ecke der Halle bis zu dem kleinen Park und setzten uns dort auf eine der Bänke.

»Wie heißt du eigentlich?«, fragte ich meinen Retter.

»Farid. Und du?«

»Elena.« Ich betrachtete ihn neugierig. Im schummrigen Licht in der Halle war mir gar nicht aufgefallen, wie gut er aussah. Ein bisschen erinnerte er mich an … den Typen aus der *Orangina*-Werbung, der in *Fack ju Göhte* die Hauptrolle gespielt hatte. Und dann kapierte ich, dass er derjenige sein musste, von dem Ariane vorhin geschwärmt hatte.

»Du bist der Neue aus der Zwölften, oder?«, wollte ich wissen.

»Stimmt«, bestätigte Farid. »Wir sind im Sommer nach Königshofen gezogen.«

»Mein Bruder ist bei dir in der Stufe: Christian Weiland.«

»Ach, Chris. Der hat mich angehauen, ob ich heute Abend hier helfen kann«, sagte Farid. »Eigentlich sind Partys nicht mein Ding, aber ich dachte, als Neuer kann ich nicht gleich absagen.«

»Ich kann solchen Partys auch nicht viel abgewinnen.« Ich zog eine Grimasse. »Zu voll, zu laut, zu viele Leute.«

Wir blickten uns an und mein Herz machte völlig unvermittelt ein paar rasche Schläge. Er sah echt ziemlich süß aus.

»Coole Stiefel«, stellte Farid anerkennend fest und betrachtete mich.

»Danke.« Ich streckte mein Bein aus und lächelte ihn an. »Die hab ich im Sommer in Amerika gekauft.«

Wir saßen so dicht nebeneinander, dass ich die Wärme seines Körpers spüren konnte. Ariane würde mich ganz sicher hassen, wenn sie das wüsste.

»Irgendwie machen sich die meisten Mädels total gleich zurecht: Haare glatt gebügelt, Miniröckchen, geschminkt wie die Indianer.« Farid schüttelte den Kopf. »Ich hab eben eine Stunde Einlasskontrolle gemacht und da hockte so 'ne megakrass aufgetunte Tussi, die sich für total cool gehalten hat.« Er verstummte. »Sorry, ich ... äh ... vielleicht ist das ja 'ne Freundin von dir.«

Ich musste kichern.

»Das ist Ariane Teichert«, erklärte ich ihm belustigt. »Sie ist in meiner Stufe. Früher waren wir mal Freundinnen, aber momentan ist der Status eher so was wie Lieblingsfeindin.«

»Ah, okay.« Farid schien erleichtert zu sein.

Weder er noch ich hatten große Lust, wieder zurück in die Halle zu gehen. Stattdessen blieben wir draußen sitzen, tranken Cola, plauderten über allen möglichen Kram und merkten gar nicht, wie die Zeit verflog. Wir tauschten unsere Handynummern aus und auf einmal war es zehn vor zwölf. Jeden Moment konnte Mama auftauchen.

»Ich muss los«, sagte ich zu Farid. »Meine Mom kommt gleich, um uns abzuholen.«

»Ja klar.« Farid sprang auf. »War echt cool, dich kennenzulernen.«

»Das fand ich auch. Noch mal danke fürs Helfen vorhin«, erwiderte ich und plötzlich verspürte ich eine eigenartige Befangenheit. Wir standen uns ganz dicht gegenüber und sahen uns an. Lange.

Farid hatte einen braunen Teint, ganz ähnlich wie Melike, und seine Haut wirkte so samtweich, dass ich sie am liebsten berührt hätte. Auch seine dunklen Augen waren echt der Hammer!

»Kein Problem. Hab ich gern gemacht.« Meine Verlegenheit schien sich auf ihn zu übertragen. »Sehen wir uns am Montag in der Schule?«

»Sicher.«

Vorne bei der Halle rief jemand meinen Namen.

»Ich freu mich schon drauf, dich bei Tageslicht zu sehen«, sagte Farid.

»Ich mich auch«, hörte ich mich sagen und hätte mir am liebsten auf die Zunge gebissen. Nur gut, dass es so dunkel war, da fiel nicht auf, wie ich rot wurde.

»Du bist echt … süß, weißt du das?« Seine Stimme klang rau. Er hob die Hand und berührte ganz kurz meine Wange. Im nächsten Augenblick war er im Park verschwunden und ich stand wie gelähmt da und starrte hinter ihm her in die Dunkelheit. Mein Herz flatterte und meine Knie waren ganz weich. Ich legte meinen Zeigefinger an die Stelle, an der Farids Hand meine Wange berührt hatte, und wusste nicht, ob ich das nun geträumt hatte oder nicht.

Als ich um die Ecke bog, stieß ich mit Melike zusammen.

»Da bist du ja!«, rief sie erleichtert. »Ich such dich schon überall! Ariane hat behauptet, du wärst mit irgend so 'nem Ausländertypen im Park verschwunden!«

»Ausländertyp!« Ich kicherte. »Das war der Neue aus der Zwölften, auf den Ariane ein Auge geworfen hatte.«

»Ach, deshalb war sie so angefressen!« Melike lachte, dann wurde sie ernst und ergriff mich an den Schultern. »Gibt es irgendetwas, was du mir erzählen willst?«

»Kann schon sein.« In meinem Kopf herrschte ein heilloses Durcheinander, ich konnte nicht aufhören, vor mich hinzukichern.

»Hast du etwa Alkohol getrunken?« Meine beste Freundin sah mich scharf an und schnupperte.

»Nein, natürlich nicht!«, erwiderte ich. »Ich hab mich nur gut unterhalten, das ist alles.«

»Ja, schon klar.« Melike ließ mich los. »Glaub nicht, dass du so leicht davonkommst, Elena Weiland! Ich will alles von dem Typen wissen. Wie heißt er und was ist das für einer?«

Vor der Halle war der Teufel los. Die Musik war aus, die Party zu Ende und die Leute strömten hinüber auf den Parkplatz. Ich wollte gerade anfangen, Melike von Farid zu erzählen, als ihr siedend heiß die Salatschüssel einfiel.

»Oh shit! Die muss ich noch schnell holen, sonst macht meine Mutter mich einen Kopf kürzer«, sagte sie und ich folgte ihr zurück in die Halle. Am Kassentisch saß mein Bruder mit ein paar anderen Jungs und zählte die Einnahmen des Abends. Ein paar Leute räumten das Chaos auf, das fünfhundert Partygäste hinterlassen hatten, und der DJ baute seine Musikanlage ab.

»Na, war's schön?«, fragte Ariane spitz, als sie mich erspähte.

»Wovon redest du?« Ich stellte mich dumm, obwohl mir natürlich klar war, was sie meinte.

»Komm, jetzt tu doch nicht so! Du bist vorhin mit diesem schmierigen Typen abgezogen, diesem arroganten Vollidioten!« Sie sah mich feindselig an. »Ich hab euch mit eigenen Augen im Park verschwinden sehen.«

Ich tat so, als müsste ich angestrengt nachdenken, wen sie wohl meinte, ganz so, als ob ich mit zehn verschiedenen Typen im Park gequatscht hätte. Das brachte sie noch ein bisschen mehr auf die Palme, denn wenn Ariane eines nicht ertragen konnte, dann eine Abfuhr von einem Jungen, auf den sie scharf war.

»Ach, du meinst Farid«, sagte ich dann. »Der, von dem du behauptet hast, er sähe aus wie Elyas M'Barek.«

»*Ich* soll das gesagt haben? Nie im Leben!« Ariane lachte verächtlich, dann wurde sie boshaft. »Hat er dich angegraben, ja? Ha, ich seh dich schon mit 'nem Kopftuch bei seinen Alten im Laden stehen und Obst verkaufen.«

»Also ehrlich«, erwiderte ich kopfschüttelnd. »Nur weil ich ein paar Minuten mit ihm gequatscht habe, brauchst du mir nicht gleich was anzudichten.«

»Farids Eltern haben einen Laden?«, fragte einer der Jungs aus der Zwölften, der mit einem Ohr zugehört hatte, neugierig. »Woher weißt du das denn schon wieder?«

»Ich hab so was aufgeschnappt«, behauptete Ariane. »Wobei ich nicht genau weiß, ob's der türkische Obstladen ist, 'ne Dönerbude oder die Änderungsschneiderei am Marktplatz.«

Melike kehrte mit der Schüssel unter dem Arm zurück. Wir ließen Ariane stehen und gingen hinaus.

Mama wartete schon auf dem Parkplatz.

»Und, war's schön?«, erkundigte sie sich, als Melike und ich eingestiegen waren.

»Ich hab drei Stunden am Stück getanzt«, antwortete Melike. Sie saß auf dem Beifahrersitz, mit der Salatschüssel auf dem Schoß. »Genau, wie ich's vorhatte.«

»War Tim eigentlich auch da?«, wollte Mama wissen.

Tim! An den hatte ich gar nicht mehr gedacht!

»Nein«, sagte Melike zu meiner Mutter. »Der hat Niklas 'ne Nachricht geschrieben, ihm wäre was dazwischengekommen. Ich glaube aber, er hatte einfach keine Lust auf die Party.«

Das war ja mal wieder typisch für Tim! Wäre er noch mein Freund gewesen, so hätte ich wieder vergeblich auf ihn gewartet, wie so oft.

»Und du, Elena?« Mamas Blick begegnete meinem im Rückspiegel.

»Bei mir war's auch so, wie ich es vorhatte«, sagte ich. »Ich hab bis um elf an der Bar gearbeitet. Die Hälfte der Leute, die mich eigentlich ablösen sollten, sind gar nicht aufgetaucht.«

Mein Handy vibrierte in meiner Jackentasche. Ich zog es heraus und schaute auf das Display. Ein zitternder Schreck jagte wie ein Stromstoß durch meinen Körper: Farid hatte mir eine WhatsApp geschrieben!

Hey, Elena! Hoffe, du bist gut nach Hause gekommen. War nett, mit dir zu quatschen. Freue mich auf Montag bei Tageslicht ☺. LG, Farid.

Mein Pulsschlag beschleunigte sich, mir wurde abwechselnd heiß und kalt. Sollte ich ihm gleich antworten oder war es cooler, wenn ich noch eine Weile wartete? Ich fing Mamas aufmerksamen Blick auf und tat so, als ob ich gähnen müsste. Meine Mutter besaß zuweilen übersinnliche Kräfte, wenn es darum ging, etwas herauszufinden, was sie nicht herausfinden sollte.

»Das war Franzi«, log ich. »Sie sucht die Speicherkarte von ihrer Kamera.«

Um halb eins stieg Melike vor ihrem Haus aus, zehn Minuten später waren wir auf dem Amselhof. In der Gaststätte brannte Licht, ein paar späte Gäste saßen noch am Tresen und lachten über irgendetwas.

»Danke fürs Abholen, Mama.« Ich gähnte, rieb mir die Augen und gab meiner Mutter einen Gute-Nacht-Kuss. »So lange aufbleiben ist echt nichts für mich.«

»Na, dann schlaf gut, meine kleine Große.« Mama lächelte arglos. »Morgen ist kein Turnier, da kannst du ja ausschlafen.«

Twix erhob sich aus seinem Körbchen im Windfang und huschte an mir vorbei die Treppe hoch in mein Zimmer. Sobald ich die Tür hinter mir geschlossen hatte, zog ich mein Handy hervor und ließ den Rucksack auf den Boden fallen. Ich warf mich auf mein Bett, streifte eilig die Stiefel von den Füßen und rief mit zitternden Fingern und rasendem Herzschlag Farids WhatsApp auf, um ihm zu antworten. Vorher checkte ich sicherheitshalber noch mein Profilbild, weil ich nicht mehr genau wusste, welches ich zuletzt hochgeladen hatte. Zu meiner Erleichterung war es nicht nur okay, sondern megacool! Das Foto zeigte mich auf dem Empire State Building vor der Skyline von Manhattan.

Hey, Farid!, schrieb ich. *Ja, bin gut zu Hause angekommen. Und du? LG, Elena.*

Senden. Puh!

»Oh Mann, Twix«, flüsterte ich meinem Hund ins Ohr.

»Ich hab voll den süßen Typen kennengelernt! Weißt du, was er zu mir gesagt hat?«

Bevor ich Twix dieses Geheimnis anvertrauen konnte, kam schon Farids Antwort.

Alles gut. Hab's ja nicht weit. Schaue mir grad dein Profilbild an. Sehr süß! ☺

Ich presste mein Gesicht ins Kopfkissen, weil ich vor Aufregung und Freude quieken musste, wie Melike es manchmal tat.

Danke!, tippte ich dann. *Deins ist eher … hm … langweilig …* ☺

Farid hatte das Logo von Eintracht Frankfurt als Profilbild.

Moment, wird geändert …

So. Jetzt besser?

Sein neues Bild war ein Selfie, das er offenbar gerade aufgenommen hatte. Es war etwas verwackelt, aber total goldig.

Oh ja!!! ☺☺☺

Ich nahm Twix in den Arm, machte ein Foto von uns beiden und schickte es Farid. Ruckzuck kam ein Smiley und ein Daumen-hoch-Emoticon zurück, dazu ein *Gute Nacht,* aber ich war viel zu aufgewühlt, um jetzt schlafen zu können.

Was hatte das wohl zu bedeuten? Farid sah wirklich ausgesprochen gut aus, er hätte problemlos jedes Mädchen haben können. Was konnte ihm an mir wohl gefallen? Ich war erst fünfzehn und längst nicht so hübsch wie Melike oder Ariane. Vielleicht hatte er einfach nur nett sein wollen. Er war neu an der Schule und in Königshofen und kannte noch so gut wie niemanden. Weil ich ohnehin nicht schlafen konnte, antwortete ich Melike auf ihre neugierigen Fragen und wir verabredeten uns für den nächsten Mittag zum Ausreiten.

»Farid«, murmelte ich und lächelte vor mich hin. »Du bist echt total süß.«

Beim Einschlafen sah ich vor meinem inneren Auge Farids Eltern zwischen Obst- und Gemüsebergen in einem schummerigen Lädchen stehen: Sein Vater, ein kleiner, unrasierter Mann mit gelblichen Zahnstummeln und einer Zigarette zwischen den Lippen, der sich von früh bis spät abrackerte, um seinen Kindern ein besseres Leben zu ermöglichen, als er selbst es gehabt hatte, seine Mutter mit Kopftuch und einem weiten Mantel, umringt von ein paar kleinen Kindern, Farids Schwestern …

Gleich nach dem Mittagessen am nächsten Tag ritten Melike und ich vom Hof in den Wald.

»Also, mit den dürftigen Informationen, die du rausgerückt hast, habe ich doch erstaunlich viel in Erfahrung bringen können«, legte Melike los, als wir an den Koppeln entlangritten.

»Du hast ihn gegoogelt!«, rief ich. »Aber du weißt doch seinen Nachnamen gar nicht!«

»Elena! Wie lange kennst du mich?« Meine Freundin warf mir einen gekränkten Blick zu. »Stell dir vor: die Begriffe ›Farid‹ und ›Eintracht Frankfurt‹ haben ausgereicht, um ein paar Tausend Treffer zu kriegen. Dein Herzblatt heißt Farid Belhedi, ist am 15. April geboren – ja, einen Tag vor dir, meine Liebe – und wird nächstes Jahr 18 Jahre alt. Jetzt die schlechte Nachricht: Er spielt *Fußball!* Die gute Nachricht: nicht etwa in der A-Jugend beim FC Klein-Kleckersdorf, sondern in der U19 bei Eintracht Frankfurt im offensiven Mittelfeld und hat allein in diesem Jahr in der U19-Bundesliga schon 37 Tore geschossen.«

»Aha«, sagte ich nur, denn ich hatte keinen blassen Schimmer, wo sich ein Mittelfeld befand und was »U19« bedeutete. In meiner Familie interessierte sich niemand so richtig für Fußball, wir schauten höchstens mal Spiele der Nationalmannschaft bei Welt- oder Europameisterschaften, und bisher hatte es mich zu Tode gelangweilt, wenn der Aknefrosch und Niklas, die beide fußballverrückt waren, im Stall stundenlang über Champions League- und Bundesliga-Ergebnisse redeten. Jetzt war mein Interesse an dieser Sportart allerdings geweckt und ich beschloss, so schnell wie möglich mehr über Fußball zu lernen, um bei Farid nicht wie der Supertrottel dazustehen.

»Sein Vater ist Tunesier, aber Farid ist in Kaarst bei Düsseldorf geboren und hat die deutsche Staatsangehörigkeit«, trug Melike ihre Erkenntnisse aus dem Gedächtnis vor.

Tunesier also, kein Türke, wie Ariane behauptet hatte!

»Genaueres über seinen familiären Hintergrund konnte ich auf die Schnelle nicht in Erfahrung bringen. Bei Facebook hat er eine Fan-Seite mit 32.762 Followern und eine Freunde-Seite mit 844 Freunden.«

»Du solltest zum Geheimdienst gehen«, grinste ich.

»Informationen sind das halbe Leben«, erwiderte meine Freundin. »Natürlich habe ich auch schon mal geschaut, wie ihr beide in astrologischer Hinsicht zusammenpassen würdet. Widder und Widder, das geht super! Im Gegensatz zu einem Steinbock, wie Tim einer ist. Es war eigentlich von vorneherein klar, dass das nicht auf Dauer gut gehen konnte.«

Ich musste lachen. Melike kannte jedes Sternzeichen und

las mit Vorliebe Horoskope. Ihre Berufswünsche änderten sich manchmal von Tag zu Tag und zwischendurch hatte sie sogar in Erwägung gezogen, Astrologin zu werden.

»Ich hab gerade mal ein Stündchen mit dem Typ gequatscht«, bremste ich die Euphorie meiner Freundin. »Keine Ahnung, ob er mich wirklich gut findet oder nicht.«

»Mein Gott, Elena!«, regte Melike sich prompt auf. »Jetzt komm mir bloß nicht wieder damit, dass du so *hässlich* bist und so langweilige Haare hast! Wenn ich's richtig verstanden habe, dann fand er dich doch gerade deshalb gut, weil du nicht so mainstream-mäßig angezogen und angemalt warst wie alle anderen!«

»Stimmt schon, aber … ich weiß auch nicht.«

Tims Gleichgültigkeit der letzten Monate hatte mich sehr viel tiefer getroffen, als ich es mir selbst eingestehen wollte, und ich war mir ganz und gar nicht sicher, ob ich so schnell überhaupt wieder einen Freund haben wollte. Die Vertrautheit, die zwischen Tim und mir geherrscht hatte und die so plötzlich nicht mehr da gewesen war, fehlte mir. Und die Erinnerungen an das, was wir gemeinsam erlebt hatten, waren nicht mehr tröstlich und schön, sondern einfach nur bitter und schmerzlich. Der Verdacht, Tim könnte sich in eine andere verliebt haben, war zwar ebenso vage und unbewiesen wie die Sache mit Lajos und Tims Mutter, aber es war die einzig schlüssige Erklärung, die ich für Tims verändertes Verhalten mir gegenüber gefunden hatte.

»Sag mal, Melike«, begann ich nach einer Weile vorsichtig. »Du würdest es mir doch sagen, wenn … na ja … wenn Niklas, du und Christian etwas mit Tim zusammen unternehmt, oder?«

»Wieso sollten wir etwas mit Tim unternehmen?«, fragte Melike verwundert.

»Früher haben wir dauernd was zusammen gemacht: Pizza essen, Kino, Schwimmbad. Und Tim, Christian und Niklas sind dicke Kumpels.«

»Also, *falls* die Jungs irgendetwas gemeinsam unternehmen, dann weiß ich davon nichts«, versicherte Melike. »Ich kann dir hoch und heilig versprechen, dass ich niemals etwas hinter deinem Rücken machen würde.«

»Danke.« Ich war erleichtert. Noch viel schlimmer, als Tim zu verlieren, wäre es, wenn ich Melike nicht mehr vertrauen könnte. »Du bist echt die beste Freundin der Welt.«

»Das will ich wohl meinen«, erwiderte Melike ein wenig schroff, wohl um ihre Rührung zu überspielen. »Komm, lass uns ein Stück traben und das Forsthaus checken.«

Am Montag fuhr ich mit Herzklopfen und Magenflattern in die Schule. Farid hatte sich am Wochenende nicht mehr bei mir gemeldet und ich mich auch nicht bei ihm. Allerdings hatte ich es nicht lassen können, seine Facebook-Seiten zu besuchen. Farids private Seite gab nichts her, wenn man nicht mit ihm befreundet war, aber seine Fan-Seite war total professionell. Es gab dort Fotos von ihm beim Fußballspielen, mit seiner Mannschaft, Schnappschüsse im Bus mit anderen Jungs, Links zu Spielberichten und Zeitungsartikeln. Im vergangenen Herbst hatte er eine ganz besondere Auszeichnung vom Deutschen Fußball-Bund erhalten, nämlich die Fritz-Walter-Medaille in Gold für den besten U17-Nachwuchsspieler des Jahres! Genau wie Tim, der schon mit fünfzehn Jahren das Goldene Reiterabzeichen für zehn Siege in S-Springen bekommen hatte, schien Farid in seiner Sportart wirklich gut zu sein.

Den ganzen Vormittag über war ich schrecklich angespannt. In beiden Pausen hielt ich unauffällig nach Farid Ausschau, aber ich konnte ihn nirgendwo entdecken. Die Befürchtung, er würde mir aus dem Weg gehen, weil es ihm peinlich war, mit einer Zehntklässlerin gesehen zu werden, verbesserte meine Stimmung auch nicht gerade. Und dazu kamen die Sticheleien von Ariane, mit der ich glücklicherweise nur noch die Grundkurse PoWi und Kunst zusammen hatte.

Eine große Traube Oberstufenschüler drängte sich vor den Stellwänden im Foyer, an die Franzi einige Fotos von der Vor-Abi-Party gepinnt hatte, die man sich mitnehmen konnte. Ich sah mir die Bilder an, suchte aber vergeblich nach einem Foto von Farid und mir.

»Ich bin ganz sicher, dass ich welche von euch hingehängt hatte«, sagte Franzi zu mir. Plötzlich tauchte Ariane mit ihren treuen Anhängerinnen Tessa und Ricky im Schlepptau auf.

»Dein Änderungsschneider hängt in der Cafeteria herum und quatscht mit ein paar Mädels«, informierte Ariane mich mit einem hämischen Unterton. »Großen Eindruck scheinst du ja nicht auf ihn gemacht zu haben.«

»Änderungsschneider, hihi!« Tessa und Ricky kicherten blöd, wie immer, wenn Ariane irgendetwas von sich gab und war es noch so dämlich.

»Kannst du deine blöden Sprüche nicht mal stecken lassen?«, fuhr ich Ariane wütend an. »Was soll das denn dauernd?«

Noch nie hatte ich ihr auf diese Weise Paroli geboten und sie war für einen Moment so verblüfft, dass sie stumm blieb.

»Du hast doch nur einen Hals auf ihn, weil er sich über dich lustig gemacht hat«, setzte ich nach.

»Wie bitte? Was hat der schleimige Idiot über mich gesagt?« Eine steile Falte erschien zwischen Arianes Augenbrauen. Sie konnte zwar austeilen wie ein Weltmeister, im Einstecken war sie jedoch weniger gut.

»Warte mal.« Ich tat so, als müsste ich nachdenken. »Ach ja: Er hat dich ›eine megakrass aufgetunte Tussi‹ genannt, ›die sich für cool hält‹.«

Ein paar Leute, die das gehört hatten, machten spöttische Bemerkungen, und Ariane wurde blass.

»Der hat sie wohl nicht alle!«, stieß sie wütend hervor. »Und du hast sicher mit ihm über mich gelästert, was?«

»Ich heiße nicht Ariane Teichert«, erwiderte ich kühl. »Es gibt echt interessantere Gesprächsthemen als dich, auch wenn du das nicht für möglich hältst.«

Ariane öffnete schon den Mund zu einer Entgegnung, aber ich kam ihr zuvor.

»Hör doch mal damit auf, überall eine Schau abzuziehen«, sagte ich. »Wenn du so wärst, wie du wirklich bist, würdest du auch richtige Freunde finden und müsstest dich nicht vor solchen wie denen da aufspielen.«

»Ey, spinnst du?«, empörte sich Ricky. »Was fällt dir ein?«

»Was glaubst ’n du, wer du bist?«, fragte Tessa entrüstet.

»Auf jeden Fall nicht so eine hinterhältige Schleimerin wie du«, antwortete ich verächtlich. »Ihr geht mir so was von auf den Keks!«

Der Gong zur fünften Stunde ertönte, das Foyer leerte

sich. Ich wandte mich ab und stieß beinahe mit jemandem zusammen.

»Sorry«, murmelte ich und wollte mich vorbeidrängen.

»Elena! Nicht weglaufen!«

Ich hob den Kopf und blickte in Farids schokoladenbraune Augen. Mein Pulsschlag beschleunigte sich, meine Knie wurden weich und mein Magen verknotete sich. Bei Tageslicht sah er noch viel süßer aus, als ich ihn in Erinnerung gehabt hatte.

»Ich hab dich schon überall gesucht – ich hab nämlich was für dich.« Lächelnd hielt er mir ein Foto hin, das ihn und mich zusammen zeigte.

»Cool! Danke!« Ich nahm es mit zittrigen Fingern. »Willst du es nicht behalten?«

»Es waren zwei. Ich hab mir das andere genommen«, erwiderte er und wurde ernst. »Du bist bei Licht echt genauso hübsch wie im Dunkeln.«

Er sagte das so entwaffnend ehrlich, dass mir ganz warm ums Herz wurde.

»Du auch!«, flüsterte ich. Und dann konnte ich einfach nicht anders: Ich stellte mich auf die Zehenspitzen und küsste ihn flüchtig auf die Wange.

Ausgerechnet in diesem Moment kam Tim die Treppe hinunter und blickte zu uns hinüber.

10. Kapitel

Auf dem Turnier in Biblis war schon am Donnerstagnachmittag eine Menge los, so, als ob jeder noch einmal die letzte Möglichkeit wahrnehmen wollte, auf einem großen Platz statt in engen Reithallen zu reiten. Im Oktober begann die Hallensaison, und auch wir hatten so ziemlich jedes Pferd genannt, das Turnier gehen konnte. Tim würde zum letzten Mal Juke Box reiten, den er von der Herrmann-Hauser-Stiftung zur Verfügung gestellt bekommen hatte. Ende Oktober musste er das Pferd, mit dem er viele Siege und Platzierungen errungen hatte, zurückgeben. Außerdem hatte er Christians Stute Ronalda dabei. Fritzi ging die letzten Springpferdeprüfungen der Klasse M seines Lebens, denn nächstes Jahr war er siebenjährig und dann war es vorbei mit den Jungpferdeprüfungen. Ich sollte mit Lenzi und Skyfall die mittlere Tour, bestehend aus zwei M**- und einem S*-Springen, reiten und mit Bittersweet die kleine Tour mit drei L-Springen.

Wegen der vielen Nennungen hatte das Turnier bereits am Mittwoch mit den Springpferdeprüfungen begonnen und – wie nicht anders erwartet – hatte Fritzi gleich gewonnen. Ab Sonntag würde er ein paar Monate lang Winterpause haben und die hatte er sich auch redlich verdient.

Die erste Qualifikation der Mittleren Tour hatte ich gestern Nachmittag mit Lenzi gewonnen und war mit Skyfall auch noch zweite in der dritten Abteilung geworden. Meine schärfste Konkurrentin in der Mittleren Tour war Ariane, die gestern mit Con Amore die zweite Abteilung gewonnen und nur drei Zehntelsekunden hinter mir gelegen hatte. Bittersweet war im ersten L-Springen fehlerfrei geblieben und immerhin noch Achte geworden.

Mama hatte Melike und mich nach der sechsten Stunde an der Schule abgeholt und direkt zum Turnierplatz gefahren. Da ich im Kader war, bekam ich zu solchen Gelegenheiten schulfrei, wenn nicht gerade eine Arbeit geschrieben wurde oder ein Leistungskurs betroffen war.

Ich stand auf dem Lkw und sattelte Bittersweet.

»Wie viele hab ich noch?«, erkundigte ich mich bei Melike, die gerade vom Turnierplatz kam. Große Chancen auf einen Sieg rechnete ich mir nicht aus, dafür war Bittersweet noch zu unerfahren.

»Noch dreiundzwanzig.« Melike hüpfte die Rampe hoch und streichelte Bittersweets breite Blesse. »Sind die Leute da, die sie kaufen wollen?«

»Ja. Die haben sie gestern noch mal auf dem Abreiteplatz geritten.«

Sweety war ein paar Mal in den letzten Tagen ausprobiert worden und die Leute, die gestern und heute hier waren, waren mit Papa so gut wie einig geworden. Es sollte noch eine Ankaufsuntersuchung gemacht werden und dann würde Bittersweet den Amselhof in eine ungewisse Zukunft verlassen. Ich war von klein auf daran gewöhnt, dass Pferde kamen und auch wieder gingen, trotzdem fiel mir die Trennung von den Pferden, die auf dem Amselhof zur

Welt gekommen waren und die ich hatte aufwachsen sehen, immer wieder schwer. Bittersweet hatte ich schon als Fohlen ganz besonders gemocht, vielleicht deshalb, weil sie so ein freundliches Pferd war.

Ich hatte die Stute bereits gesattelt und ihr die Gamaschen angezogen, jetzt trenste ich sie auf und führte sie vom Lkw. Genau in diesem Moment klingelte mein Handy. Es war Herr Nötzli und er teilte mir mit, dass er sich mit der Schweizerin, die gestern Skyfall probiert hatte, einig geworden war. Wenn die tierärztliche Untersuchung in Ordnung war, würde der Schimmel nächste Woche nach St. Gallen umziehen. Der Pferdehändler hatte auch bereits mit Papa gesprochen und ihn gebeten, den Wallach heute nicht mehr mit aufs Turnier zu nehmen.

»Was ist?«, erkundigte sich Melike, als ich das Gespräch beendet hatte.

»Skyfall ist so gut wie verkauft«, teilte ich meiner Freundin mit. »An Nicola Burri.«

»Das tut mir echt leid für dich, Elena.« Melike legte mir tröstend die Hand auf den Arm.

»Wenigstens kommt er in gute Hände.« Ich zog Bittersweets Sattelgurt nach und versuchte, nicht allzu betrübt zu sein. Wenn man die Pferde eines Pferdehändlers ritt, war es von vorneherein klar, dass man sich eines Tages von diesen wieder trennen musste. Und tatsächlich schien Nicola Burri, die schon Weltranglistenerste gewesen und in zahlreichen Nationenpreisen für die Schweiz gestartet war, die ideale Reiterin für den sensiblen Schimmel zu sein.

Herr Nötzli war gestern mit Nicola und ihren Sponsoren extra wegen Skyfall aufs Turnier gekommen und hatte sich natürlich gefreut, dass ich mit ihm so gut im

M**-Springen platziert gewesen war. Danach hatte die Schweizerin den Wallach auf dem Abreiteplatz ausprobiert und war wirklich supergut mit ihm zurechtgekommen.

Nichts im Leben ist für immer, dachte ich mit einem Anflug von Wehmut und schwang mich in den Sattel. Aber es war nicht nur der bevorstehende Abschied von Skyfall und Bittersweet, der mich deprimierte. Seit Montag hatte ich in der Schule keine Gelegenheit gehabt, mehr als nur ein paar Worte mit Farid zu wechseln. Wir hatten Klausuren in Geschichte und Bio geschrieben, nachmittags hatte ich drei Pferde zu reiten gehabt und Hausaufgaben gemacht. Ich war mir gar nicht mehr so sicher, ob es klug war, Farid mehr Platz in meinem Leben einzuräumen. Eigentlich passte alles überhaupt nicht, denn er war auch so ziemlich jeden Nachmittag verplant mit seinem Training, das er total ernst nahm. Die Voraussetzungen waren absolut ungünstig und außer der Tatsache, dass wir auf dieselbe Schule gingen, hatten wir keine Gemeinsamkeiten.

In den letzten Tagen hatten Tim und ich im Stall wieder öfter miteinander gesprochen und uns sogar ein paar Nachrichten geschrieben. Wir vermieden es, über uns oder den Vorfall mit Gina zu sprechen, aber mein Unterbewusstsein war schon wieder fleißig dabei, Entschuldigungen und Erklärungen für Tims Verhalten zu finden. Tief in meinem Innern war noch Hoffnung für Tim und mich. Wenn Tim erst umgezogen war. Wenn er erst sein Abi hatte. Wenn, wenn, wenn.

In diese Gedanken versunken ritt ich an den geparkten Lkws und Pferdehängern entlang Richtung Turniergelände.

Als ich auf den Abreiteplatz kam, sah ich Tim. Er stand

neben einem dunkelhaarigen Mädchen in Turnierklamotten und zwar ziemlich dicht, was mir einen kleinen, eifersüchtigen Stich versetzte. Er schien ganz gefesselt von dem, was sie ihm erzählte. Ich hatte ihn und Sophia Schröder vorhin schon zusammen am Getränkestand stehen sehen, mir aber nichts dabei gedacht. Sophia kam aus Nordhessen, ritt auch im Kader und war sehr erfolgreich. Ihr Vater war selbst ein bekannter Springreiter und wir kannten uns, wie man sich eben kennt, wenn die Väter seit Jahren dieselben Turniere reiten. Früher war es mir nie so aufgefallen, aber Sophia war *verdammt* hübsch. Hübscher als ich – und zwei Jahre älter. Glücklicherweise war viel los und es gelang mir eine ganze Weile, nicht direkt an Tim und Sophia vorbeizureiten, aber ich konnte nicht verhindern, dass meine Blicke immer wieder wie magnetisch angezogen in ihre Richtung schweiften. Genau so wie er jetzt Sophia anblickte, hatte Tim früher mich angesehen! So … oh mein Gott … so *verliebt!* In dieser Sekunde begriff ich, dass ich recht gehabt hatte: Tim liebte eine andere! All meine Hoffnungen, es könnte wieder etwas werden mit uns beiden, waren idiotisch und vergeblich. Plötzlich zitterte ich innerlich, mir war speiübel und ich wünschte, ich hätte jetzt nicht abreiten müssen.

»Du hast noch sieben!«, rief Melike mir von der Startertafel aus zu. »Soll ich an den Sprung gehen?«

Ich schüttelte den Kopf und ließ Bittersweet angaloppieren. Warum stand Tim ausgerechnet dort herum, wo ihn jeder mit Sophia sehen konnte? Wie lange ging das wohl schon mit den beiden? War sie es etwa gewesen, mit der er telefoniert und WhatsApps geschrieben hatte, wenn er behauptet hatte, es ginge um den Sonnenhof?

»Steilsprung frei!«, rief ich automatisch und ritt auf den kleinen Probesprung zu. Aber ich war nicht bei der Sache und Bittersweet nützte das aus, indem sie einen Meter vor dem Hindernis einen Haken schlug. Mist!

Was erzählte Sophia Tim wohl gerade, das seine blauen Augen so strahlen ließ? Jetzt legte sie ihm auch noch die Hand auf den Arm und er schien das voll okay zu finden!

Ich ritt erneut auf den Steilsprung zu, aber Bittersweet rannte wieder daran vorbei.

»Was machst du denn, Elena?«, vernahm ich die ärgerliche Stimme meines Vaters. Das hatte Tim gehört, denn er blickte nun direkt zu mir herüber und auch Sophia drehte sich um. Und dann legte Tim, der immer behauptet hatte, er fände Händchenhalten und Umarmen grottenpeinlich, seinen Arm um Sophias Schulter und flüsterte ihr etwas ins Ohr, woraufhin sie lachte. Für ein paar Sekunden glaubte ich, sterben zu müssen. Ich kämpfte gegen die aufsteigenden Tränen an.

»Jetzt konzentrier dich mal ein bisschen!«, schnauzte Papa mich an und ich riss mich zusammen. Bittersweet war aber verunsichert und sprang nur zögerlich. Ich musste ihr ziemlich Druck machen, damit sie überhaupt zum Sprung zog. Zwei Mal benutzte ich die Gerte, doch danach war sie so durch den Wind, dass sie einfach nur losrannte.

»Vielleicht solltest du besser nicht in den Parcours reiten!« Papa war verärgert. »Die neuen Besitzer von Sweety gucken zu!«

Tim wusste genau, dass ich ihn und Sophia bemerkt hatte, und würde eins und eins zusammenzählen, wenn ich jetzt den Start zurückzog. Nein, diese Blöße wollte ich mir garantiert nicht geben! Hatte Tim mit Absicht am Abreiteplatz herumgestanden, um mich eifersüchtig zu machen? Oder hatte er mich wirklich vorher nicht bemerkt, blind vor lauter Verliebtheit? Die zweite Möglichkeit war weitaus schmerzhafter als die erste.

»Elena? Ist alles in Ordnung?«, fragte Papa eindringlich.

»Ja, ja, natürlich.«

Ich war schon aufgerufen worden. Bittersweet legte die Ohren an und blieb bockig auf dem Weg zum Einritt stehen. Als ich ihr die Sporen gab, ging sie sogar vorne hoch.

»Jetzt lass du mich nicht auch noch im Stich!«, zischte ich wütend und tickte die Stute mit der Gerte an. Daraufhin machte Bittersweet einen Satz nach vorne.

»Zerr nicht so an ihr herum, sondern lass sie einfach galoppieren«, drang Papas Stimme von weit her an mein Ohr, während ich mit den Augen selbstquälerisch nach Tim und Sophia suchte. »Der Kurs kommt ihr entgegen: kaum Distanzen, keine Doppeloxer-Kombination …«

Ich blendete Papas Stimme aus, trabte in den Parcours, hielt vor dem Richterturm und grüßte.

Die Startglocke ertönte und ich ließ Bittersweet angaloppieren.

Bei dem herrlichen Spätsommerwetter saßen und standen eine Menge Leute um den Turnierplatz herum und ich musste mich zwingen, nicht im Publikum nach Tims Gesicht zu suchen. Die ersten beiden Sprünge schafften wir fehlerfrei, aber dann klemmte Bittersweet am Schenkel und ich hatte Mühe, sie einigermaßen im Rhythmus zu halten. Wir kamen viel zu dicht an den dritten Sprung heran, einen gelb-weißen Steilsprung. Die Stute schraubte sich in die Luft und es gelang ihr irgendwie, die oberste Stange nicht zu berühren. Ein Raunen ging durch die Zuschauer.

Ich hatte überhaupt keine Lust, mich vor Tim und seiner neuen Flamme zur Lachnummer zu machen!

»Los, komm schon!«, knurrte ich. Mit plötzlich auflodterndem Zorn benutzte ich ziemlich grob die Sporen und ließ die Gerte auf Bittersweets Schulter klatschen. Die Stute machte einen erschrockenen Satz und zischte los.

»Kontrolle!« Papas Stimme klang ruhig und befehlend, wie ich sie schon Hunderte von Malen in der Springstunde gehört hatte. »Ruhiger! Tempo rausnehmen!«

Ich gab ein paar harte Paraden, aber ich bekam die Stute nicht schnell genug zurück, damit es für die zweifache Kombination passte. Eigentlich hätte ich sie abwenden und erneut anreiten müssen, aber das wären dann drei Strafpunkte für eine Verweigerung gewesen plus die Zeit, die ich dabei verschwendete. Bittersweet merkte auch, dass wir viel zu dicht an den Einsprung der Kombination kamen und wollte seitlich ausbrechen, aber ich saß ihr so sehr im Genick, dass sie schließlich wegsprang. Sie drückte jedoch gar nicht richtig ab, die Stangen gerieten ihr zwischen die Vorderbeine, sie strauchelte, stolperte und tauchte vor mir weg.

In rasender Geschwindigkeit sah ich den Aussprung der Kombination und den dunklen Sand des Reitplatzes auf mich zukommen, aber es ging viel zu schnell, als dass ich noch die Füße aus den Bügeln hätte ziehen können. Ein lautes Knacken hallte mir in den Ohren und dann wurde alles um mich herum schwarz.

11. Kapitel

»Bewegt sie nicht! Nicht die Reitkappe öffnen!«, rief jemand. »Der Notarzt ist gleich da.«

Notarzt? Ich versuchte mich daran zu erinnern, was passiert war und wo ich mich überhaupt befand, aber es wollte mir nicht sofort einfallen. Wir waren aufs Turnier nach Biblis gefahren. Und dann?

»Elena! Hörst du mich?« Papas Stimme drang von weit her an mein Ohr. »Elena, bitte, mach die Augen auf!«

Mein Mund war voller Sand. Mein Arm tat weh. Etwas Warmes rann mir über das Gesicht, verstopfte meine Nase. Ich blinzelte in das helle Licht, blickte in verschwommene fremde Gesichter. Eine Frau in einer orangefarbenen Uniform. Ein Krankenwagen mit geöffneter Klappe. Dahinter bunte Hindernisse. Leute, die sich hinter einer weißen Umzäunung drängten. Ich nahm die Stimmen und die Menschen um mich herum nur wie durch Watte wahr.

»Alles okay«, wollte ich sagen, aber mir kam nur ein Wimmern über die Lippen. Nichts war okay, das spürte ich.

»Elena, ich bin's. Papa.«

Ich konnte ihn nicht sehen, aber seine körperlose Stimme klang besorgt und gleichzeitig erleichtert.

»Bleib ganz ruhig liegen, hörst du? Gleich kommt der Arzt.«

»Wieso Arzt?« Ich rang nach Luft. »Was ist eigentlich passiert?«

»Du bist gestürzt.«

Gestürzt! Turnier. Bittersweet. Erinnerungsfetzen wirbelten durch meinen Kopf und sortierten sich ganz allmählich zu zusammenhängenden Bildern. Tim und Sophia am Abreiteplatz! Wie er den Arm um sie gelegt hatte und mein Zorn auf ihn.

Dann lag ich plötzlich in einem Krankenwagen. Papa streichelte meine Hand, jemand leuchtete mir mit einer Lampe in die Augen.

»Ich bin Dr. Assmann«, sagte er. »Kannst du mir sagen, was wir heute für einen Tag haben?«

»Ich … ich glaub, heute ist Freitag«, murmelte ich benommen. »Oder Donnerstag?«

»Hm. Und wo wohnst du?«

»Auf dem A…Amselhof. In Steinau.«

»Sehr gut.« Er lächelte zufrieden. »Auf welche Schule gehst du? Und was sind deine Lieblingsfächer?«

Ich stammelte irgendetwas, während er mir eine Manschette um den Hals legte und mich in die rechte Armbeuge pikste. Das laute Knacken, das ich beim Sturz gehört hatte, hallte noch immer wie ein Echo in meinem Kopf. War das mein Arm gewesen, als er brach? Oder … Nein!

»Was ist mit Sweety?«, fragte ich und wollte mich aufrichten, aber das ging nicht. Tränen schossen mir in die Augen. Und auf einmal hatte ich das dumpfe Gefühl, dass etwas Schlimmes passiert war.

»Es ist alles in Ordnung, Elena, beruhige dich!« Papa

streichelte sanft meine Wange. »Beruhige dich. Alles wird gut.«

Nichts würde jemals gut werden. Tim hatte eine andere. Und ich lag in einem Krankenwagen! Die Türen fielen zu und das Fahrzeug setzte sich holpernd in Bewegung. Im grellen Neonlicht sah Papa ganz blass aus. Er versuchte, ermutigend zu lächeln, was ihm nicht besonders gut gelang. Papas vertrautes Gesicht verschwamm, dann fielen mir die Augen zu. Nur vereinzelte Wortfetzen, deren Sinn ich nicht verstand, drangen an mein Bewusstsein. *Fraktur von Elle und Speiche. Schädel-Hirn-Trauma. Rippenprellung.* Tim. Tim und Sophia Schröder! Warum, Tim? Wieso sie? Was hat sie, was ich nicht habe? Ach, Tim …

Ich hatte bei dem Sturz Glück im Unglück gehabt. Die Reitkappe hatte schlimmere Kopfverletzungen verhindert, der Schirm hatte mir allerdings das Nasenbein gebrochen, außerdem hatte ich eine Gehirnerschütterung. Mein linker Arm war doppelt gebrochen, deshalb hatte man in einer Operation die Knochen mit Platten fixiert. Und dank der Rippenprellung hatte ich üble Schmerzen beim Atmen.

Schon am Tag nach der OP durfte ich aufstehen. Ich konnte den Moment nicht erwarten, an dem ich das Krankenhaus wieder verlassen durfte, denn die beiden Omas, in deren Zimmer ich gepfercht worden war, nervten mich mit ihren neugierigen Fragen und altklugen Sprüchen, außerdem hatten sie ständig Besuch von ihren Männern und anderen alten Omas, die immer wieder gegen mein Bett stießen.

Bei meinem ersten Ausflug ins Badezimmer bekam ich

einen Riesenschreck. Entsetzt starrte ich mein Gesicht im Spiegel an. Ich sah schrecklich aus! Meine Haare waren fettig und strähnig, und meine Nase glich einer unförmigen Kartoffel! Um die Augen hatten sich Blutergüsse gebildet, als ob ich einen Boxkampf verloren hätte, und über die rechte Augenbraue zog sich eine frische Naht mit ekligen schwarzen Fäden.

Papa und Mama kamen am Nachmittag zu Besuch. Sie brachten mir frische Klamotten, mein Smartphone und ziemlich coole neue iFrogz-Kopfhörer in Knallgrün mit. Sie richteten mir Grüße von Opa und Oma, Christian, Lajos, dem Aknefrosch, Stani und Heinrich aus, von Niklas, Melike und sogar von Tim.

Mama wollte meine Tasche auspacken, aber die beiden Omas hatten die zwei Schränke mit ihrem Kram total vollgestopft.

»Eigentlich ist das hier ja auch nur ein Zweibettzimmer«, bemerkte die, die am Fenster lag, spitz.

»Ich mach das später selber«, sagte ich schnell zu Mama, bevor sie sich aufregen konnte. Papa redete wie ein Wasserfall. Er erzählte Geschichten von Fritzi und Hilda, von Twix und Robbie, als ob ich fünf Jahre alt wäre.

»Wie geht es Sweety?«, fragte ich, als er eine kurze Pause machte, um Luft zu holen. »Haben die Leute sie schon abgeholt?«

»Noch nicht«, erwiderte Papa. »Aber so weit ist alles in Ordnung.«

Eine Welle der Erleichterung flutete durch meinen Körper. Bittersweet ging es gut, und ich würde ihr noch Lebewohl sagen können. Es war alles nur halb so schlimm, wie ich es mir ausgemalt hatte. Pferde stürzten hin und wieder, meistens ohne dramatische Folgen. Und ich war mit einem Armbruch ja auch noch recht glimpflich davongekommen.

»Gott sei Dank«, sagte ich. »Gib ihr eine Karotte von mir und sag ihr, dass es mir leidtut.«

»Natürlich.«

»Ach!« Ich stieß einen tiefen Seufzer aus. »Jetzt hab ich auf einmal richtig Lust auf Käsekuchen!«

»Na, dann werde ich mal unten in der Kantine schauen, ob ich dir ein Stück besorgen kann.« Papa sprang auf. »Möchtest du sonst noch etwas haben, Spätzchen?«

»Schokolade. Und vielleicht ’ne Cola.«

»Keine Cola«, mischte sich Mama ein, aber das hörte Papa schon gar nicht mehr. Wie auch bei meinem letzten Krankenhausaufenthalt an Weihnachten half Mama mir dabei, die Haare zu waschen und zu föhnen und frische Unterwäsche, eine Leggins und ein Unterhemd anzuziehen.

»Was meinst du, wie lange ich hierbleiben muss?«, fragte ich sie, als ich wieder im Bett lag. »Das ist echt so ätzend mit den beiden alten Tanten.«

»Bis zum Wochenende musst du wohl durchhalten«, erwiderte Mama bedauernd. »Wegen der Gehirnerschütterung.«

Ich musste an meine Pferde denken. Wer kümmerte sich jetzt um Skyfall und Lenzi?

»Skyfall ist gestern abgeholt worden«, antwortete Mama, und da fiel mir wieder ein, dass er verkauft worden war. »Nicola hat schon Fotos von ihm geschickt, die leite ich dir später weiter.«

»Ach ja«, sagte ich. »Und was ist mit Lenzi?«

»Im Moment reitet Tim ihn. Herr Nötzli ist damit einverstanden. Von ihm sollen wir dich natürlich auch ganz herzlich grüßen und dir eine gute Besserung wünschen.«

»Danke«, sagte ich automatisch.

Es gefiel mir ganz und gar nicht, dass sich ausgerechnet Tim um mein Berittpferd kümmerte. Tim, der eine andere umarmt und angelächelt hatte! Aber ich konnte nichts dagegen tun, denn ich würde wohl eine ganze Weile nicht selbst reiten können. Objektiv gesehen war Tim der beste Reiter für Lenzi und da er selbst keine Pferde mehr hatte, hatte er wohl auch genug Zeit dafür.

»Dann soll Herr Nötzli Tim auch das Berittgeld zahlen«, sagte ich zu Mama. »Kannst du ihm das bitte ausrichten?«

»Das mach ich«, entgegnete Mama, und bevor ich noch etwas dazu sagen konnte, kam Papa zurück. Er hatte tatsächlich Käsekuchen, zwei Tafeln Schokolade und eine Dose Cola besorgt.

Als meine Eltern gegangen waren, schaltete ich mein Handy ein. Mama hatte es an das Ladekabel angeschlossen und so auf den Nachttisch gelegt, dass ich gut drankam. Kaum hatte ich meinen Code eingegeben, poppten schon unzählige Nachrichten auf. Sogar Brenda, Joana und Luke hatten mir geschrieben und wünschten mir schnelle und gute Besserung! Außerdem hatten sich ein paar Leute gemeldet, die wie ich im Kader ritten und die ich von den Turnieren kannte. Ich zuckte zusammen, als ich Tims Namen las. In einem ersten Impuls wollte ich seinen Kontakt löschen, aber meine Neugier war stärker als mein Zorn auf ihn, deshalb öffnete ich seine WhatsApp mit klopfendem Herzen.

Hey, Elena, schrieb er. *Hoffe, es geht dir schon besser, wenn du das hier liest. Kümmere mich um L., mach dir also keine Sorgen und werd schnell gesund. Grüße auch von meiner Mom. GLG, Tim.*

Nur mühsam schluckte ich meine Enttäuschung herunter. Unpersönlicher ging es ja wohl kaum! Aber was hatte ich erwartet? Wir waren nicht mehr zusammen, unsere Liebe war vorbei. Tim schrieb jetzt einem anderen Mädchen WhatsApps mit Herzchen und Küsschen.

Um Melikes Nachrichten zu lesen, brauchte ich eine Weile, denn sie hatte mir einen halben Roman geschrieben. Plötzlich hatte ich eine wahnsinnige Sehnsucht nach meiner besten Freundin und rief sie an. Es dauerte keine drei Sekunden, bis sie dranging.

»Elena!«, kreischte sie mir ins Ohr. »Oh mein Gott! Wie geht es dir? Erzähl! Hast du meine Nachricht gekriegt?«

»Hey, Melike«, erwiderte ich und musste lächeln. »Mir geht's ganz gut. Und klar hab ich deine Nachricht gekriegt.«

Melike wollte wissen, was genau mit meinem Arm los war und wie lange ich im Krankenhaus bleiben musste.

»Ich hab noch nie so lange nicht mit dir reden können«, rief sie und begann zu weinen. »Oh scheiße, ich muss heulen und meine Wimperntusche verläuft! Ich hatte so eine Angst um dich!«

Ich hörte, wie sie sich schnäuzte, und grinste wieder.

»Sorry, musste mir mal schnell den Rüssel putzen«, sagte sie und dann plapperte sie los, erzählte von Smiley und Niklas.

»Melike, ich glaube, Tim ist mit Sophia Schröder zusammen«, unterbrach ich ihren Redefluss irgendwann und ich konnte nicht verhindern, dass meine Stimme bitter klang. »Ich war total durch den Wind, als ich die beiden am Abreiteplatz gesehen habe, deshalb bin ich so mies geritten.«

Ich hoffte von ganzem Herzen, dass Melike mir jetzt energisch widersprechen und meine Befürchtungen damit zerstreuen würde, aber das tat sie nicht.

»Weißt du etwas?«, bohrte ich, als sie zögerte. »Bitte, Melike, du musst mir das sagen!«

»Ich weiß es nicht hundertprozentig«, erwiderte sie ausweichend. »Ich habe allerdings gehört, dass Schröders eventuell den Sonnenhof pachten wollen.«

»Na super.«

Dann würde Tim wohl demnächst wieder dort reiten und ich würde ihn nicht mehr sehen. Aber vielleicht war das ja sogar das Beste. Wir redeten noch ein bisschen über andere Dinge, dann musste Melike Schluss machen.

»Ich ruf dich später noch mal an«, versprach sie mir. »Und morgen komme ich dich besuchen, gleich nach der Schule.«

»Das wäre super. Wenn du in den Stall gehst, gib Sweety bitte eine Karotte von mir«, sagte ich. »Ich bin so froh, dass wenigstens ihr nichts passiert ist.«

»Äh … klar. Mach ich«, antwortete Melike eilig. »Bis später.«

Oma Nummer eins, die am Fenster lag, kehrte samt Mann zurück und beschwerte sich wieder darüber, wie eng alles sei wegen meines Bettes und dass es jetzt überhaupt keinen Platz mehr gäbe für ihre Sachen. Ich hatte keine Lust, mich mit ihr anzulegen. Stattdessen stülpte ich mir die neuen iFrogz über die Ohren und hörte etwas Musik.

Plötzlich berührte mich jemand am Arm. Erschrocken riss ich die Augen auf. Zuerst sah ich nur einen Blumenstrauß, aber dahinter erkannte ich … Farid! Ein freudiger

Schreck durchzuckte mich von den Haarspitzen bis zu den Fußsohlen, gleichzeitig wurde mir bewusst, wie grässlich ich aussah. Ich zerrte die Kopfhörer von den Ohren und schaltete die Musik aus.

»Hey!«, sagte Farid mit gesenkter Stimme. »Was machst du denn für Sachen? Ich habe es erst vorhin in der Schule gehört.«

»Das ist echt nett, dass du vorbeigekommen bist«, murmelte ich peinlich berührt. »Ich ... ich sehe ziemlich scheiße aus ...«

»N...nein, du ... du siehst voll süß aus«, stotterte Farid.

Mir schoss das Blut ins Gesicht. Wollte er mich auf den Arm nehmen? Ich sah aus, als wäre ich für einen Horrorfilm gecastet worden! Er hielt mir noch immer den Blumenstrauß hin.

»Oh ... äh ... Ich guck mal nach einer Vase«, sagte er, dann streifte sein Blick die Blumenbatterie auf Fensterbank und Tisch. »Wobei ich da wohl kein Glück haben werde.«

»Junger Mann, die Besuchszeit ist aber schon vorbei«, monierte Oma Nummer zwei und Nummer eins wollte von mir wissen, ob meine Eltern es wohl gut fänden, dass ich so spät abends noch *Herrenbesuch* bekam.

Ich warf Farid einen verzweifelten Blick zu.

»Komm«, flüsterte er. »Lass uns rausgehen.«

Ich schlüpfte in meine Crocs, warf mir die Kapuzenjacke über und folgte ihm hinaus auf den Flur.

»Das geht ja gar nicht, dass du mit zwei anderen in einem Zweibettzimmer liegen musst!«, empörte Farid sich vor der Tür. »Ist hier sonst gar nichts anderes frei?«

»Keine Ahnung.« Ich zuckte die Schultern.

Farid runzelte die Stirn, dann führte er mich zu einer Sitzecke und drückte mir den Blumenstrauß in die Hand.

»Warte hier einen Moment. Ich muss mal kurz telefonieren.«

Und schon war er verschwunden. Was sollte das denn? Er tauchte um halb acht abends im Krankenhaus auf, brachte mir Blumen mit und dann fiel ihm ein, dass er *telefonieren* musste? Ich kam mir selten blöd vor und war drauf und dran wieder zurück in mein Zimmer zu gehen, als Farid zurückkehrte und breit grinste.

»Was war das denn jetzt bitte?«, fragte ich ihn.

»Wart's ab.« Farid lächelte geheimnisvoll und mir wurde ganz warm ums Herz, als ich in seine Augen blickte. Sie waren zartbitterschokoladenbraun mit goldenen Sprenkeln.

Nur Minuten später bog die Nachtschwester mit quietschenden Gummisohlen um die Ecke und warf mir einen scharfen Blick zu.

»Schön, dass ich dich zufällig finde«, sagte sie spitz. »Eigentlich solltest du im Bett liegen und nicht hier draußen herumsitzen.«

»Ich …«, begann ich, aber sie fiel mir ins Wort.

»Ich bin für fünfundzwanzig Patienten zuständig. Wenn ich die alle suchen müsste, wäre ich nur noch im Krankenhaus unterwegs.« Sie klatschte ungeduldig in die Hände. »Na, was ist? Soll *ich* etwa deine Sachen zusammenpacken und dich hier mit dem Bett abholen?«

Ich verstand kein Wort.

»Komm, ich helf dir.« Farid ergriff meinen rechten Arm und zog mich mit. Die Nachtschwester murmelte irgendetwas, was nicht gerade freundlich klang, und verschwand in einem der Krankenzimmer, über dessen Tür ein rotes Lämpchen brannte.

Zehn Minuten später lag ich in meinem Bett und wurde von einem jungen, pickligen Krankenpfleger durch die Gänge des Krankenhauses geschoben. Farid folgte uns mit meiner Tasche in der Hand.

»Und was wird das hier?«, erkundigte ich mich verwirrt.

»Verlegung in ein Einzelzimmer«, sagte der Picklige lakonisch. Nachdem wir mit einem Aufzug in den dritten Stock gefahren waren, passierten wir eine Glastür mit der Aufschrift »Privatklinik«. Dahinter sah es völlig anders aus als im Rest des Krankenhauses – viel moderner und freundlicher.

Das Zimmer, in das mein Bett gerollt wurde, verschlug mir die Sprache. Es war so groß wie unser Wohnzimmer zu Hause und total edel eingerichtet: dezent beleuchtete Bilder an den Wänden, Parkettfußboden, bodentiefe Fenster, eine gemütlich aussehende Sitzecke. An der Wand hing ein Flachbildfernseher, es gab Schränke und sogar einen Schreibtisch.

»Herzlich willkommen in der Privatklinik«, sagte der Picklige, nachdem er die Bremsen meines Bettes arretiert hatte, und grinste amüsiert, als er mein ratloses Gesicht sah. Er erklärte mir Fernbedienung und Minibar und legte mir eine Mappe mit Infomaterial und der Speisekarte auf den Nachttisch.

»Bitte einfach klingeln, wenn etwas fehlt. Wir sind rund um die Uhr für Sie da.«

Mit einer angedeuteten Verbeugung verabschiedete er sich.

»Cool hier, oder?« Farid stellte meine Tasche auf einen der Sessel. »So kann man's im Krankenhaus aushalten.«

»Ich … äh … wie kommt denn das jetzt?« Ich blickte mich um, doch bevor Farid etwas sagen konnte, klopfte es an der Tür und ein großer Mann in einem weißen Kittel trat ein. Er war schätzungsweise Mitte fünfzig, sonnengebräunt, hatte volles, silbergraues Haar und trug eine Brille.

»Guten Abend«, sagte er freundlich zu mir und reichte mir die Hand. »Du bist also Elena Weiland.«

»Äh … ja, das bin ich. Guten Abend«, erwiderte ich und fühlte mich wie eine Hochstaplerin.

»Ist alles in Ordnung?«, erkundigte sich der Arzt und lächelte.

»J…ja, danke. D…das ist super hier«, stammelte ich.

»Farid hat mir erzählt, dass es für dich mit zwei anderen Patientinnen im Zimmer auf der Station etwas beengt gewesen ist. Man wird doch bedeutend schneller gesund, wenn man sich wohlfühlt.« Er zwinkerte mir zu und lächelte – genauso wie Farid. Und er hatte dieselben schokoladenbraunen Augen. *Prof. Dr. Hasan Belhedi – Chefarzt,* las ich nun auf der silbernen Spange, die an der Brusttasche seines schneeweißen Kittels klemmte, und da fiel bei mir der Groschen. Der Unterschied zwischen dem schlecht rasierten, nur gebrochen Deutsch radebrechenden Obsthändler aus meiner Vorstellung und diesem gut aussehenden, silberhaarigen Chefarzt war so gewaltig, dass ich am liebsten im Boden versunken wäre vor Scham über meine überhebliche Leichtgläubigkeit.

»Ich muss nach zwei Patienten sehen«, entschuldigte sich der Professor. »Aber ich komme noch einmal hier vorbei, bevor ich nach Hause gehe.«

Mein Gesicht glühte und ich traute mich kaum, Farid anzusehen. Was hatte Ariane bloß für einen Mist erzählt? Ein hysterisches Lachen kroch in mir hoch, als ich mir den eleganten Professor im Obstladen oder in einer Dönerbude mit einem Elektromesser in der Hand vorstellte, und plötzlich konnte ich mich nicht mehr beherrschen und prustete los.

»Elena?« Farid sah mich besorgt an. »Was ist los? Geht es dir nicht gut?«

Dann bemerkte er, dass ich lachte.

»Doch, alles gut! Oh mein Gott!«, stieß ich hervor und presste meine gesunde Hand auf meine Rippen, weil das Lachen so wehtat. »Ich hab nur … oh nee, das ist jetzt echt zu peinlich!«

»Was hast du? Komm, sag schon!«, drängte Farid neugierig.

Ich gestand ihm, dass Ariane behauptet hatte, sein Vater besäße ein türkisches Obstgeschäft oder einen Dönerladen.

Da musste auch Farid lachen.

»Also so was!« Er schüttelte belustigt den Kopf. »Mein Vater ist allerdings kein Türke, sondern Tunesier.«

Ich konnte ihm nicht verraten, dass Melike das natürlich längst herausgefunden hatte.

»Was für ein Arzt ist dein Vater?«, erkundigte ich mich, als ich mich endlich wieder eingekriegt hatte.

»Chefarzt der Neurochirurgie. Seit dem 1. Juli. Und gleichzeitig ärztlicher Direktor«, antwortete Farid. »Deshalb sind wir ja nach Königshofen gezogen. Vorher haben wir in Bergen-Enkheim gewohnt. Von da aus hatte ich es zwar näher zum Training, aber für meinen Dad wäre die Fahrt hierher eine halbe Weltreise gewesen.«

»Danke, Farid«, sagte ich gerührt.

»Wofür?« Er zuckte die Schultern.

»Dafür, dass du das hier organisiert hast.«

»Gern geschehen.« Er saß vorgebeugt da, die Ellbogen auf die Knie gestützt und sagte eine ganze Weile nichts, aber dann blickte er mich an. »Bei euch dreht sich alles um Pferde, oder?«

»Hm, ja. Schon«, erwiderte ich und fragte mich, was der abrupte Themenwechsel zu bedeuten hatte.

»Und dein Ex ist auch so 'n Pferdemensch?«

Erstaunlicherweise tat es nicht weh, an Tim zu denken.

»Ja. Wieso fragst du?«

»Weil … ich … ich hab mit Pferden bisher nichts am Hut gehabt«, antwortete er, ohne mich anzusehen. »Meine Schwestern sind zwar mal geritten und meine Mutter hatte sogar früher ein Pferd, aber ich konnte den Viechern nie wirklich was abgewinnen.«

»Ist doch nicht schlimm«, sagte ich. »Bis jetzt hab ich mich auch nicht so besonders für Fußball interessiert. Ich hab im Internet gelesen, dass du im Mittelfeld spielst, und zuerst gedacht, dass wäre ein Fußballverein.« Ich kicherte und Farid blickte auf.

»Echt? Du hast mich gegoogelt?«

»Ja. Hab ich.«

»Ich dich auch.«

Wir sahen uns an. Farid fuhr sich mit allen zehn Fingern durch sein dichtes dunkles Haar.

»Ich muss dir etwas sagen, Elena.« Er richtete sich ruckartig auf. »Als ich letzten Samstag auf diese Party gegangen bin, hatte ich eigentlich vor, spätestens nach einer Stunde wieder abzuhauen. Die Leute in der Schule interessieren mich nicht so wirklich. Ich meine, es sind sowieso nur noch ein paar Monate bis zum Abi. Aber … aber als ich dich da hinter der Bar entdeckt hab, so voll in Action, da hab ich gedacht: Wow, die ist ja süß!«

Mir wurde abwechselnd heiß und kalt vor Aufregung, mein Herz schlug in meiner Brust Saltos. Nur gut, dass mir jetzt gerade niemand den Blutdruck messen wollte – ich wäre wahrscheinlich direkt auf der Intensivstation gelandet! Ganz plötzlich begriff ich, dass es durchaus noch andere süße Typen auf der Welt außer Tim Jungblut gab. Anders als Melike, die, bevor sie mit Niklas zusammengekommen war, alle paar Wochen für irgendjemand anderen geschwärmt hatte, hatte es für mich immer nur Tim gegeben. Aber nun war da dieser verdammt gut aussehende Junge, der mir Komplimente machte, mir einen Blumenstrauß mitgebracht und dafür gesorgt hatte, dass ich ein megageniales Einzelzimmer hatte. Einfach so. Ich konnte meinen Blick nicht von Farids Gesicht abwenden.

»Es war so cool, wie wir zusammen die Bar geschmissen haben, so … easy. Du bist total anders als alle Mädchen, die ich sonst so kenne.«

Obwohl ich im Bett saß, wurde mir ganz schwindelig bei seinen Worten.

»So was ist mir echt noch nie passiert.« Farid biss sich auf die Unterlippe. »Ich hab mich in dich verliebt, Elena.«

Ich blickte in Farids Schokoladenaugen, nahm allen Mut zusammen und legte meine Hand auf seine.

»Ich hab mich auch in dich verliebt«, flüsterte ich. »Und es ist doch völlig egal, ob du Pferde magst oder nicht.«

»Wirklich?« Farids Selbstsicherheit war wie weggefegt und ich erkannte, dass er genauso durcheinander und unsicher war wie ich. »Ich hab nichts gegen Pferde, ich … würde glatt mal eins streicheln, wenn es mich nicht beißt.« Er grinste nervös.

»Und ich würde auf ein Fußballspiel kommen«, entgegnete ich. »Wenn du mir vorher ein paar Sachen erklärst.«

»Nichts lieber als das«, versicherte er und umfasste meine Hand mit beiden Händen. »Elena, du hast wirklich die schönsten Augen, die ich je gesehen habe. Du bist einfach cool. Und witzig. Und du hast einen wunderschönen Mund.«

Seine Worte rannen wie warmer Honig über meine angekratzte Seele. Farid hatte sich in mich verliebt! Es gab keine Zweifel mehr und mein Herz fühlte sich an, als müsse es platzen vor lauter Glück. Er beugte sich vor, sein Gesicht war meinem ganz nahe. Ich schloss die Augen und spürte den leichten Druck seiner Lippen auf meinen.

12. Kapitel

Bereits am nächsten Tag wurde ich aus dem Krankenhaus entlassen und ich freute mich ganz und gar nicht darüber. Ich hatte gehofft, wenigstens übers Wochenende dort bleiben zu können und noch einmal Besuch von Farid zu bekommen. Mama war nicht besonders erfreut darüber gewesen, dass ich in ein solch luxuriöses Zimmer umgezogen war, denn sie fürchtete die fette Rechnung für ein Einzelzimmer in der Privatklinik, die unsere Krankenkasse wohl kaum bezahlen würde. Das war auf jeden Fall das Einzige, das sie zu meinem Umzug gesagt hatte.

»Willst du nicht den hübschen Blumenstrauß mitnehmen?«, fragte Mama beiläufig, als sie meine Tasche packte.

»Nö. Der stand hier schon«, behauptete ich geistesgegenwärtig und schlüpfte in meine Schuhe.

»Ich dachte vielleicht, du hättest Besuch bekommen.« Mama zog den Reißverschluss der Tasche zu und schaute mich mit ihrem Röntgenblick an. »Von jemandem namens Farid.«

Mir schoss das Blut ins Gesicht und ich guckte schnell wieder auf den Boden. »Wie kommst du denn darauf?«

»Christian hat da so was erwähnt«, erwiderte Mama.

»Was hat er erwähnt?«, wollte ich wissen. Mein Herzschlag vibrierte bis in meine Fingerspitzen.

»Nur, dass du mit einem Farid, der neu in seiner Stufe ist, auf der Party letzten Samstag geflirtet hast.«

»Das kommt doch hundertprozentig von Ariane«, sagte ich kühl. »Sie war nämlich scharf auf ihn, aber er hat sie nicht beachtet, sondern mir hinter der Bar geholfen. Allerdings frage ich mich, was das wohl mit flirten zu tun hat. Können wir jetzt bitte gehen?«

Wir fuhren mit dem Aufzug nach unten, nachdem ich mich von den Schwestern verabschiedet hatte. Mamas Auto parkte direkt vor dem Seitenflügel des Krankenhauses, in dem sich die Privatklinik befand. Ich setzte mich auf den Beifahrersitz und schaffte es, mich selbst anzugurten.

»Was ist denn eigentlich mit Tim?«, erkundigte sich Mama, als sie vom Parkplatz auf die Straße abbog.

»Was soll mit ihm sein?«

»Er war immerhin dein Freund.«

»Du hast es ganz richtig gesagt: Er *war* mein Freund«, entgegnete ich. »Was soll das denn jetzt? Warum interessiert dich das?«

Mama gab mir keine Antwort.

»Farid«, sagte sie dann. »Ist das eine Abkürzung?«

»Nein, das ist arabisch. Sein Vater ist Tunesier.«

»Aha.« Plötzlich herrschte eine eigenartige Spannung zwischen uns.

»Was heißt jetzt schon wieder ›Aha‹?« Meine Stimme klang aggressiver, als ich beabsichtigt hatte. »Hast du ein Problem?«

»Wenn du mich so direkt fragst: ja!«, antwortete sie und warf mir einen Blick zu. »Ich habe ein Problem damit, dass du mir Sachen verschweigst. Christian hat mir erzählt, dass du mit diesem jungen Mann im Park verschwunden bist und du in der Schule mit ihm zusammenhängst. Und natürlich frage ich mich jetzt, welche Absichten ein junger Mann hat, der eine Fünfzehnjährige von einer Party weg in den Park lockt.«

Ich traute meinen Ohren nicht. In den Park locken! So, wie Mama das sagte, klang es so … billig.

»Christian kennt den Jungen nicht. Was weißt du über ihn? Wo kommt er her, was machen seine Eltern? Wie lange lebt er schon in Deutschland?«

»Schätzungsweise seit siebzehn Jahren. Er ist nämlich hier geboren und Anfang Juli mit seiner Familie nach Königshofen gezogen.« Ich zwang mich, ruhig zu sprechen, obwohl ich meine Mutter am liebsten angeschrien hätte, aber dann hätte ich gleich einen Haken an Farid machen können. »Und er spielt ziemlich gut Fußball.«

»Ach du liebes bisschen!« Mama schüttelte den Kopf. »Du hast dich doch wohl hoffentlich nicht in ihn verliebt, oder? Willst du etwa eins von diesen Mädchen sein, die jeden Sonntag am Rand eines Fußballplatzes stehen?«

Das Gespräch drohte zur Katastrophe zu werden und vielleicht hätte ich an dieser Stelle besser den Mund halten sollen, aber ich konnte einfach nicht.

»Ist das so viel schlechter, als jeden Sonntag am Rand eines Reitplatzes zu stehen?«, schoss ich zurück. »Du hast doch nur deshalb etwas gegen Farid, weil sein Vater Tunesier ist! Gib's wenigstens zu!«

»Das stimmt nicht«, stritt sie ab, allerdings ziemlich

lahm. »Aber wer weiß, wo der Junge … wo Farid herkommt und was seine Familie …«

Da platzte mir der Kragen. »Zufällig ist Farids Vater Chefarzt im Krankenhaus und voll nett! Er hat mir das Zimmer auf der Privatstation besorgt, damit ich nicht länger mit den beiden Omas in einem mickrigen Zimmerchen hocken muss«, fiel ich Mama zornig ins Wort. »Farids Mutter ist Journalistin und seine Schwestern studieren Jura und BWL, die eine sogar in Amerika! Farid spricht Deutsch, Französisch, Englisch und ein bisschen Arabisch! Ganz ehrlich, Mama, eigentlich sollten *seine* Eltern etwas dagegen haben, dass er sich in mich verliebt hat, denn *meine* Eltern sind nur … Bauern mit Vorurteilen!«

Das hatte gesessen.

Mama sagte nichts mehr und ich entschuldigte mich nicht. Für den Rest der Fahrt herrschte eisiges Schweigen. Eine Viertelstunde später passierten wir das Ortsschild von Steinau. Mama bog am Rathaus von der Hauptstraße ab und fuhr an den Sportplätzen und der Mehrzweckhalle vorbei zum Amselhof, der zwei Kilometer außerhalb von Steinau lag. Obwohl mir jedes Haus, jeder Baum und jeder Stein auf dieser Strecke von Kindesbeinen an vertraut war, fühlte ich mich plötzlich wie eine Fremde, die jahrelang weg gewesen war. Meine Handflächen wurden ganz feucht, als wir durch das Tor des Amselhofes und die Auffahrt an der alten Reithalle entlangfuhren. Zu meiner Erleichterung war der Parkplatz so gut wie leer.

Mama hielt vor unserem Haus.

»Warte, ich helfe dir beim Aussteigen«, sagte sie.

»Danke, geht schon«, erwiderte ich abweisend und öffnete die Autotür. Am liebsten wäre ich direkt auf mein Zimmer verschwunden, aber es gab jemanden, der mir einen Strich durch die Rechnung machte, nämlich Twix. Er hatte auf der Treppe vor Omas Gaststätte gelegen und kam nun wie ein kleiner, braun-weiß gescheckter Blitz angefegt und überschlug sich fast vor Freude und Glück.

»Twixi-Bixi!« Ich ging in die Hocke und mein Hund sprang mit einem Riesensatz in meinen Arm. Überglücklich schleckte er mir das Gesicht ab und wollte sich gar nicht mehr beruhigen. »Ich hab dich so sehr vermisst, mein Süßer!«

»Kommst du?«, fragte Mama kühl. Sie hatte meine Tasche aus dem Kofferraum gewuchtet und sah mich abwartend an.

Auf einmal hatte ich nicht mehr die geringste Lust, ins Haus zu gehen, wo ich mir vielleicht noch eine Moralpredigt anhören musste.

»Ich geh mal kurz rüber in den Stall«, entgegnete ich deshalb. »Fritzi Hallo sagen.«

»Überschätze deine Kräfte aber nicht. Du hast jetzt drei Tage im Krankenhaus …«

»Ich weiß schon, was ich tue«, fiel ich Mama genervt ins Wort. »Ich bin ja kein Baby mehr.«

»Okay.« Sie schulterte meine Tasche, wandte sich ab und ging zum Haus. Ich wartete, bis sie die Haustür hinter sich geschlossen hatte, dann schrieb ich Farid eine WhatsApp.

Wieder zu Hause. Meine Mom ist voll ätzend. Ich vermiss dich!!!

In der Putzhalle war nichts los. Robbie, der die meiste

Zeit des Tages irgendwo in einer Ecke lag und vor sich hin döste, erhob sich schwerfällig von seiner Decke und kam schwanzwedelnd auf mich zugetrottet.

»Na, Robbie«, begrüßte ich den Hund. »Alles klar, Dicker?«

Ich kraulte ihn mit meiner rechten Hand hinter dem Ohr und fuhr ihm über die Flanke. Plötzlich schoss ein Kribbeln durch meine Finger, fast wie ein elektrischer Schlag, und ich zuckte erschrocken zurück. Das passierte mir nicht zum ersten Mal und ich wusste, dass es kein gutes Zeichen war. Eher per Zufall hatte ich vor ein paar Jahren die seltsame Gabe entdeckt, die ich besaß: Ich konnte mit meinen Händen Entzündungen und Krankheiten fühlen. Früher hatte ich nicht begriffen, was dieses Kribbeln zu bedeuten hatte, doch dann hatte Melike Lajos davon erzählt und der hatte mich einige Male auf die Probe gestellt, indem er mich gebeten hatte, seine vierbeinigen Patienten mit den Händen abzutasten. Ich hatte nicht ein einziges Mal falschgelegen. Richtig froh war ich über diese Gabe nicht, denn meistens, wenn ich dieses Kribbeln spürte, machte ich jemanden damit unglücklich. Zuletzt Melike, als ich ausgerechnet bei Friday, dem Buckskinwallach auf der Oaktree-Farm, einen üblen Sehnenschaden erspürt hatte.

»Komm, Robbie«, sagte ich nun zu dem Berner Sennenhund. »Lass uns zu Lajos gehen. Der soll dich mal untersuchen.«

Fritzi, der meine Stimme gehört hatte, wieherte schrill, deshalb ging ich zuerst zu ihm und begrüßte ihn. Die meisten anderen Boxen waren leer, weil Papa und Jens noch in Biblis waren, um den Großen Preis zu reiten. Die Box von

Bittersweet war allerdings auch leer. Ob die Stute draußen auf der Koppel war?

Ich durchquerte wieder die Putzhalle, aber gerade als ich die Tür zu Lajos' Stalltrakt öffnen wollte, hörte ich Stimmen und ließ die Hand wieder sinken.

»... dass das keine gute Idee ist. Du überforderst das Kind damit«, hörte ich Lajos' dunkle Stimme durch die Sperrholztür, die nur angelehnt war. »Warum bringst du es nicht zu mir?«

»Aber da wäre es ganz allein.« Das war Tims Mutter!

Ich hielt die Luft an und spitzte die Ohren.

»Auf dem Sonnenhof wäre es das auch«, antwortete Lajos. »Und vielleicht renkt sich hier ja doch alles irgendwann ein.«

»Ich fürchte nicht«, sagte Linda Jungblut. »Warum überlegst du dir mein Angebot nicht noch einmal? Auf dem Sonnenhof hättest du viel mehr Platz für deine Klinik.«

Ich glaubte, mich verhört zu haben. Wollte Tims Mutter Lajos etwa dazu überreden, den Amselhof zu verlassen? Zorn kochte in mir hoch. Wie hinterhältig war das denn?

»So eine linke Ratte«, murmelte ich.

»Darüber haben wir doch schon so oft gesprochen, Linda.« Lajos seufzte. »Mir geht es gut hier. Micha und Susanne lassen mir völlig freie Hand, ich fühle mich wohl auf dem Amselhof, genauso wie im Forsthaus.«

»Ach, Lajos, ich hab wirklich alles falsch gemacht«, sagte Tims Mutter mit weinerlicher Stimme. »Alles bricht zusammen. Wie soll ich das nur den Kindern erklären? Hältst du denn zu mir?«

Spätestens jetzt wäre es wohl anständiger von mir gewesen, wenn ich mich diskret verdrückt hätte, statt zu lauschen, aber meine Neugier war erheblich stärker als meine gute Erziehung.

»Ich stehe dir mit meinem Rat immer zur Verfügung, das habe ich dir versprochen«, hörte ich Lajos nun sagen und hielt den Atem an. »Aber du musst begreifen, dass ich all das, was damals geschehen ist, nicht einfach vergessen kann.«

Das klang ja fast so, als ob Melike und ich voll danebenlagen mit unserer Vermutung! Hatte Lajos etwa doch nichts mit Tims Mutter?

»Das war der größte Fehler meines Lebens, das weiß ich heute auch«, antwortete sie dumpf. »Ich bereue ihn seit zwanzig Jahren und ich würde alles tun, um das wiedergutzumachen, glaub mir.«

»Das tue ich«, sagte Lajos. »Aber es gibt leider Fehler, die kann man nicht mehr gutmachen. Richard wird eines Tages wieder da sein, bei guter Führung ist er schneller draußen, als du denkst. Und was dann? Denkst du, er wird das alles einfach so akzeptieren? Die Reitanlage gehört immerhin zur Hälfte ihm.«

Mein Handy fiedelte los und ich machte mich auf den Rückzug, bevor Lajos und Tims Mutter mich in flagranti beim Lauschen erwischten.

Gefolgt von Twix und Robbie verdrückte ich mich in den langen Stall und setzte mich auf einen Strohballen, der vor einer Box lag, denn mir war ein bisschen schummerig. Farid hatte mir geantwortet.

Nichts überstürzen, Süße!, hatte er geschrieben. *Ich vermiss dich auch! Später mehr …* ☺

Ich schloss die Augen und lehnte meinen Kopf an die Holzbretter. Nichts überstürzen. Ich hatte es völlig falsch angefangen vorhin im Auto, ich dumme Kuh! Aber irgendwie ähnelte jedes Gespräch mit Mama in letzter Zeit einem Minenfeld. Selbst wenn das Thema noch so harmlos war, gerieten wir uns nach kürzester Zeit in die Haare. Mein Handy piepste wieder, diesmal war es Melike, die wissen wollte, ob ich schon auf dem Amselhof war.

Ja, bin im Stall, schrieb ich zurück. *Hab gerade L. und T.'s Mutter belauscht. Klang irgendwie nicht so, als ob sie verliebt wären* ☺.

OMG! Das wäre ja cool! Rufe dich in 5 min an, antwortete Melike. *Bin noch in Biblis.*

Beim Anblick der Hunde, die vor mir saßen und mich anblickten, erinnerte ich mich daran, dass ich eigentlich wegen Robbie zu Lajos wollte. Ob Linda Jungblut wohl mittlerweile weg war?

Ich raffte mich auf und ging die Stallgasse entlang. In der zweitletzten Box stand ein weißes Pony.

»Na, was bist du denn für ein knuffiges Ding?«, fragte ich und blieb stehen. Das Pony spitzte die Ohren und schob neugierig die Nase über die Boxenwand.

Mein Handy summte. Melike!

»Hey«, begrüßte ich meine Freundin.

»Fass mein Pony nicht an!«, sagte im selben Moment jemand hinter mir.

Ich zuckte erschrocken herum und blickte in die kalten blauen Augen von Tims Schwester. Klar, das war Ginas Pony, auf dem sie neulich vor uns weggeritten war! Jetzt kapierte ich auch, worüber Lajos und Linda gerade gesprochen hatten.

»Hi, Gina«, sagte ich, das Handy in der Hand. »Nettes Pony. Wie heißt es eigentlich?«

»Geht dich nichts an«, zischte Gina böse. »Hau ab von der Box!«

»Sag mal, geht's auch ein bisschen freundlicher?«, fuhr ich das Mädchen an. »Was hab ich dir eigentlich getan?«

»Du bist schuld, dass alles kaputtgegangen ist. Nur wegen dir hat Tim Papa verraten.« Gina verschränkte die Arme vor der Brust und starrte mich so feindselig an, dass mir unbehaglich wurde. »Schade, dass du dir nur den Arm gebrochen hast und nicht gestorben bist. Das hätte mich gefreut.«

Für einen Moment war ich sprachlos, aber dann reichte es mir. Es gab keinen Grund mehr, nett zu diesem kleinen Biest zu sein, das mich so offensichtlich hasste. Erst recht nicht, nachdem ich keine Rücksicht mehr wegen Tim nehmen musste, der seinen Arm um andere Mädchen legte!

»Pech für dich, ich lebe noch«, erwiderte ich. »Und jetzt, wo ihr vom Sonnenhof weg seid, musst du mich hier wohl jeden Tag ertragen, wenn du dein Pony sehen willst.«

»Pah! Mein Opa ist so reich, und wenn ich will, dann kauft er den Amselhof!«, behauptete Gina frech. »Dann schmeißen wir euch alle raus, und wenn Papa erst wiederkommt, wohnen *wir* hier.«

»Träum weiter«, sagte ich herablassend. »Dein Verbrecher-Vater wird niemals auch nur einen Fuß auf unseren Hof setzen.«

Ginas Puppengesicht verzerrte sich zu einer hasserfüllten Fratze.

»Mein Vater *ist kein* Verbrecher!«, kreischte sie und stürzte sich unversehens auf mich. Sie war kleiner als ich und nicht besonders stark, aber ihre Attacke kam so unerwartet, dass ich das Gleichgewicht verlor und unsanft gegen die Boxentür knallte. Mein Smartphone rutschte mir aus der Hand und ich sah nur noch Sternchen.

»Ich hasse dich! Ich hasse euch alle!« Gina holte mit dem Fuß aus und wollte mich treten, aber da verwandelte sich der gutmütige Robbie unversehens in eine zähnefletschende Bestie. Bevor ich es verhindern konnte, hatte er Gina zu Boden geworfen und am Hosenbein gepackt. Twix tanzte aufgeregt kläffend um den Berner Sennenhund herum, Gina schrie vor Angst und trat mit dem freien Fuß nach dem Hund.

»Robbie!«, brüllte ich benommen und kam mühsam auf die Beine. »Aus! *Aus, Robbie!* Hör auf, ihn zu treten, du blöde Kuh, du machst ihn nur noch wütender!«

Jemand kam die Stallgasse entlanggelaufen. Ich erkannte Tim, der mit einer Mistgabel in der erhobenen Hand und wild entschlossener Miene auf Robbie zusteuerte.

»Nicht, Tim! Tu das nicht!«, schrie ich entsetzt und wollte Tim davon abhalten, unserem Hund etwas anzutun.

»Geh mir aus dem Weg!«, blaffte er mich an und schubste mich grob zur Seite. Dann war plötzlich Stani da, packte Robbie beherzt am Halsband und zerrte den Hund von Gina weg. Klirrend fiel die Mistgabel zu Boden und Tim kniete vor seiner Schwester.

Linda Jungblut und Lajos tauchten auf, aufgeschreckt von dem wilden Geschrei und Twix' Gebell.

Ich zitterte am ganzen Körper vor Schreck.

»Gina! Oh mein Gott, was ist passiert?« Linda Jungblut sank in die Knie und herzte ihre Tochter.

»Die hat gesagt, sie wollte, ich wäre tot!«, heulte Gina und zeigte auf mich. »Die wollte Flöckchen was tun, und dann … und dann hat sie den Hund auf mich gehetzt!«

»A… aber das stimmt nicht!«, stotterte ich, fassungslos über diese unverfrorene Lüge. »Gina hat zu mir gesagt, sie wünschte, *ich* wäre gestorben und dann hat sie mich angegriffen!«

Tims Augen waren so kalt wie die Antarktis.

»Das hätte ich dir echt nicht zugetraut, Elena«, stieß er hervor, während seine Schwester eine Riesenshow abzog.

»Gina lügt doch! Kapierst du das nicht?«, schrie ich in hilflosem Zorn. »Wie *kannst* du ihr so was nur glauben? Sie hat mich beschimpft und angegriffen! Robbie wollte mich nur verteidigen!«

»Das ist ja lächerlich.« Tim schnaubte verächtlich und nahm seine hysterisch schluchzende Schwester auf den Arm. Gina schlang ihre Arme um Tims Hals, aber sie konnte es nicht lassen, mir noch einmal kurz die Zunge herauszustrecken. Linda Jungblut flatterte wie ein aufgeregtes Huhn um sie herum und folgte Tim hinaus. Sie hatte mich nicht einmal angesehen.

»Habt ihr *das* gerade gesehen?«, fragte ich fassungslos.

»Ja, das habe ich«, bestätigte Lajos mit düsterer Miene.

»Ich auch gesehen.« Stani ließ Robbie wieder los und schüttelte den Kopf. »Mädchen böse, böse. Versteh ich nicht, warum.«

»*Hallo? Hallo, Elena! Was ist denn da los bei euch?*«, quakte es von irgendwoher. Ich blickte mich suchend um, dann fiel mein Blick auf mein Handy, das noch immer auf der Stallgasse lag. Lajos hob es für mich auf und reichte es mir.

»Melike! Hast du das gerade mitbekommen?«, fragte ich.

»Jedes Wort«, erwiderte meine Freundin. »Ich hab's sogar aufgenommen!«

13. Kapitel

Es war Robbies und mein Glück, dass Melike so geistesgegenwärtig gewesen war und auf Aufnahme gedrückt hatte. Denn Linda Jungblut war mit Gina schnurstracks in die Notaufnahme des Königshofener Krankenhauses gefahren, aus dem ich gerade entlassen worden war, und dort hatte man Robbies Attacke sofort der Polizei gemeldet.

Just in dem Moment als Papa, Niklas und Jens vom Turnier in Biblis zurückkamen, tauchten ein Polizist und eine Polizistin mit Leuten vom Tierheim im Schlepptau auf. Sie wollten den gefährlichen Hund begutachten und notfalls mitnehmen, um ihn einschläfern zu lassen.

»Was ist hier los?«, wollte Papa von den Polizisten wissen.

»Uns wurde gemeldet, dass der Berner Sennenhund Robbie heute Nachmittag ein zehnjähriges Mädchen angefallen und verletzt hat«, erwiderte der Beamte.

»Das stimmt nicht!«, protestierte ich. »Gina hat *mich* angegriffen und geschubst, sodass ich hingefallen bin! Robbie wollte mich nur beschützen! Außerdem hat er gar nicht zugebissen!«

»Du willst uns jetzt aber nicht weismachen, dass du so aussiehst, weil dich ein zehnjähriges Mädchen geschubst hat, oder?« Der Polizist musterte mein demoliertes Gesicht und hob zweifelnd die Augenbrauen.

»Unsere Tochter hatte vor zwei Tagen einen Unfall«, schaltete Mama sich ein. »Ich hab sie heute Mittag erst aus dem Krankenhaus abgeholt und sie war im Stall, weil sie nach ihrem Pferd sehen wollte.«

Der Polizist schaute kurz auf seinen Notizblock.

»Aha. Und dann bist du Gina Jungblut begegnet und hast den Hund auf sie gehetzt, weil du sie nicht leiden kannst.«

»So ein Quatsch!«, rief ich empört.

Niklas und Melike kamen dazu, auch Lajos und Stani.

Papa sah Mama an, dann Robbie, der hechelnd zwischen uns lag und sich wohl fragte, was der ganze Zirkus hier sollte. Er hatte sich ohne Probleme von den Fremden anfassen lassen und kein bisschen aggressiv reagiert.

»Der Hund ist elf Jahre alt und hat in seinem ganzen Leben noch niemanden gebissen«, sagte Papa nun. »Natürlich beschützt er unsere Familie und ist auch nicht gerade freundlich, wenn Fremde unbefugt den Stall betreten. Das ist seine Aufgabe.«

»Du behauptest also, das Mädchen hat uns und den Arzt im Krankenhaus angelogen?«, vergewisserte sich der Polizist und ich nickte. Auch zwei Stunden nach dem Vorfall zitterte ich noch immer vor Zorn.

»Ich kann das übrigens beweisen«, mischte Melike sich ein. »Wir haben gerade, als das passiert ist, telefoniert, und ich habe auf Aufnahme gedrückt, als ich gemerkt habe, was da los war.«

»Ach, ist ja interessant. Dürfen wir das mal hören?«, erkundigte sich die Polizistin.

»Klar.« Melike ergriff ihr Handy und rief die Aufnahme

auf, die damit begann, dass Gina klar und deutlich »Schade, dass du dir nur den Arm gebrochen hast und nicht gestorben bist. Das hätte mich gefreut« sagte. Mama schnappte ungläubig nach Luft und Lajos schüttelte den Kopf.

»So schockiert kann Gina gar nicht gewesen sein«, sagte ich, als die Aufnahme zu Ende war. »Denn dann hätte sie mir wohl kaum noch die Zunge rausgestreckt, oder, Lajos?«

»Was hat sie getan?«, fragte die Polizistin überrascht.

Lajos berichtete, was Gina getan hatte, nachdem Tim sie auf den Arm genommen hatte, und Stani bestätigte das.

»Das klingt doch alles auf einmal ganz anders.« Der Polizist machte ein paar Notizen. »Es kann wohl keine Rede davon sein, dass der Hund auf das Kind gehetzt wurde.«

Seine Kollegin ging in die Hocke und kraulte Robbie hinter den Ohren. Der Berner Sennenhund wedelte daraufhin freundlich mit dem Schwanz und ließ sich genießerisch auf die Seite sinken.

»Also, wenn dieser Hund bösartig ist, dann ist es der Golden Retriever von meiner Mutter auch«, sagte die Polizistin.

»Natürlich muss der Hund unter diesen Umständen nicht ins Tierheim«, entschied der Polizist. »Wir werden noch einmal mit dem Mädchen sprechen. Danke für die Auskünfte.«

Wir sahen von der Stalltür aus zu, wie die Beamten zu ihrem Streifenwagen gingen und die Tierheimleute zu ihrem VW-Bus.

»Schön, dass du wieder hier bist.« Papa legte den Arm um mich und drückte mich an sich. »Hast du deinem Fritzi schon Hallo gesagt?«

»Natürlich.« Ich lächelte. »Deshalb war ich ja im Stall.«

Jetzt, wo die Sache mit Gina aufgeklärt war, fiel mir Robbie wieder ein, und ich berichtete Lajos, was ich festgestellt hatte.

»Ich denke, es reicht, wenn du ihn dir morgen anschaust, Lajos. Du siehst auch ein bisschen erschöpft aus«, sagte Mama.

Melike und ich wechselten einen raschen Blick. Das tat er wirklich und es war kein Wunder, wenn er Abend für Abend von Linda Jungblut die Ohren vollgeheult bekam!

Während Papa mit dem Aknefrosch die Pferde vom Lkw ablud und in den Stall brachte, gingen Melike und ich mit Mama hinüber ins Haus und hoch auf mein Zimmer. Niklas hatte ja seinen Pfleger Carlos, der ihm half.

Meine Freundin warf sich auf mein Bett, ich setzte mich auf den Schreibtischstuhl. Eigentlich hatte ich Melike von Farid erzählen wollen und von der unerfreulichen Diskussion mit Mama, aber jetzt war ich viel zu empört über Ginas Lüge und enttäuscht, weil Tim ihr ohne zu zögern geglaubt hatte.

»Ich hab noch nie erlebt, dass jemand so krass lügt wie dieses Kind!«, sagte ich. »Diese ganze Familie ist hinterhältig.«

»Aber Tim nicht«, verteidigte Melike meinen Exfreund. »Wir kennen ihn doch!«

»Tim ist nicht böse und verlogen«, pflichtete ich ihr bei und lachte bitter auf. »Aber er hat schon immer anderen mehr geglaubt als mir. Dauernd gab es irgendwelche Missverständnisse. Denk nur an die Sache mit Niklas!«

»Stimmt.« Melike legte die Stirn in Falten. »Ich kann nicht verstehen, warum Tim sich dir gegenüber so komisch verhält. Vielleicht kann er niemandem vertrauen, weil er so oft enttäuscht worden ist. Er und Gina sind Opfer ihrer Eltern.«

»Bist du neuerdings Psychologin?«, spottete ich. »Gina ist ein verwöhntes, bösartiges Ding, sonst gar nichts. Und wenn Tim sich diesmal nicht persönlich entschuldigt, dann ist er komplett für mich gestorben. Das schwöre ich dir!«

Wir quatschten noch ein bisschen, dann musste Melike nach Hause, schließlich war morgen Schule.

»Lass uns später noch mal telefonieren, wegen Lajos, du weißt schon!«, sagte sie, dann verschwand sie und ich hörte sie die Treppe hinunterlaufen.

Wenig später stand Mama in der Tür. Ich war gerade dabei gewesen, Farid eine Nachricht zu schreiben und ihm von den Aufregungen des Nachmittags zu berichten.

»Was gibt's?«, fragte ich misstrauisch.

»Nichts.« Mama seufzte. »Ich bin froh, dass du wieder zu Hause bist und will nicht mit dir streiten. Eigentlich wollte ich dich nur zum Abendessen holen. Ich hab deine Lieblingspizza gemacht. Mit Sardellen, Kapern, Thunfisch und Mozzarella.«

»Ach, toll. Ja, ich komme gleich.«

Mamas Blick fiel auf das Smartphone in meiner Hand. Sie öffnete schon den Mund, um etwas zu sagen, besann sich dann aber.

»Okay«, sagte sie nur und ging.

Die Stimmung am Tisch war eigenartig gedrückt. Ob es an dem Vorfall mit Gina und Robbie lag?

»Linda hat eben angerufen, um sich zu entschuldigen«, sagte Mama. »Die Polizisten haben mit ihr und Gina gesprochen. Linda kann sich nicht erklären, was in Gina gefahren ist.«

»Ich hoffe, sie kriegt Hofverbot, wenn sie sich nicht in aller Form bei mir entschuldigt«, sagte ich kauend. »Und Tim genauso!«

»Ich kann ja verstehen, dass du wütend bist«, versuchte Mama mich zu besänftigen. »Aber das Mädchen ist erst zehn Jahre alt. Von einem Tag auf den anderen ist ihre ganze Welt zusammengebrochen. Sie ist zu jung, um zu begreifen, warum sie plötzlich zu uns nett sein soll, nachdem wir immer die erklärten Feinde waren.«

»Mama!« Ich legte das Stück Pizza zurück auf meinen Teller. »Dieses Mädchen ist böse und hinterhältig, genau wie ihr Vater! Sie hat heute mit Absicht eiskalt gelogen und es war ihr total egal, dass ich daneben stand. Und Tims Mutter ist auch nicht viel besser. Sie wollte Lajos dazu überreden, mit seiner Praxis auf den Sonnenhof umzuziehen, stell dir das mal vor!«

Meine Eltern ließen sich nicht anmerken, ob sie von dieser Neuigkeit überrascht waren, Christian hingegen schon.

»Wo hast du das denn schon wieder her?«, wollte er wissen und griff nach einem nächsten Pizzastück.

»Ich hab's zufällig gehört. Aber Lajos hat abgelehnt.«

»Das ist ja wohl das Allerletzte! Habt ihr das gewusst?«, regte Christian sich auf. »Ihr macht alles für die Frau und zum Dank versucht sie, euch zu hintergehen!«

Was hatte das denn zu bedeuten?

»Hab ich irgendetwas verpasst?«, erkundigte ich mich argwöhnisch. »Was macht ihr für Linda Jungblut?«

Meine Eltern wechselten einen Blick.

»Der wahre Grund, warum Linda mit den Kindern zu ihren Eltern ziehen musste, ist der, dass der Sonnenhof völlig verschuldet ist«, sagte Papa. »Mit Teicherts Pacht hätte Linda noch eine Weile die Banken zufriedenstellen können, aber so wie es jetzt aussieht, werden sie den Hof wohl verlieren.«

»Geschieht denen ganz recht«, fand ich.

»Genau!«, pflichtete mein Bruder mir bei, was selten genug der Fall war. »Der alte Jungblut wollte uns ruinieren und jetzt trifft es ihn selbst.«

»Friedrich Gottschalk kann doch die Schulden bezahlen«, schlug ich vor. »Angeblich hat er ja sooo viel Geld! Ihr habt gehört, was Gina gesagt hat.«

Mama seufzte.

»Friedrich kann Linda nicht helfen«, erwiderte Mama. »Er hat momentan selbst große finanzielle Sorgen.«

»Ach nee!«, staunte ich. »Seit wann das denn? Ich denke, er wäre steinreich!«

»Die Zeiten sind auch für Bauunternehmer nicht mehr so rosig wie früher einmal«, sagte Papa ernst. »Bei einem Großprojekt lief wohl etwas schief, der Auftraggeber war plötzlich pleite, Friedrich musste einen sehr hohen Millionenbetrag abschreiben. Das kann ein mittelständisches Unternehmen nicht verkraften und deshalb hat Friedrich nun auch Insolvenz anmelden müssen. Dummerweise haftet er mit seinem Privatvermögen. Wenn es hart auf hart kommt, wird er sein Haus verlieren.«

Mir klappte der Mund auf. Seit ich denken konnte, war der Name von Tims Opa für mich das Synonym für Reichtum gewesen. Und das sollte plötzlich nicht mehr so sein?

»Und was ist mit dem Forsthaus?«, fragte ich.

»Das wird wohl auch mit in die Insolvenzmasse geraten«, antwortete Mama. »Es sieht wirklich düster aus für Gottschalks.«

»Pech.« Mein Bruder stopfte sich die Pizza in den Mund. »Ich fand es schon immer ätzend, wie der Gottschalk mit seiner Kohle rumgeprotzt hat und sich überall in Steinau hat feiern lassen.«

Auch mir fiel es schwer, Mitgefühl mit Tims Großeltern und seiner Familie zu empfinden. Zu lebhaft waren meine Erinnerungen an die Demütigungen, die Richard Jungblut uns zugefügt hatte, als er unsere Einsteller und Papas Kunden abgeworben hatte.

Meinen Eltern war nicht wohl in ihrer Haut, das merkte ich. Da war noch etwas und sie überlegten, wie sie es Christian und mir beibringen konnten.

»Linda hofft, dass der Verlust des Sonnenhofes für Tim und Gina nicht so schlimm ist, wenn sie hier weiter reiten können.« Mama ließ das beiläufig klingen, so, als sei es eigentlich nicht wichtig. »Wir haben ihr gesagt, dass sie uns willkommen sind, und wir hoffen, Elena, dass es für dich okay ist, auch wenn Tim und du nun nicht mehr zusammen seid.«

»Ich weiß nicht, was ihr an *Ich hasse die Weilands und den Amselhof* nicht verstanden habt!«, fuhr ich auf. »Gina hat doch ganz deutlich gesagt, dass sie keinen Bock auf uns hat!«

»Gina wird sich beruhigen.«

»Äh, hallo?« Ich ließ mein zweites Stück Pizza sinken. »Hatte das heute irgendetwas von *beruhigen* an sich?«

»Als wir neulich mit Linda darüber gesprochen haben, schien ja alles noch okay zu sein zwischen euch. Christian und Niklas sind Tims einzige Freunde und Papa ist sein Trainer. Wir dachten nicht, dass es ein Problem sein würde.«

»Spätestens seit heute *ist* es aber ein Problem«, erwiderte ich hitzig. »Was würdet ihr tun, wenn ich *nicht* damit einverstanden wäre, dass Tim und seine verlogene kleine Schwester hier auf dem Amselhof herumlaufen? Wäre euch das egal?«

»Elena.« Mama suchte einen Moment nach den richtigen Worten. »Linda ist eine alte Freundin von uns. Wir waren früher so eng befreundet wie du und Melike heute. Sie ist in einer Notlage und Papa und ich haben versprochen, ihr zu helfen.«

»Obwohl sie hinter eurem Rücken versucht, Lajos auf den Sonnenhof zu locken?«

»Das musst du falsch verstanden haben«, sagte Mama.

»Das habe ich ganz sicher nicht falsch verstanden. Fragt doch Lajos!«, widersprach ich wütend. »Aber bitte – es ist eure Sache. Meine Meinung interessiert sowieso keinen Menschen hier. Ich finde es schon das *Allerletzte*, dass Ariane, die mich übelst gemobbt und überall den Amselhof schlechtgemacht hat, einfach wieder hier rumläuft und alle so tun, als ob nie was passiert wäre! Dasselbe gilt auch für Engelbert Maiwald, Corinna Faist und die ganzen anderen, die euch im Stich gelassen haben und zu Jungbluts gezogen sind! Ich fasse es einfach nicht! Geht es euch etwa nur um die Kohle oder warum tut ihr das? Kümmert es euch überhaupt, wie ich das finde?«

Mama war ganz blass geworden und auch Papa fühlte sich alles andere als wohl. Nur Christian futterte ungerührt weiter.

»Elena, bitte beruhige dich«, versuchte Mama mich zu besänftigen, aber ich war auf hundertachtzig.

»Nein, ich beruhige mich nicht!« Ich schob meinen Teller weg. Der Appetit war mir vergangen. »Aber eins kann ich euch sagen: Ich werde nicht mehr in den Stall gehen, wenn ich dauernd Angst haben muss, Gina, Tim, Ariane oder den blöden Teicherts über den Weg zu laufen! Wieso holt ihr nicht noch Kiki Denninger zurück?«

»Lass uns erklären, warum …«, begann Mama.

»Nein!«, fiel ich ihr scharf ins Wort. »Für mich gibt's keine Erklärung, die ich verstehen könnte! Ihr haltet nicht zu mir! Und überhaupt: Wo ist eigentlich Sweety?«

»Sie steht noch in der Klinik«, antwortete Papa.

»Und wieso, wenn alles mit ihr in Ordnung ist?«

»Es ist nicht alles in Ordnung. Sie hat sich das Bein gebrochen«, räumte Papa nach einem kurzen Zögern ein.

»Das ist jetzt nicht wahr, oder?« Meine Stimme zitterte. Ich war fassungslos. Wurde ich denn nur noch von allen angelogen?

»Wir wollten dir das in Ruhe sagen, wenn es dir wieder besser geht«, verteidigte sich Papa und wollte meine Hand ergreifen, aber ich zog sie weg.

»Ich gehe hoch auf mein Zimmer«, würgte ich hervor. »Für heute reicht es mir echt!«

14. Kapitel

Eigentlich hätte ich noch eine Woche zu Hause bleiben und mich schonen sollen, aber dazu hatte ich nicht die geringste Lust. Obwohl ich aussah wie Frankensteins Monster wollte ich unbedingt in die Schule, denn das war die einzige Möglichkeit, Farid zu treffen. Papa und Mama gegenüber hatte ich behauptet, ich würde zu viel Stoff und zwei wichtige Klausuren verpassen, und so fuhr Mama mich am Montagmorgen zur Bushaltestelle.

»Soll ich euch nicht doch schnell nach Königshofen bringen?«, fragte sie mich.

»Nein, danke. Ich fahre mit dem Bus«, erwiderte ich ungnädig und stieg aus. Melike wartete schon auf mich. Natürlich hatte ich sie gestern Abend gleich angerufen und ihr vorgeworfen, mich belogen zu haben, was das gebrochene Bein von Sweety anging. Aber ich war nicht wirklich sauer auf sie gewesen, denn immerhin hatten meine Eltern sie darum gebeten, mir vorerst nichts zu sagen. Hauptsächlich hatten wir über Lajos, Linda Jungblut und die Pleite von Friedrich Gottschalk geredet. Darüber war Melike genauso schockiert wie ich.

»Das ist echt bitter für Tim und seine Familie«, sagte sie nun, als wir uns auf unsere Lieblingsplätze ganz hinten gesetzt hatten. »Sie haben dann nichts mehr, wo sie hinkönnen! Tut dir das gar nicht leid?«

»Nein«, entgegnete ich. »Glaubst du, einer von denen hätte sich darum gekümmert, was aus uns geworden wäre, wenn wir den Amselhof verloren hätten? Ganz ehrlich, Melike, mir tut niemand von denen leid. Sie sind an all dem selbst schuld.«

»Tim ist anders«, widersprach Melike mir. »Er ist nicht wie sein Vater!«

»Das dachte ich auch mal«, sagte ich düster. »Aber in letzter Zeit hat er mich voll an ihn erinnert. Besonders gestern. Ich kriege jetzt noch eine Gänsehaut, wenn ich daran denke, wie er mich angeguckt hat! Dabei sollte er mich doch eigentlich gut genug kennen, um zu wissen, dass ich niemals einen Hund auf irgendjemanden hetzen würde!«

»Ja, das stimmt«, gab Melike zu. »Das passt so gar nicht zu ihm. Vielleicht macht ihm die ganze Situation zu schaffen und er verhält sich deshalb so seltsam. Was meinst du?«

»Ich meine gar nichts mehr«, erwiderte ich. »Ich habe aber absolut keinen Bock drauf, den Jungbluts dauernd auf dem Amselhof zu begegnen, nach allem, was passiert ist. Meine Eltern kapieren einfach gar nichts! Sie wollen Linda angeblich helfen, weil sie vor hundert Jahren mal eine *gute Freundin* war. Pah! Die werden sich noch wundern!«

Eigentlich war ich nicht wütend, sondern zutiefst verletzt. Wie hatte ich mich bloß so sehr in Tim irren können? Und wie konnten meine Eltern mir das mit Bittersweet verschweigen?

»Mensch, Elena, der Amselhof ist riesengroß, du wirst denen aus dem Weg gehen können«, wandte Melike ein.

»Du hast leicht reden!«, fuhr ich auf. »Nach dem Reiten fährst du nach Hause und hast deine Ruhe, aber ich *wohne* da!«

»Jetzt flipp nicht gleich aus«, beschwichtigte Melike mich. »Ich versuche nur, eine Lösung zu finden. Vielleicht sollten wir mal mit Lajos reden.«

»Ja, vielleicht«, stimmte ich halbherzig zu.

Wobei ich absolut keine Lust hatte, ausgerechnet mit Lajos über die Jungbluts zu sprechen. Welch eine Ironie des Schicksals, dass sich das Blatt auf einmal so gewendet hatte! Oder war es ausgleichende Gerechtigkeit? Hatte Richard Jungblut Linda wohl jemals geliebt oder hatte er sie sich nur deshalb geschnappt, weil er geglaubt hatte, er könnte bequem von Gottschalks Geld leben?

Während Melike weiterredete, zuckte mir ein Gedanke durch den Kopf, der so furchtbar war, dass ich mir wünschte, er wäre mir nicht gekommen.

»Von wem hast du eigentlich gehört, dass Schröders den Sonnenhof pachten wollen?«, fragte ich.

»Weiß ich nicht mehr genau.« Melike legte nachdenklich die Stirn in Falten. »Irgendwer auf dem Turnier hat's erzählt. Wieso?«

Ich presste die Lippen zusammen.

»Weil ich mir vorstellen könnte, dass Tim sich mit einem Hintergedanken an Sophia rangemacht hat. Schröders haben Geld und gute Sponsoren«, erwiderte ich. »Bei mir ist ja dagegen nichts groß zu holen.«

»Nein!« Melike riss die Augen auf. »Das glaube ich nicht!«

»Ich schon.« Meine Stimme klang bitterer, als ich es beabsichtigt hatte. »Genau wie sein Vater. Der hat damals auch seine Freundin verlassen, als er die Chance hatte, Linda Gottschalk zu kriegen.«

Der Bus bog in den Busbahnhof in Königshofen ein und hielt an. Die Türen öffneten sich mit einem pneumatischen Seufzen, alle standen auf und drängten hinaus.

»Da ist Tim!«, zischte Melike. »Ich glaube, er hat dich noch nicht gesehen. Soll ich ihn ablenken?«

»Nein, lass nur.« Ich streifte den Riemen meines Rucksacks über meine linke Schulter. »Ich bin gespannt, was er will.«

»Hi, Elena.«

»Hi, Tim.«

Er sah aus wie immer und seine Stimme klang wie immer und doch war alles anders. Ich registrierte die kleine Narbe an seiner Oberlippe und die winzige abgebrochene Ecke seines Schneidezahns, Kleinigkeiten, die ich mal süß gefunden hatte, die aber plötzlich bedeutungslos waren. Zwar klopfte mein Herz heftig, aber nicht aus Freude oder vor Glück wie früher, wenn ich Tim gesehen hatte, sondern aus Verärgerung.

»Die Polizei war gestern noch mal bei uns«, begann er. Es fiel ihm schwer, mir in die Augen zu sehen. Er hatte ein schlechtes Gewissen und das zu Recht.

»Bei uns auch«, unterbrach ich ihn. »Sie wollten Robbie mitnehmen und einschläfern lassen.«

»Ja, ich weiß.« Tim verzog den Mund und kratzte sich verlegen am Kopf. »Das tut mir voll leid. Echt. Ich … ich hab Gina schreien gehört und gesehen, wie Robbie über ihr stand und … und da dachte ich, er bringt sie um.«

Ich blickte ihn an und wartete darauf, dass er weitersprach, sich bei mir entschuldigte.

»Ich hätte nicht geglaubt, dass Gina so lügen würde.«

»Und ich hätte nicht gedacht, dass du mir so etwas zutrauen würdest«, erwiderte ich scharf.

»Es war ein Missverständnis, Elena, wirklich«, sagte Tim.

»Du hast leider schon immer anderen mehr als mir geglaubt«, sagte ich. »Ich habe nie verstanden, warum.«

»Elena, bitte, lass mich erklären, was gerade bei uns …«, begann Tim, aber ich winkte ab.

»Kannst du nicht wenigstens ein einziges Mal ›Entschuldige bitte‹ sagen?«, fragte ich. »Warum fällt dir das so schwer?«

Wir standen uns gegenüber wie zwei Leute, die sich nur flüchtig kannten und sich nicht besonders gut leiden konnten.

»Ich hab keine Ahnung, was passiert ist, aber seitdem wir aus Amerika zurück sind, scheine ich dich nur noch zu nerven«, fuhr ich fort, weil Tim nichts sagte. »Liegt es an Sophia? Hast du dich in sie verliebt?«

»Quatsch!« Tim lief rot an. Die Wendung, die das Gespräch nahm, war ihm unangenehm, das sah ich ihm an. Verdammt, ich kannte ihn so gut! Und ich hatte ihn mal so wahnsinnig gerngehabt. Warum musste er mich jetzt anlügen? »Es ist nicht so, wie du denkst, Elena! Ich habe mich nur mit Sophia unterhalten, weil ihre Schwester Juke Box von der Herrmann-Hauser-Stiftung bekommt.«

»Denkst du echt, ich wäre so blöd, das zu glauben?« Ich schüttelte ungläubig den Kopf. Mein Blick fiel auf die Uhr über der Apotheke. Ich musste mich beeilen, wenn ich nicht zu spät kommen wollte. Alle Schüler waren längst Richtung Schule verschwunden, der Busbahnhof war leer.

Auch Melike war gegangen. »Ich muss los. Bin eh schon zu spät. Ciao!«

»Elena, warte!«, rief Tim mir nach, aber ich drehte mich nicht mehr um und beschleunigte stattdessen meine Schritte.

Vor dem Klassenraum, in dem der Bio-Grundkurs stattfand, stieß ich beinahe mit unserem Biolehrer zusammen.

»Elena! Was ist denn mit dir passiert?«, fragte Herr Wiedmeyer entgeistert, als er mein entstelltes Gesicht sah.

»Ich hatte am Donnerstag einen Unfall«, erwiderte ich und präsentierte ihm meinen Gipsarm.

»Warum bleibst du denn um Himmels willen nicht zu Hause?«

»Ich wollte nicht so viel verpassen. Wir schreiben zwei Klausuren.«

»Ich weiß ja nicht ...« Herr Wiedmeyer war skeptisch, aber bevor er noch etwas sagen konnte, schlüpfte ich an ihm vorbei in den Klassenraum und setzte mich auf meinen Platz. Natürlich rief mein Anblick auch bei meinen Klassenkameraden Gemurmel hervor. In der Fünfminutenpause drehte sich Tessa zu mir um.

»Lebt dein Gaul eigentlich noch oder ist er schon in der Wurst gelandet?« Sie kicherte blöd, Ricky auch.

Ich ignorierte die beiden.

Mein Handy vibrierte und ich warf einen raschen Blick aufs Display. Es war jedoch nicht Farid, den ich eigentlich erwartet hatte, sondern der Bio-GK-Chat.

Wie Elena Weiland ein Pferd zu Salami macht, stand da, dahinter ein Link zu YouTube.

Eine eisige Kälte kroch in mir empor und umklammerte mein Herz.

»Kommt das von euch?«, fragte ich Ricky und Tessa.

»Was meinst du?« Tessa riss in gespielter Unschuld die Augen auf, dann sahen sich die beiden blöden Hühner an und kicherten. Ich war nicht die Einzige, die diese Nachricht bekommen hatte, sondern alle Schüler des Grundkurses Bio, inklusive Herrn Wiedmeyer.

Ich zögerte einen Augenblick, aber dann tippte ich auf den Link und landete bei einer Videoaufnahme meines Rittes mit Bittersweet, die bisher achtundvierzig Aufrufe hatte.

Wer hatte das bei YouTube eingestellt? Und wer hatte den Ritt überhaupt gefilmt? Die Qualität war nicht besonders gut, offenbar war mit einem Handy gefilmt worden, aber das, was ich sah, reichte, um mir einen Schock zu versetzen. Ich war grottenschlecht geritten! Vor der Kombination hätte ich Bittersweet abwenden müssen, denn ich war total unpassend an den Einsprung gekommen. Die Stute hatte nicht die geringste Chance und sprang nur los, weil ich ihr so viel Druck gemacht hatte. Es war eindeutig und ich hatte es die ganze Zeit geahnt, auch wenn Papa behauptet hatte, es sei ein Unfall gewesen und so was könne eben mal passieren. Nein! So etwas *durfte* nicht passieren! Ich war mit Wut im Bauch in den Parcours eingeritten und das tat man nicht! Bittersweet hatte sich das Bein gebrochen, nur weil ich vor Tim und Sophia nicht blöd dastehen wollte.

Mir wurde so schlecht, dass ich mich am liebsten übergeben hätte. Ich war schuld an dem Unfall und daran, dass Papa Sweety nicht verkaufen konnte. Was hatte ich nur angerichtet?

Der Film war zu Ende. *Eingestellt von CooleBraut224*, las ich. Es gab noch keine Kommentare, aber es war nur eine Frage der Zeit, bis jemand seine Meinung dazu abgeben würde. Ich saß wie versteinert da und kämpfte gegen die Tränen, dann ergriff ich meinen Rucksack. Auch ein paar andere hatten das Video angesehen, aber niemand machte sich über mich lustig – im Gegenteil.

»Das ist ja wohl das Allerletzte!«, ging Franzi erbost auf Tessa los, die den Link in den Gruppenchat gestellt hatte. »Bist du noch ganz dicht, so was zu schreiben?«

»Was denn?« Tessa riss die Augen auf. »Ich hab doch nur einen Link geteilt!«

»Und wer hat den Film eingestellt?«

»Keine Ahnung, ehrlich!«, behauptete Tessa.

Der komplette Kurs begann sie und Ricky zu beschimpfen, aber die Solidarität meiner Schulkameraden änderte nichts daran, dass ich schuld an Bittersweets Zustand war.

»Kannst du dem Wiedmeyer bitte sagen, dass ich doch lieber nach Hause fahre?«, bat ich Franzi.

»Ja, klar.« Sie sah mich mitfühlend an, dann umarmte sie mich. »Tessa und Ricky werden einen Riesenärger kriegen, spätestens wenn der Wiedmeyer das sieht. Das kann ich dir versprechen!«

Ich nickte nur.

»Soll ich dich nach unten bringen?«, fragte Franzi.

»Nein, geht schon. Ich rufe meine Mom an, damit sie mich abholt.«

»Okay. Und mach dir keinen Kopf wegen dem Link«, wünschte Franzi mir, dann verschwand ich, bevor unser Biolehrer zur zweiten Stunde zurückkam.

Ich hatte nicht vor, nach Hause zu fahren. Das Letzte, was ich jetzt wollte, war, Mama oder Papa zu begegnen. Unten im Schulhof schrieb ich erst Melike, dann Farid. Meine Hand zitterte so sehr, dass ich kaum die Buchstaben traf. Eigentlich hatten Farid und ich uns später im Einkaufszentrum treffen wollen, aber er hatte jetzt zwei Freistunden, deshalb verabredeten wir uns im *Venezia* am Marktplatz.

Meine Beine waren weich wie Gummi, mir war schwindelig und ich war nass geschwitzt, als ich endlich das italienische Eiscafé erreicht hatte. Farid war schon da und stand unter der gelben Markise. Mein Herz begann aufgeregt zu pochen. Alle Stühle und Tische waren leer und die Sonnenschirme geschlossen, denn mit dem schönen Wetter war es seit letzter Nacht vorbei. Bei Farids Anblick schien es mir jedoch, als ob die dunkelgraue Wolkendecke aufreißen und die Sonne aufgehen würde. In meinem Bauch flatterten unwillkürlich Schmetterlinge.

»Farid!«, rief ich und winkte ihm.

»Elena!« Er kam lächelnd auf mich zu und unter seinem bewundernden Blick fühlte ich mich plötzlich wie das hübscheste Mädchen der Welt. »Lass uns reingehen, hier draußen ist's ungemütlich.«

Völlig selbstverständlich ergriff er meine Hand. Zwei Mädchen aus der Elften kamen uns mit Kaffeebechern in den Händen entgegen. Sie übersahen mich, glotzten Farid schwärmerisch an, tuschelten und kicherten, aber das schien er gar nicht zu bemerken. Er führte mich zu einem freien Tisch in einer Ecke und half mir beim Hinsetzen, als ob ich eine klapprige alte Oma wäre. Dann setzte er sich mir gegenüber und nahm meine Hand in seine.

»Am liebsten wäre ich gestern Abend sofort zu dir gekommen.« Das Mitgefühl in seinen warmen braunen Augen vertrieb allen Kummer und Zorn aus meinem Herzen. Man konnte unmöglich gleichzeitig glücklich und wütend sein. »Wie geht es dir?«

»Jetzt, wo ich dich sehe, geht's mir gut«, erwiderte ich und seufzte. »Ich hab dich vermisst.«

»Ich dich auch.«

Wir lächelten uns an und sagten gar nichts, überwältigt von Glück und Wiedersehensfreude. Es gab so viel, was ich Farid erzählen wollte, aber plötzlich war nichts davon mehr wirklich wichtig. Wichtig war nur, dass wir zusammen waren.

Bevor ich gestern Abend mit Melike gesprochen hatte, hatte ich Farid angerufen, aufgebracht, durcheinander und schluchzend vor Zorn auf meine Eltern, auf Melike, Tim und Gina. Wahrscheinlich hatte ich nur wirres Zeug geredet, aber er hatte mir geduldig zugehört und ohne auch nur eine Sekunde zu zögern versprochen, mich heute zu treffen – egal wann und wo. Und da war er. Pünktlich. Nicht so wie Tim, dem immer irgendetwas wichtiger gewesen war als ich.

Das Räuspern des Kellners katapultierte uns unsanft zurück in die Realität und wir bestellten Orangensaft für mich und Tee für Farid. Dann erzählte ich ihm noch mal in Ruhe, was gestern passiert war, und von dem YouTube-Video, das ich vorhin gesehen hatte.

»Ich bin schuld daran, dass Bittersweet sich das Bein gebrochen hat«, schloss ich und kämpfte mit den Tränen. »Es war nicht einfach ein Unfall, ich bin total beschissen geritten.«

»Ich verstehe, dass du dir Vorwürfe machst.« Farid streichelte tröstend meine Hand. »Aber es nützt niemandem, wenn du dich quälst. Jeder Mensch macht Fehler und aus diesen Fehlern lernt man. Ich habe mal jemanden in einem Spiel wirklich fies gefoult. Natürlich nicht mit der Absicht, ihn zu verletzen, aber ich wusste, dass es nicht okay war. Der Schiedsrichter hatte es nicht richtig gesehen, sonst wäre ich dafür sicher vom Platz geflogen und hätte eine Sperre gekriegt, aber der Spieler musste danach ein paar Mal operiert werden und über ein Jahr pausieren. Er war auch in der U16-Nationalmannschaft und hatte echt was drauf, aber nach der Verletzungspause hat er nie mehr den Anschluss gekriegt.« Er stieß einen Seufzer aus. »Die Sache hat mich total fertiggemacht«, fuhr Farid fort. »Ich hatte plötzlich keinen Spaß mehr am Fußballspielen. Im Eifer des Gefechts kann immer mal was passieren und manchmal wird es eben auch härter als beabsichtigt. Davor hatte ich aber plötzlich Angst.«

»Und was hast du gemacht?«

»Der Trainer hat mich zu 'nem Psychologen geschickt, was ich erst ziemlich uncool fand.« Farid lächelte schief. »Aber der hat mir geholfen, meine Schuldgefühle in den Griff zu kriegen und mein Selbstvertrauen wiederzufinden. Mittlerweile spiele ich anders als früher, nicht mehr so aggressiv und hirnlos.«

Ich drehte nachdenklich das leere Glas zwischen meinen Fingern. Aggressiv und hirnlos. Genau so war ich geritten.

»Was passiert jetzt mit dem Pferd?«, wollte Farid wissen.

»Ich weiß nicht«, erwiderte ich und fühlte mich schrecklich elend. »Ein gebrochenes Bein ist meistens das

Todesurteil für ein Pferd. Pferde kann man ja nicht einfach ins Bett legen. Eine Behandlung ist wahnsinnig teuer und Sweety ist kein Pferd, in das meine Eltern viel Geld stecken.«

»Wieso nicht?«, fragte Farid erstaunt.

»Sie ist nicht besonders wertvoll.« Ich musste an Friday denken. »Es lohnt sich nicht, ein paar Tausend Euro in sie zu investieren.«

»Verstehe«, murmelte Farid betroffen.

»Lass uns von etwas anderem reden, okay?« Ich wischte eine Träne von meiner Wange.

»Ja, klar.« Farid drückte meine Hand. »Meine Mutter ist total neugierig auf dich und will dich unbedingt kennenlernen.«

»Echt?« Ich dachte an Mamas ablehnende Reaktion und war prompt noch ein bisschen niedergeschlagener. »Ich wünschte, ich könnte dasselbe von meiner Mutter sagen.«

»Ach, das wird schon.« Farid winkte ab. »Bei meinen Schwestern waren meine Alten auch total unentspannt und haben jeden Typen, den sie mitgebracht haben, regelrecht verhört. Fehlte nur, dass sie noch ein polizeiliches Führungszeugnis von den Eltern der Freunde sehen wollten.« Er lachte und ich war froh, dass er nicht gekränkt war.

»Ich hab mir gedacht, du könntest mal mit ins Stadion kommen«, schlug er nun vor. »Mein Vater hat eine Loge für jedes Heimspiel, aber meistens hat er eh keine Zeit. Vielleicht kannst du deine Freundin mitbringen.«

»Das wäre cool!« Ich lächelte auch. »Ich war noch nie bei einem Fußballspiel und ich glaube, Melike auch nicht. Ihr Freund Niklas ist übrigens ein riesen Eintracht-Fan.«

»Na, das passt doch.« Farid nahm einen Schluck Tee. »Dann kommen die beiden mit.«

Es hörte sich so einfach an, wie er das sagte! Aber was sollte ich tun, wenn meine Eltern mir nicht erlaubten, ins Fußballstadion zu fahren?

»Hab ich da gerade meinen Namen gehört?« Plötzlich stand Melike neben dem Tisch. »Lästert ihr etwa über mich?«

»Melike! Woher wusstest du, wo wir sind?«, fragte ich erstaunt.

»Du hast mir geschrieben«, erinnerte sie mich. »Und ich hab dir geantwortet.«

Farid stand auf.

»Farid, darf ich vorstellen«, sagte ich. »Das ist meine beste Freundin Melike. Melike, das ist …«

»… Farid. Ich hab dich schon in der Schule gesehen. Und Elena hat mir jede Menge von dir erzählt.« Melike legte den Kopf schief und betrachtete ihn kritisch. »Du siehst echt ein bisschen aus wie Elyas M'Barek.«

Das war wieder mal typisch!

»Und du siehst aus wie die Frau von George Clooney«, erwiderte Farid schlagfertig. »Freut mich, dich kennenzulernen.«

Zum allerersten Mal, seitdem ich Melike kannte, wurde sie knallrot und war sprachlos.

»Äh … ich … äh …«, stammelte meine Freundin.

»Setz dich doch zu uns.« Farid zog einen Stuhl heran. »Magst du was trinken oder ein Eis essen?«

Meine Freundin entschied sich für einen grünen Tee mit Ingwer und ich nahm noch einen Orangensaft. Ich hatte es schon oft erlebt, dass Jungs, wenn Melike auftauchte, nur noch Augen für sie hatten. Diesmal war es nicht so. Zwar konnte Melike es nicht lassen, Farid nach allen Regeln der Kunst auszufragen, aber er sah mich immer wieder so verliebt an, dass ich völlig vergaß, worüber ich mich gestern Abend noch so aufgeregt hatte. Der Amselhof, Gina und Tim waren endlos weit weg.

Melike kam allerdings auf das YouTube-Video zu sprechen.

»Ich krieg raus, wer hinter *CooleBraut224* steckt«, versprach sie mir mit blitzenden Augen. »Ich hab schon einen Verdacht.«

»Ich hab echt überhaupt keinen Bock mehr, in den Stall zu gehen«, murmelte ich deprimiert. »Die arme Sweety muss wegen mir vielleicht sterben.«

»Jetzt warte erst mal ab. Es steht doch noch gar nicht fest, was mit ihr passiert.«

»Trotzdem. Erinnere dich doch nur daran, wie es dir ging, als Friday eingeschläfert worden ist!«, antwortete ich. »Du hast tagelang keinen Fuß in den Stall gesetzt.«

Melike schürzte die Lippen und dachte nach. »Eins zu null für dich, um im Fußballjargon zu bleiben.«

»Die Sterberate bei Pferden in eurem Umfeld scheint ja ziemlich hoch zu sein«, bemerkte Farid. »Wer ist jetzt schon wieder Friday?«

Wir erzählten ihm die Geschichte von dem Pferd auf der Oaktree-Farm, in das Melike sich verliebt hatte.

»Elena hat zufällig erfühlt, dass er einen Sehnenschaden hatte«, sagte Melike. »Die Tierärztin hat einen Ultraschall gemacht und es bestätigt. Tja, und dann haben diese Verbrecher den Schaden noch schlimmer gemacht, um Kohle von der Versicherung zu kassieren.«

Farid sah mich verblüfft an.

»Wie hast du das denn ›erfühlt‹?«, wollte er wissen.

»Elena hat eine Gabe«, schwatzte meine Freundin weiter. »Sie kann mit ihren Händen Krankheiten und Verletzungen erspüren.«

Bevor ich sie daran hindern konnte, drückte sie Farid die spektakulärsten Geschichten aufs Ohr: der Fesselträgerschaden bei Tanot du Chardin, der Ohrspeicheldrüsentumor von Blue Fire Lady, Jaspers Blockade am Iliosakralgelenk, der entzündete Rückennerv von Paula, Brenda Murrays Haushälterin, und gestern das mit Robbie.

Farid hörte aufmerksam zu, seine Augen wurden immer größer. »Und wie machst du das genau?«, fragte er mich neugierig, als Melike kurz Luft holen musste.

»Ich weiß nicht.« Verlegen zuckte ich die Achseln. »Ich mache eigentlich gar nichts. Wenn ich zufällig eine Stelle berühre, an der ein Tier oder ein Mensch eine Verletzung oder einen Schmerz hat, dann kribbelt es in meinen Händen. Ein bisschen so wie wenn man an einen Elektrozaun fasst.«

»Das ist ja abgefahren!«, staunte Farid. »Und das funktioniert bei Tieren und bei Menschen?«

»Ja.« Ich nickte.

»Lajos hat uns erzählt, dass er so etwas schon mal in Amerika erlebt hat«, quakte Melike. »Er hat dort einen alten indianischen Medizinmann gekannt, der Krankheiten erfühlen konnte, von denen die Leute vorher gar nichts wussten.«

Farid griff nach meiner rechten Hand, betrachtete sie und küsste dann zärtlich meine Handfläche.

Mir wurde abwechselnd heiß und kalt.

»Wow«, sagte er beeindruckt, ohne den Blick von meinen Augen abzuwenden. »Und wer ist jetzt schon wieder Lajos?«

»Dr. Lajos Kertéczy, ein alter Freund von Elenas Eltern. Tierarzt, Osteopath und Chiropraktiker für Pferde«, soufflierte Melike. »Die Leute bringen ihre Pferde zu ihm, wenn die Schulmedizin am Ende ist. Er hat magische Fähigkeiten!«

Wir redeten und vergaßen dabei völlig die Zeit. Irgendwann warf Farid einen Blick auf sein Handy und stellte erschrocken fest, dass es schon halb zwölf war und die fünfte Stunde bereits angefangen hatte.

»Bringst du meine Leni gut nach Hause?«, fragte er Melike, nachdem er trotz unserer Proteste die Rechnung komplett bezahlt hatte. Meine Freundin, die beschlossen hatte, für den Rest des Tages die Schule ausfallen zu lassen, versprach ihm hoch und heilig, mich notfalls auf ihrem Rücken bis zum Amselhof zu schleppen.

Zu dritt gingen wir zum Busbahnhof und es fühlte sich so gut und richtig an, mit Farid Hand in Hand zu gehen.

»Da kommt der 803er nach Steinau!«, rief Melike. »Ich halte ihn auf. Ciao, Farid, war schön, dich kennenzulernen!«

»Ciao, Melike!« Farid grinste, dann nahm er mich in die Arme und wurde ernst. »Lass dich nicht unterkriegen, okay? Und wenn was ist, ruf mich an.«

»Okay. Danke, dass du mir zugehört hast.«

»Mit dem größten Vergnügen.«

Und dann küsste er mich. Ich schloss die Augen und wünschte mir, dieser Augenblick würde niemals enden. Doch schon hielt der Bus direkt neben uns, die Türen öffneten sich zischend.

»Elena, komm jetzt! Er hält hier nur an, weil du behindert bist!«, schrie Melike aus der geöffneten Bustür.

Widerstrebend löste ich mich aus Farids Armen und es fühlte sich so an, als würde mir das Herz aus der Brust gerissen.

»Ich liebe dich«, flüsterte er und der Ausdruck seiner Augen sagte mir, dass es ihm genauso erging wie mir. Glück und Schmerz lagen so eng beieinander!

»Ich liebe dich auch!« Meine Stimme zitterte.

Der Busfahrer hupte ungeduldig und ich musste einsteigen, sonst wäre der Bus ohne mich losgefahren. Farid warf mir noch eine Kusshand zu, dann entschwand er meinem Blickfeld und der Tag war wieder so grau und trüb wie zuvor.

»Mit dem hast du einen guten Fang gemacht!«, sagte Melike, als ich mich neben sie setzte. »Der ist ja so was von verliebt in dich! *Leni!*« Sie kicherte.

»Wenn er mich so nennt, mag ich das«, erwiderte ich und verdrehte den Hals, in der Hoffnung, noch einen Blick auf Farid zu erhaschen. Aber der Busbahnhof war schon hinter der Kurve verschwunden. »Ach, ich bin so glücklich und so unglücklich zugleich!«

»Wieso das denn? Läuft doch alles prima!«

»Nichts läuft prima.« Ich kämpfte mal wieder gegen die Tränen, ich wurde so langsam echt zur Heulsuse. »Meine Mutter hat was gegen Farid. Und ich bin erst *fünfzehn!*«

»Besser als fünfzig!« Melike rollte mit den Augen. »Du immer mit deiner Schwarzmalerei! Mit Tim hat es doch auch erst gedauert und dann war alles sahnig.«

Ich schwieg einen Moment und starrte aus dem Busfenster.

»So wie jetzt mit Farid war es mit Tim nie«, sagte ich versonnen. »Diese ätzende Familienfehde hat alles problematisch gemacht.«

Tatsächlich hatte immer etwas zwischen uns gestanden, etwas, woran weder Tim noch ich Schuld hatten. Wir hatten nie völlig unbekümmert sein können, denn im Hintergrund lauerten die Schatten einer Vergangenheit, die wir nicht vertreiben konnten. Das, was zwanzig Jahre zuvor geschehen war, war zu schlimm, als dass Tim und ich es hätten kitten können.

»Das ist vorbei«, erwiderte Melike, ohne von ihrem Smartphone aufzublicken. Zwischen ihren Augenbrauen hatte sich eine steile Falte gebildet. »Farid liebt dich, du liebst ihn. Nur schade, dass er nichts mit Pferden am Hut hat.«

»Auf der einen Seite finde ich das sogar gut«, gab ich zu und seufzte. »Auf der anderen Seite macht es alles schwerer. Ich hab so gar keine Ahnung von Fußball und ich weiß auch nicht, ob mich das jemals interessieren wird.«

»Also, du bist echt der einzige Mensch, den ich kenne, der Trübsal bläst, wenn er glücklich ist«, sagte Melike kopfschüttelnd. »Mensch, Elena, freu dich doch mal! Du hast voll den süßen Typen aufgerissen, der dazu auch noch witzig ist und kein Trottel.«

»Er ist echt süß, oder?«, wollte ich von ihr wissen.

»Der ist so süß, dass jeder Diabetiker, der ihn anguckt, auf der Stelle einen Zuckerschock kriegt«, entgegnete Melike trocken und ich musste grinsen.

»Ha!«, schrie sie plötzlich. Der Busfahrer schräg vor uns zuckte erschrocken zusammen und warf Melike einen finsteren Blick zu, aber das merkte sie überhaupt nicht. Aufgeregt hielt sie mir ihr Handy vor die Nase. »Guck mal! Das ist Amal Clooney! Oh Mann, krass, findest du auch, ich sehe aus wie die?«

»Sie hat längere Haare als du«, sagte ich. »Und mehr Lippenstift drauf.«

»Na, das kann man ja ändern.« Melike zupfte an ihren Haarspitzen und sah äußerst zufrieden aus. »Also, dein Farid ist echt ein Spitzentyp. Ich frag mich nur, woher er weiß, wie die Frau von George Clooney aussieht.«

»Er liest die Klatschzeitschriften, die seine Mutter kauft«, antwortete ich und grinste.

»Ein Junge, der Klatschzeitschriften liest und das auch noch zugibt?« Melike riss die Augen auf. »Ich fasse es nicht! Elena, du hast echt den Hauptgewinn gezogen: Der Typ ist krass cool!«

Ich lächelte und stieß erneut einen tiefen Seufzer aus. Wie konnte es sein, dass man innerhalb von vierundzwanzig Stunden völlig am Boden zerstört und dann wiederum so unfassbar, herzklopfend glücklich sein konnte?

15. Kapitel

Die Herbstferien kamen und Bittersweet kehrte zu meiner Freude aus der Klinik auf den Amselhof zurück. Der Bruch des Vorderbeines war glücklicherweise unkompliziert und mit zwei Platten fixiert worden – ähnlich wie mein Arm. Sie hing in einem Gurtsystem in einer Box in Lajos' Stall, um das verletzte Bein zu entlasten. Wenn alles gut verheilte, wollten Papa und Mama sie im nächsten Frühling von Fritzi decken lassen, denn Bittersweet hatte eine sehr gute Abstammung.

Ich kümmerte mich jeden Tag um die Stute, denn für ein Pferd ist es ziemlich ätzend, sich nicht bewegen zu können. Auch von Robbie gab es Nachrichten, wenn auch keine besonders schönen. Er hatte eine Entzündung im Hüftgelenk, die irgendetwas mit Arthrose zu tun hatte. Gegen die Schmerzen bekam er nun Medikamente.

Leider war Ginas Pony Flocke noch immer auf dem Amselhof. Da Gina sich weigerte, herzukommen, aber auch nicht wollte, dass jemand anderes ihr Pony anfasste, stand das arme Tier mehr oder weniger nur herum und wurde kugelrund.

Tim ging mir aus dem Weg und ich ihm und so funktionierte es ganz gut.

Früher hatte ich mich immer auf die Ferien gefreut, aber jetzt fieberte ich dem ersten Schultag entgegen, denn dann konnte ich Farid wieder jeden Tag sehen und mich in Freistunden mit ihm im *Venezia* treffen. Wir telefonierten und chatteten ständig, und ich war von Tag zu Tag mehr in ihn verliebt. Ich hatte begonnen, mich mit den neuen Gegebenheiten zurechtzufinden und fühlte mich eigentlich ganz wohl, doch irgendwie war es mir nicht vergönnt, einfach nur glücklich zu sein.

Am letzten Samstag der Herbstferien rief Farid mich an, als ich gerade in Bittersweets Box stand und die Stute putzte.

»Können wir uns heute sehen, Leni? Bitte!« Farids Stimme vibrierte vor Aufregung. »Ich muss dir etwas total Wichtiges erzählen!«

»Äh, klar«, erwiderte ich, etwas überrumpelt. Seit dem Gespräch im Auto, als Mama mich vom Krankenhaus abgeholt hatte, hatte ich mit ihr nicht mehr über Farid gesprochen. Im Gegensatz zu meinem Bruder war ich schon immer ziemlich gut darin gewesen, Dinge für mich zu behalten, und so hatte ich die Sache mit Farid vor meiner Familie geheim gehalten. Die Einzigen, die Bescheid wussten, waren Melike und Niklas. Und das war jetzt das Problem.

»Kannst du nach Königshofen kommen?«

Technisch gesehen war es kein Problem, denn am Wochenende ging tagsüber jede Stunde ein Bus von Steinau nach Königshofen, aber was sollte ich meinen Eltern erzählen? Noch nie war ich einfach so an einem Samstag irgendwo hingefahren! Ich versprach Farid, ihn gleich zurückzurufen, und tippte rasch eine Nachricht an Melike, die in den Herbstferien im Einkaufszentrum in einem Schnellrestaurant jobbte.

Treffe mich nach der Arbeit mit Leuten aus meinem Kurs zum Lernen, schrieb Melike zurück. *Sorry!! Sag doch, dass wir uns im Zentrum verabredet haben und shoppen gehen wollen! Oder ins Kino!* ☺

Ich dachte einen Moment über Melikes Vorschlag nach. Was sollte schon groß passieren? Ich würde den Bus nehmen, der bis ins Zentrum fuhr, und in Königshofen aussteigen. Falls Mama mich später fragte, was ich denn eingekauft hatte, würde ich behaupten, wir seien im Kino gewesen.

Super Idee! Danke, schrieb ich zurück. *Aber verquatsch dich nicht!*

Ich räumte eilig das Putzzeug in meinen Putzkasten, verabschiedete mich von Sweety und lief hinüber ins Haus. Mama bereitete in der Küche gerade das Mittagessen vor.

»Kannst du bitte den Tisch decken?«, fragte sie mich. »Und leg ein Gedeck mehr auf, Herr Nötzli isst mit uns.«

»Ach, ich wusste gar nicht, dass er da ist«, erwiderte ich erstaunt.

»Er will zu dir.« Mama lächelte. »Ich denke, es gibt dank dem Verkauf von Skyfall Futter für dein Sparschwein.«

An meine Vereinbarung mit dem Schweizer Pferdehändler hatte ich überhaupt nicht mehr gedacht! Dafür, dass ich seine Pferde ritt und auf Turnieren vorstellte, zahlte er mir nämlich jeden Monat zweihundert Euro Berittgeld, und ich war beim Verkauf eines Pferdes mit zehn Prozent am Verkaufserlös beteiligt. Als Brenda Murray damals Quintano gekauft hatte, waren für mich vierzehntausend Euro herausgesprungen. Seitdem besaß ich ein Konto bei der Bank und mein eigenes Geld.

»Ist es trotzdem okay, wenn ich heute Mittag ins Zentrum fahre?«, fragte ich beiläufig. »Melike arbeitet bis halb drei und danach wollten wir ein bisschen shoppen gehen.«

»Von mir aus«, erwiderte Mama so gut gelaunt wie lange nicht mehr, und ich kam mir ein bisschen mies vor, sie so zu hintergehen. »Am nötigen Kleingeld mangelt es dir ja nicht.«

Schnell deckte ich den Tisch für fünf, dann lief ich hoch in mein Zimmer und schrieb Farid, dass ich versuchen würde, den Bus um zwanzig nach zwei zu erwischen. Ich riss meinen Kleiderschrank auf und warf eine Auswahl an Klamotten auf mein Bett. Schließlich entschied ich mich für die enge ausgewaschene Jeans, die gut zu meinen hellbraunen Stiefeln passte. Farid hatte mein grünes Top auf der Vor-Abi-Party gefallen, deshalb griff ich nach dem mintgrünen Longsleeve mit Knopfleiste. Im Badezimmerspiegel checkte ich mein Aussehen. Die Blutergüsse in meinem Gesicht waren abgeheilt und meine Nase hatte wieder ihre normale Größe und Form. Eigentlich sah ich ganz passabel aus. Die Zahnspange war längst Vergangenheit und Pickel hatte ich auch keine mehr. Meine Haare, die im Sommer wieder ganz hell geworden waren, reichten mir mittlerweile bis zum Rücken, allerdings trug ich sie so gut wie nie offen. Meistens machte ich mir einen praktischen Zopf, der unter die Reitkappe passte. Heute wollte ich aber erwachsener aussehen, deshalb schlang ich sie am Hinterkopf zu einem Knoten und steckte den mit ein paar Haarnadeln fest.

»Hey!«, sagte plötzlich mein Bruder hinter mir und vor Schreck bekam ich fast einen Herzschlag.

»Musst du dich so anschleichen, du Idiot?«, fuhr ich ihn an.

»Hast du ’n Date oder warum brezelst du dich so auf?«

Christian hockte sich auf den Rand der Badewanne und glotzte neugierig.

»Ich treff mich mit Melike«, erwiderte ich und konzentrierte mich darauf, eine hauchfeine Linie mit dem grünen Eyeliner zu ziehen. »Wir wollen ein bisschen bummeln gehen.«

Nachdem mein letzter Schminkversuch vor dem Reiterball in einem Desaster geendet war, hatte Mama mir ein paar Tipps gegeben, wie man unauffällig die Augen betonen konnte, ohne gleich auszusehen wie Amy Winehouse.

»Und?« Ich drehte mich zu meinem Bruder um.

»Hm.« Er schob die Unterlippe vor, legte den Kopf schräg und musterte mich von Kopf bis Fuß. »Ganz okay.«

Ich stellte mich auf die Zehenspitzen, zupfte an dem Oberteil und betrachtete kritisch mein Spiegelbild.

»Sehe ich nicht voll fett aus in dem Teil?«

»Tja, das spannt schon ganz schön«, feixte Christian. »Und man sieht die Speckrollen.«

»Echt?« Ich war entsetzt.

»Sag mal, hast du ein paar an der Klatsche?« Mein Bruder trat hinter mich und zog an meinem Longsleeve.

»Auf diesem Schildchen hier steht XS!«, verkündete er. »Leute, die XS anziehen können, sind spindeldürr! Wie solltest du wohl jemals fett aussehen? Du hast 'ne geile Figur und siehst cool aus. Okay?«

»Und das sagst du jetzt nicht nur, um mich zu beruhigen?«, fragte ich misstrauisch.

Christian verdrehte die Augen und zeigte mir einen Vogel, dann verschwand er aus dem Bad. Ich folgte ihm, denn Mama rief nach uns. Papa und Herr Nötzli waren ins Haus gekommen. Der Schweizer reichte mir die Hand und erkundigte sich nach meinem Befinden. Wir gingen in Mamas Büro und Herr Nötzli schloss die Tür hinter sich. Dann überreichte er mir feierlich einen Briefumschlag.

»Dein Anteil am Verkauf von Skyfall«, sagte er mit seinem drolligen Schweizer Akzent. »Nicola ist sehr glücklich mit ihm. Sie hat ihn am Wochenende schon mit zu einem Concours nach Bern genommen und hat ein 1,40-Springen mit ihm gewonnen.«

»Das ... das ist toll«, stotterte ich und betrachtete unschlüssig den Umschlag.

»Mach ihn ruhig auf.« Nötzli lächelte verschmitzt. »Er ist diesmal etwas dünner als der Letzte, aber das liegt daran, dass kein Bargeld drin ist.«

Ich öffnete das Kuvert und zog einen Scheck heraus, der auf meinen Namen ausgestellt war. Als ich den Betrag las, musste ich mich hinsetzen.

»Fünfundzwanzigtausend Euro?«, flüsterte ich fassungslos.

»Zehn Prozent Provision.« Nötzli rieb sich zufrieden die Hände. »Das war ein wirklich gutes Geschäft, nicht wahr?«

»Absolut«, murmelte ich.

»Ich habe übrigens kürzlich mit dem deutschen Junioren-Bundestrainer gesprochen«, sagte Herr Nötzli nun. »Er wird dich im nächsten Jahr mit Lancelot und deinem Fritzi zu einem Sichtungslehrgang für die Europameisterschaften einladen. Wenn du dort reiten könntest, wäre das eine gute Sache.«

Ich starrte den Mann mit offenem Mund an. Hatte er den Verstand verloren?

»Äh, ich bin erst zwei S-Springen geritten«, erinnerte ich ihn.

»Im nächsten Jahr wechseln altersbedingt die meisten deutschen Junioren zu den Jungen Reitern«, erwiderte er. »Der Bundestrainer hat Probleme, geeignete Reiter mit passenden Pferden für seinen Kader zu finden. Lancelot, oder Lenzi, wie du ihn nennst, hat genug Qualität für die schwersten internationalen Springen. Wenn du in den C-Kader berufen werden solltest, bekämest du automatisch Startgenehmigungen für Turniere wie Aachen.«

»Ich … ich weiß nicht, ob ich das kann«, stammelte ich.

»Aber ich weiß es. Und dein Vater weiß es auch.« Herr Nötzli lächelte. »Du hast ein Händchen für schwierige Pferde. Sie gewinnen unter deinem Sattel Selbstvertrauen. Schau dir doch nur Quintano an, der völlig verunsichert war. Mit Brenda gewinnt er ein Springen nach dem anderen in Amerika.«

»Aber das liegt doch nicht an mir!«, zweifelte ich. »Brenda reitet einfach toll, genauso wie Nicola Burri.«

»Du unterschätzt dich«, erwiderte der Pferdehändler, doch da war ich mir nicht so sicher. Immerhin hing Bittersweet wegen mir mit einem gebrochenen Bein in einem Gurtsack und würde nie mehr über Hindernisse springen können. Und wahrscheinlich würde sie das auch nicht mehr tun wollen, nachdem ich sie so schlecht geritten hatte.

Beim Mittagessen brachte ich kaum einen Bissen herunter. C-Kader! Europameisterschaften! Das war doch totaler Wahnsinn! Vor zwei Jahren war ich noch mit meinem Pony Sirius in E- und A-Springen herumgegurkt.

Später chauffierte Herr Nötzli mich zur Bushaltestelle am Rathaus, bevor er auf den Amselhof zurückfuhr, um sich von Tim Lenzi vorreiten zu lassen. Und natürlich sprach er mich auch jetzt wieder auf Fritzi an.

»Mein Angebot steht noch«, erinnerte er mich. »Nach dieser erfolgreichen Saison kannst du für deinen Hengst sehr viel Geld bekommen. Vielleicht solltest du es dir überlegen. Pferde sind Risikokapitalanlagen.«

Natürlich wusste ich das. Innerhalb des Bruchteils einer Sekunde konnte ein Pferd seinen Wert verlieren, indem es sich verletzte.

Fritzi hatte in diesem Jahr jede Springpferdeprüfung gewonnen, in der Papa oder ich ihn geritten hatten. Er war durch diese Leistung und dank seiner guten Abstammung gekört worden und würde auch als Deckhengst Geld verdienen können.

Gerhard Nötzli gehörte zu den größten und auch seriösesten Pferdehändlern in ganz Europa. Es gab wohl kaum einen Weltklassereiter, der nicht irgendwann schon einmal ein Pferd bei ihm gekauft hatte. Viele Reiter oder deren Sponsoren beauftragten Nötzli sogar ganz gezielt mit der Suche nach einem passenden Pferd oder schalteten ihn als Vermittler ein.

»Was heißt ›sehr viel‹?«, erkundigte ich mich deshalb.

Herr Nötzli warf mir einen Blick zu und hob die Augenbrauen. »Nicht, dass ich ihn verkaufen wollte«, fügte ich rasch hinzu.

Der Schweizer überlegte einen Moment. »Wenn du ihn mir heute verkaufen würdest, wäre ich bereit, vierhunderttausend Euro für ihn zu bezahlen.«

Mir stockte der Atem. Diese Summe war einfach unvorstellbar.

»Ich mache dir aber noch ein anderes Angebot«, sagte er

dann. »Ich kaufe dir jetzt die Hälfte von Fritzi für zweihunderttausend Euro ab, dein Vater und du reitet ihn weiter wie bisher und wenn wir ihn in ein, zwei Jahren mit Gewinn verkaufen können, teilen wir uns den Verkaufserlös.« Er hielt vor dem Rathaus an. »Denk einfach über meinen Vorschlag nach«, sagte er. »Und sprich mit deinen Eltern. Okay?«

»Ja, okay.« Ich nickte. »Danke fürs Fahren.«

»Keine Ursache. Danke, dass du meine Pferde so gut reitest.« Er zwinkerte mir zu und ich stieg aus.

Benommen taumelte ich auf den Bus zu, der gerade angehalten hatte. Hatte Herr Nötzli wirklich *vierhunderttausend* gesagt oder hatte ich etwas falsch verstanden? Vielleicht hatte ich das auch nur geträumt! Mit so viel Geld würden Papa und Mama die Schulden, die noch immer auf dem Amselhof lasteten, zum größten Teil abbezahlen können. Ich war so durcheinander, dass ich fast vergaß, in Königshofen aus dem Bus zu steigen. Erst als Farid an die Fensterscheibe klopfte und wild winkte, kam ich wieder zu mir und sprang auf.

Er breitete die Arme aus und ich fiel ihm um den Hals – und es war mir völlig egal, ob mich jemand sah.

»Ach, Leni, wie schön, dass du da bist.« Farid zog mich an sich und hielt mich fest umarmt. »Du siehst einfach toll aus!«

Er küsste mich, wie ich vorher noch nie geküsst worden war. Mir wurde schwindelig, meine Knie verwandelten sich in Pudding und mein Herz pochte, als wolle es zerspringen.

»Wow!«, murmelte ich.

»Und du schmeckst so gut!«, flüsterte Farid an meinem Ohr. »Ich könnte dich glatt auffressen!«

»Ich dich auch!«, erwiderte ich und wir lachten beide.

Wie schön war es, mit Farid zusammen zu sein, wie herrlich unbeschwert! Er legte seinen Arm um meine Schultern und ich meinen um seine Hüfte und es fühlte sich so an, als sei mein Arm genau dafür gemacht worden. Obwohl wir uns seit einer Woche nicht gesehen hatten, war er mir durch unsere vielen Telefonate, die Fotos und Videos, die wir uns schickten, vertraut.

»Was hast du mir denn so Wichtiges zu erzählen?«, wollte ich wissen, als wir die Fußgängerzone entlang Richtung Park schlenderten.

»Es ist der totale Wahnsinn!«

Farid blieb stehen und fasste mich an den Schultern. Seine Augen glänzten, er suchte für einen Moment nach den richtigen Worten.

»Mein Verein hat mir einen Profivertrag angeboten!«, platzte es dann aus ihm heraus. »Ich habe jetzt schon die ganze Zeit mit der 1. Mannschaft trainiert und der Trainer will mich für das nächste Spiel aufstellen! Es gibt so viele Verletzte momentan, deshalb ist der Kader ziemlich zusammengeschmolzen und ich habe eine echte Chance, nicht nur auf der Bank zu sitzen, sondern auch spielen zu dürfen.«

»Das ist ja … toll«, antwortete ich zögernd.

»Davon träume ich, seit ich weiß, was ein Fußball ist«, sprach Farid weiter. »Und jetzt ist es endlich so weit! Mein Vater ist nicht begeistert, er will ja unbedingt, dass ich erst Abi mache. Aber so eine Chance kriegt man kein zweites Mal!«

»Kannst du nicht Fußball spielen *und* Abi machen?«, fragte ich.

»Vielleicht.« Farid zuckte die Schultern. »Wenn sich die Schule drauf einlässt und mich freistellt. Meine Mom checkt das gerade.«

»Dich freistellt? Das heißt, du würdest dann nicht mehr in die Schule gehen müssen?«

»Das Profitraining ist viel intensiver als das Training, das ich jetzt mache«, antwortete Farid. »Das geht nicht mehr so nebenher. Aber ist das nicht absolut geil?«

Er strahlte mich an, glühte regelrecht vor Glück und Begeisterung. Und ich begriff, wie egoistisch es von mir wäre, wenn ich ihm diesen Erfolg nicht gönnte, nur weil ich ihn dann nicht mehr in der Schule sehen würde.

»Doch«, lächelte ich. »Das ist spitze! Ich freu mich für dich!«

»Ach, Leni, ich hab so gehofft, dass du das sagst.« Farid umarmte mich. »Bald hab ich den Führerschein, dann kann ich auf den Amselhof kommen. Und du kommst ins Stadion zu meinen Spielen.«

»Ganz sicher.«

Wir durchquerten Hand in Hand den Park, und Farid redete die ganze Zeit wie ein Wasserfall.

»Ist es okay, wenn wir zu uns nach Hause gehen?«, fiel ihm plötzlich ein.

»Klar«, erwiderte ich. Meine Eltern würden mir wahrscheinlich ein Jahr Hausarrest geben, würden sie erfahren, dass ich mit einem Jungen nach Hause ging, aber meine Neugier auf das Haus und Farids Zimmer war größer als meine Bedenken.

In den zwei Jahren, in denen ich mit Tim zusammen gewesen war, hatte er mich nicht ein einziges Mal zu sich nach Hause eingeladen.

»Meine Mutter ist übrigens voll neugierig auf dich«, warnte Farid mich grinsend. »Also wundere dich nicht, wenn sie dich Melike-mäßig ausfragt.«

16. Kapitel

Farid wies auf eine Villa aus rotem Backstein mit Erkern, dunkelgrünen Fensterläden, kleinen Türmchen und weißen Säulen vor der Haustür am Rande des Parks, die umgeben war von einem schmiedeeisernen Zaun mit goldenen Spitzen.

»Oh, wow!«, rief ich beeindruckt. »Das ist aber schön!«

Wir gingen die Treppenstufen zu der dunkelgrünen Haustür hoch, Farid schloss auf und wir standen in einer großen Eingangshalle, von der aus eine geschwungene Holztreppe nach oben führte. Steifbeinig kam uns ein Golden Retriever entgegen und wedelte ganz leicht mit der Schwanzspitze.

»Das ist Joyce«, stellte Farid mir den Hund vor. Er streichelte die Hündin, die aber sofort die Rute einkniff und einen leisen Schmerzenslaut von sich gab.

»Ist sie schon älter?«, fragte ich.

»Nein, sie ist erst fünf, aber seit ein paar Tagen stimmt irgendetwas nicht mit ihr.« Farid machte ein bekümmertes Gesicht. »Normalerweise geht sie mit mir joggen.«

»Seid ihr mit ihr beim Tierarzt gewesen?«

»Klar. Die haben sie geröntgt, Ultraschall gemacht und ein Blutbild. Sie vermuten einen Bandscheibenvorfall.« Er richtete sich wieder auf. »Komm, ich zeig dir mal die Bude. Es ist noch nicht alles fertig eingerichtet, wir wohnen ja erst seit knapp drei Monaten hier.«

Weiter hinten im Flur ging eine Tür auf und eine dunkelhaarige Frau trat heraus. Sie war barfuß, trug Jeans und ein weißes Männerhemd mit hochgekrempelten Ärmeln.

»Hey, Mom«, begrüßte Farid sie.

Ich hatte sie zuerst für eine von Farids Schwestern gehalten!

»Du bist also Elena«, sagte Frau Belhedi. »Farid redet seit Wochen kaum noch von etwas anderem als von dir.«

Sie legte den Kopf schief, betrachtete mich und reichte mir die Hand.

Ich lächelte verlegen und merkte, dass ich rot wurde.

»Danke, Mom.« Farid verdrehte die Augen. »Du weißt echt, wie man einen blamiert.«

»Na komm schon! Es ist doch die Wahrheit.« Frau Belhedi lachte und zwinkerte mir zu. Sie hatte sympathische Lachfältchen um die Augen und ein fröhliches Lachen. Ich mochte sie auf Anhieb. »Ich hab mir gerade Tee gemacht. Habt ihr Lust auf eine Tasse?«

»Ja, gerne«, antwortete ich. »Sie haben ein cooles Haus.«

»Danke. Eigentlich ist es viel zu groß. Seit die Mädchen ausgezogen sind, bräuchten wir gar nicht mehr so viel Platz. Aber es war Liebe auf den ersten Blick, als ich es im Internet gesehen habe.«

Farid verschwand in der Küche, um Tassen für uns zu holen, und ich folgte seiner Mutter den Flur entlang.

»Soll ich die Stiefel ausziehen?«, fragte ich sie.

»Nein, nein. Hier ist sowieso alles voller Hundehaare und das Parkett ist sicher seit fünfzig Jahren nicht mehr abgeschliffen worden.« Sie lachte wieder dieses Lachen, das Farid wohl von ihr geerbt hatte.

Der abgetretene Parkettboden knarrte unter unseren Schuhen. Wir betraten einen großen Raum und ich staunte über die Bücherwand. Noch nie hatte ich so viele Bücher in einem Regal gesehen, nicht einmal in der Schulbibliothek. Und auf jeder freien Fläche in dem Zimmer stapelten sich Papierstöße, Zeitschriften und noch mehr Bücher. An den Wänden lehnten Bilder, der Schreibtisch war übersät mit Papier. Mittendrin stand ein Laptop.

»Es ist noch etwas chaotisch hier.« Farids Mutter betrachtete kritisch den Couchtisch und das zierliche Zweiersofa, das ihr offenbar als Ablage diente, dann zog sie ein paar große Sitzkissen unter dem Sofa hervor. »Stört es dich, auf dem Boden zu sitzen?«

»N…nein«, stotterte ich. »Überhaupt nicht!«

Wenig später saßen wir auf den gemütlichen Kissen, zwischen uns in der Mitte, auf einem silbernen Tablett, standen Teekanne und Zuckerdose und Farids Mutter fragte mich wissbegierig aus, genau wie Farid es angekündigt hatte.

»Pass auf, was du sagst«, warnte er mich kauend. Er hatte sich gegen das Sofa gelehnt, mampfte Spekulatius und balancierte die Teetasse auf seinem Knie. »Meine Mutter ist gnadenlos neugierig.«

»Neugierig zu sein ist mein Job«, entgegnete Frau Belhedi und lachte. »Aber Farid hat schon recht. Ich bin manchmal echt schamlos.«

Sie war früher selbst geritten und wollte nun alles über den Amselhof und unsere Pferde wissen. Zuerst war ich noch unsicher, denn ich fühlte mich in Gesellschaft der meisten Erwachsenen nicht wohl, aber Farids Mutter war ganz anders. Es gefiel mir, auf dem Boden zu sitzen, Tee zu trinken und mit ihr zu quatschen. Immer wieder suchte und fand ich Farids Blick und wir lächelten uns an.

»So, ihr zwei Turteltäubchen«, sagte Frau Belhedi auf einmal. »Jetzt muss ich noch ein bisschen arbeiten.«

Farid hob das Tablett vom Boden hoch, ich schob die Kissen zurück unter das Sofa. Plötzlich ertönte ein Jaulen, gefolgt von Klirren und Scheppern. Frau Belhedi und ich sahen uns kurz an und stürzten hinaus in den Flur.

Der Golden Retriever kauerte zitternd und hechelnd in der offenen Küchentür, das Tablett lag auf dem Boden, die Teekanne und die Tassen in Scherben.

»Joyce hat direkt hinter der Tür gelegen!«, entschuldigte Farid sich und sammelte die größten Scherben vom Boden auf. »Ich bin voll über sie gestolpert.«

»Ach je, Joyce.« Farids Mutter bückte sich und strich dem Hund besorgt über den Kopf. »Was hast du denn bloß?«

Farid hielt inne. »Kannst du nicht mal gucken, ob du irgendetwas an Joyce feststellen kannst, Leni?«, fragte er mich.

»Klar.« Ich nickte. »Am besten hältst du ihren Kopf fest, damit sie nicht nach mir schnappt.«

Farid warf die Scherben in den Mülleimer und nahm Joyces Kopf. Ich kniete mich neben die Hündin und ließ meine Hände über ihren zitternden Körper gleiten. Zwar war ich beinahe darauf gefasst, etwas zu spüren, aber als ich Joyces Unterbauch berührte, zuckte ein so heftiges Prickeln durch meine Hände, wie ich es noch nie verspürt hatte. Der Bauch der Hündin fühlte sich heiß und geschwollen an.

Farid sah mir fasziniert zu.

»Sie hat nichts mit den Bandscheiben«, sagte ich schließlich. »Es ist etwas in ihrem Bauch. Vermutlich eine Entzündung. Sie hat große Schmerzen und es ist hier auch alles ganz dick.« Ich sah hoch und begegnete dem erstaunten Blick von Farids Mutter.

»Was machst du da?«, wollte sie wissen.

»Elena kann mit ihren Händen spüren, wo ein Tier oder ein Mensch Schmerzen oder Entzündungen hat«, erklärte Farid. »Sie hat sogar schon einen Ohrspeicheldrüsentumor bei einem Rennpferd gefunden.«

»Ist das wahr?«

Ich war längst an die Skepsis der Leute gewöhnt. Früher hatte ich mich für meine Gabe geschämt, es für puren Zufall gehalten.

»Ja, das stimmt.« Ich nickte und stand auf. »Joyce muss sofort zum Tierarzt. Sie stirbt sonst.«

Farids Mutter sah mich seltsam an, doch sie zögerte nicht. »Die Tierärztin hier in Königshofen ist samstags nicht da«, sagte sie und legte die Stirn in Falten. »Wo fahren wir denn jetzt am besten hin?«

»Warten Sie, ich rufe jemanden an.« Schnell zog ich mein Handy aus der Tasche und tippte auf Lajos' Nummer. Er meldete sich sofort und hörte mir zu, als ich ihm in knappen Worten schilderte, was mit Joyce los war.

»Hm. Klingt nach einer Gebärmuttervereiterung«, sagte er. »Fahrt zu Dr. Waldow nach Hettenbach. Du weißt doch, wo sie ihre Praxis hat, oder?«

»Ja, klar.«

»Ich rufe sie an und sage ihr, dass ihr kommt.«

Ich bedankte mich und beendete das Gespräch. »Wir können sofort zu der Tierärztin nach Hettenbach fahren«, sagte ich. »Lajos gibt ihr Bescheid, dass wir … äh … dass Sie kommen.«

»Ihr fahrt doch mit, oder?«, fragte Farids Mutter.

»Natürlich.« Farid streichelte sanft den Kopf der Hündin, die ihn aus großen Augen angstvoll anblickte.

Innerhalb von fünf Minuten hatte Frau Belhedi sich angezogen, ihren Mann informiert und das Auto vorgefahren. Farid wickelte Joyce behutsam in eine Decke, trug sie die Treppe hinunter und setzte sich mit ihr auf die Rückbank. Ich nahm auf dem Beifahrersitz Platz und dirigierte Frau Belhedi nach Hettenbach. Keiner von uns sprach viel, Farids Mutter fuhr mit angespannter Miene und ziemlich schnell.

Zwanzig Minuten später waren wir in Hettenbach. Farid trug den Hund in die Praxis, direkt in den Untersuchungsraum. Dann kam er wieder raus und wir setzten uns ins Wartezimmer.

Er ergriff meine Hand und drückte sie leicht. »Hoffentlich geht alles gut mit Joyce«, sagte er besorgt.

»Hier ist sie in guten Händen«, versicherte ich ihm. »Dr. Waldow behandelt schon seit Jahren unsere Hunde und Katzen.«

Wir schwiegen eine Weile. Irgendwo tickte eine Uhr. Hin und wieder fuhr draußen ein Auto vorbei.

»Eigentlich hab ich mir den Nachmittag mit dir etwas anders vorgestellt«, sagte Farid leise.

»Ach ja?« Ich lächelte ihn an. »Wie denn?«

Er beugte sich zu mir herüber und küsste mich. »Ein bisschen mehr so«, flüsterte er und mein Herz machte einen glücklichen Hüpfer.

In dem Moment ging die Tür des Behandlungsraumes

auf und Frau Belhedi kam heraus. Sie war blass, aber gefasst.

»Du hattest recht mit deiner Vermutung, Elena. Joyce hat tatsächlich eine Gebärmuttervereiterung. Frau Dr. Waldow wird sie jetzt sofort operieren und dann per Tropf mit Antibiotika versorgen, damit es nicht zu einer Sepsis kommt. Sie meint, es war allerhöchste Zeit, dass wir gekommen sind.«

Sie ließ sich auf den Stuhl neben mir sinken und seufzte. »Danke«, sagte sie zu mir. »Du bist ein tolles Mädchen. Ohne dich wäre Joyce heute Nacht wohl elendig eingegangen. Diese Dilettantin, bei der ich vorher war, sollte man verklagen!«

Mein Handy begann zu vibrieren. Melike rief an!

»Entschuldigung«, sagte ich, sprang auf und ging nach draußen. Es war schon dunkel, die Straßenlaternen brannten und die Autos fuhren mit Licht. Wie spät mochte es sein?

»Elena! Katastrophe!«, rief meine Freundin mit gesenkter Stimme. »Deine Mutter hat mich gerade aus dem Bus steigen sehen!«

»Oh, verdammt!« Ich hörte, dass ein weiteres Gespräch anklopfte, und warf schnell einen Blick auf das Display. »Sie ruft schon an.«

»Was machen wir jetzt?«, fragte Melike. »Bist du noch bei Farid?«

»Nein, wir sind in Hettenbach beim Tierarzt«, erwiderte ich und versuchte nachzudenken. »Farids Hund musste operiert werden.«

»Pass auf«, begann Melike, aber dann brach sie ab. »Mir fällt auf die Schnelle leider auch nicht ein, wie wir das hinkriegen könnten. So ein Mist aber auch! Es tut mir voll leid.«

»Du kannst ja nichts dafür«, erwiderte ich. »Ich muss drangehen, sonst platzt sie. Bis später!« Ich drückte Melike weg und nahm Mamas Anruf an.

»Wo bist du?«, fragte Mama ohne eine Begrüßung. Diesen Tonfall kannte ich und mir wurde heiß.

»Wieso?«, fragte ich zurück.

»Macht es Spaß, mit Melike zu shoppen, wenn sie doch gar nicht dabei ist? Ich hab sie nämlich gerade eben zufällig aus dem Bus steigen sehen!«

»Wir waren nicht shoppen, sondern im Kino«, antwortete ich. »Melike musste nach Hause, deshalb ist sie schon gefahren.«

»Und wo bist du jetzt? Hast du mal auf die Uhr geguckt?«, legte Mama los und ich biss mir auf die Unterlippe. Mein Blick fiel auf den Supermarkt auf der anderen Straßenseite und auf das Plakat, das unter dem Firmenschild hing. Da kam mir die rettende Idee.

»Ich bin beim REWE in Hettenbach«, flunkerte ich.

»Beim … Wie bitte?« Mama klang irritiert. »Wieso das denn?«

»Äh … Wegen des Schulpraktikums.«

Mama war so verdutzt, dass sie einen Moment lang gar nichts sagte. »Du lügst mich doch an!«

»Nein!«, beteuerte ich nachdrücklich. »Ich bin echt beim REWE!«

»In zehn Minuten hole ich dich ab«, sagte Mama. »Warte bitte draußen auf dem Parkplatz.«

Mit einem unguten Gefühl im Bauch kehrte ich ins Wartezimmer der Tierarztpraxis zurück. Farids Mutter sprach gerade mit einer Tierarzthelferin.

»Alles klar?«, erkundigte Farid sich.

»Ich glaub nicht«, antwortete ich leise. »Das war meine Mom und sie war auf hundertachtzig. Sie holt mich jetzt gleich drüben am Supermarkt ab.«

Frau Belhedi hatte meine letzten Worte gehört.

»Aber ich kann dich doch auch schnell nach Hause fahren«, bot sie an.

»Das ist nett von Ihnen, aber meine Mutter wollte eh noch einkaufen. Das passt schon.« Ich ergriff meinen Rucksack. »Ich muss los.«

»Es gibt eine gute Nachricht: Joyce hat die OP gut überstanden, aber sie soll über Nacht zur Beobachtung hierbleiben«, sagte Frau Belhedi.

»Super.« Ich reichte ihr die Hand. »Danke für den Tee.«

»Danke für deine Hilfe«, erwiderte sie ernst. »Ohne dich wäre Joyce wohl gestorben.«

Ich musste dringend rüber in den Supermarkt, deshalb winkte ich nur kurz und spurtete los.

»Ich ruf dich an!«, rief Farid mir noch nach.

Im REWE war nicht viel los und ich rannte durch die Gänge, auf der Suche nach irgendjemandem, der hier arbeitete. Hinter der Wursttheke langweilten sich eine junge Verkäuferin und ein dicker junger Metzgergeselle mit roten Backen dem Feierabend entgegen.

»Hallo!«, rief ich über die Theke.

»Hallo. Bitte schön?« Der Metzger wischte sich die Hände an der Schürze ab.

»Kann man bei Ihnen ein Schulpraktikum machen?«, fragte ich.

»Keine Ahnung. Da musst du den Chef fragen, der ist aber heute nicht mehr da. Ich weiß nur, dass wir Aushilfen zum Putzen und Regale einräumen suchen.« Er musterte mich skeptisch. »Dafür bist du aber noch etwas zu jung, schätze ich.«

»Wahrscheinlich.« Ich nickte. »Ist auch egal. Nur falls meine Mutter hier auftaucht: Würden Sie ihr sagen, dass ich nach einem Praktikum gefragt habe?«

Ein Grinsen flog über das runde Gesicht des Mannes.

»Klar. Mach ich.« Er zwinkerte mir zu. »Willst du 'ne Scheibe Bärchenwurst?«

»Also, so jung bin ich nun auch nicht mehr!«, erwiderte ich würdevoll. »Aber danke!«

Ich eilte wieder hinaus und schrieb Melike im Laufen, dass sie mal schnell den Inhalt von *Fack ju Göhte II* checken sollte, weil wir heute im Kino gewesen wären. Gerade als ich den Parkplatz betrat, kam Mama angefahren. Sie hielt aber nicht an, sondern fuhr in eine Parkbucht und stieg aus.

»Komm mit.« Entschlossen marschierte sie in den Supermarkt hinein und mir blieb nichts anderes übrig, als hinter ihr her zu rennen.

»Wenn du mich angelogen hast, dann hat das Konsequenzen«, sagte sie drohend. »Das kann ich dir flüstern!«

»Ich weiß gar nicht, was du hast«, erwiderte ich mit gespielter Arglosigkeit. »Du hast doch selbst neulich noch gesagt, ich sollte mich um ein Praktikum kümmern. Und das hab ich getan.«

»Bei REWE?« Sie schnaubte. »Dass ich nicht lache!«

»Wieso nicht? Die sind voll nett hier.«

»Dann sag mir bitte, mit wem du über dein Praktikum gesprochen hast.« Mama durchbohrte mich mit Blicken, aber ich ließ mich nicht einschüchtern.

»Mit dem Metzger«, erwiderte ich.

An der Fleischtheke war noch immer nichts los, die Verkäuferin hatte schon damit begonnen, die Auslagen wegzuräumen. Der dicke Metzgergeselle kam gerade aus dem Kühlhaus.

»Sie wünschen bitte?«, fragte er Mama und grinste mir zu.

»Hallo«, sagte Mama. »Das hier ist meine Tochter. War sie heute bei Ihnen und hat wegen eines Schulpraktikums gefragt?«

»Ja, das hat sie.« Der Mann nickte freundlich. »Ich hab ihr aber gesagt, dass sie darüber mit dem Chef sprechen muss.«

Damit hatte Mama, die fest davon ausgegangen war, dass ich sie angelogen hatte, nicht gerechnet.

»Ah, okay. Äh … danke«, stammelte sie verlegen, und ich hätte fast gelacht, so komisch war das alles.

»Bitte sehr.« Der Metzger stach mit der Fleischgabel in den Stapel mit der Bärchenwurst. »Ein Scheibchen für die Kleine?«

»Oh ja, gerne!« Ich nahm die Wurst und grinste ihn verschwörerisch an.

Wortlos wandte Mama sich ab. Als wir den Supermarkt verließen, blickte ich zur Tierarztpraxis hinüber. Zu meiner Erleichterung war das Auto von Frau Belhedi weg.

»Hier ist doch irgendetwas faul.« Mama musterte mich aus schmalen Augen misstrauisch, den Autoschlüssel in der Hand. »Wie kommst du auf die Idee, vom Zentrum aus nach Hettenbach zu fahren? An einem Samstagnachmittag?«

»Ich hatte nichts anderes vor«, behauptete ich. »Unter der Woche hab ich ja immer lange Schule.«

Während der Fahrt nach Steinau sprach Mama kein Wort mehr mit mir und ich sagte auch nichts.

Beim Abendessen erkundigte Papa sich jedoch, ob ich tatsächlich ein Schulpraktikum im Supermarkt machen wolle.

»Wieso nicht?«, antwortete ich. »Ist mal was anderes. Vielleicht mache ich ja auch eine Ausbildung dort. Ich überlege nämlich, nach der Zehnten von der Schule abzugehen.«

»Wie bitte?« Papa und Mama sahen mich entgeistert an.

»Bist du bescheuert?«, fragte Christian. »Willst du für den Rest deines Lebens an der Kasse im Supermarkt sitzen?«

»Wäre mir auf jeden Fall lieber, als jeden Tag Teicherts oder Gina Jungblut sehen zu müssen«, entgegnete ich und nahm mir eine zweite Scheibe Brot.

»Das ist nicht dein Ernst, oder?« Papa war völlig konsterniert und blickte Mama an, aber die hob nur die Schultern.

»Doch.« Ich schmierte eine Schicht Butter auf mein Brot, legte eine Scheibe Salami obendrauf und klappte es zu. »Herr Nötzli hat mir heute übrigens ein Angebot für Fritzi gemacht. Er würde mir zweihunderttausend Euro für die Hälfte geben. Oder vierhunderttausend für den ganzen Fritzi.«

Papa legte sein Besteck zur Seite.

»Und?«, fragte er angespannt.

»Ich bin nicht abgeneigt, Fritzi zu verkaufen«, sagte ich und biss in mein Brot. »Ein Pferd ist schließlich eine Risikokapitalanlage. Wenn es sich heute verletzt, ist es morgen wertlos.«

Meine Eltern und mein Bruder starrten mich sprachlos an und ich konnte selbst kaum fassen, dass ich so etwas gesagt hatte.

»Und dieses Mädchen lässt sich vom Metzger noch Bärchenwurst geben«, sagte Mama trocken. »Ich fasse es nicht.«

17. Kapitel

»Du musst unbedingt gewinnen, Elena!« Herr Nötzli nahm die Zigarre aus dem Mund. »Der Scheich akzeptiert nur Siege.«

Er wies mit einem Kopfnicken auf eine Gruppe von finster dreinschauenden bärtigen Männern in weißen Gewändern, die mich mit Ferngläsern beobachteten.

»Der Scheich hat Fritzi gekauft«, erklärte Papa. »Ich konnte sein Angebot nicht ausschlagen. Mit dem Geld retten wir den Amselhof. Mach jetzt bloß nicht dieselben Fehler wie in Biblis!«

»A...aber ich hab doch noch gar keinen Probesprung gemacht!«, stammelte ich. Mein Blick fiel auf Tim, der spöttisch grinste. Neben ihm stand Lajos, den einen Arm um Tims den anderen um Ginas Schulter gelegt. Er schaute mich bekümmert an und schüttelte den Kopf, dann wandte er sich ab. Erst jetzt erkannte ich, wo ich mich befand, und mein Herz begann vor Angst heftig zu pochen: Ich stand in der Einreiteschneise des Aachener Reitstadions und die Tribünen waren bis oben hin voller Menschen, die ungeduldig pfiffen.

»Ich kenne den Parcours nicht, Papa!«, rief ich verzweifelt, aber da setzte sich Fritzi schon in Bewegung. Ich versuchte ihn anzuhalten und gab Paraden, aber das kümmerte ihn nicht.

»Nummer eins ist der Oxer!«, rief mir Melike zu und für eine Sekunde war ich erleichtert, doch dann sah ich, dass *alle* Hindernisse Oxer waren!

»Welchen meinst du?« Ich drehte mich im Sattel um, aber Melike war irgendwo im Gewühl der Menschenmassen verschwunden. Die Startglocke ertönte und Fritzi donnerte los. Ich konnte kaum etwas sehen, denn die Sonne blendete mich, aber ich merkte, dass ich viel zu schnell war. Hilflos zerrte ich an den Zügeln, die durch meine schweißnassen Finger rutschten, Hindernisstangen flogen durch die Luft und zerbarsten unter Fritzis Hufen, die Leute lachten und spotteten über mein Pferd. Tränen der Angst und Verzweiflung strömten mir über das Gesicht.

»Kontrolle!«, brüllte Papa wütend durch die Lautsprecher. »Was machst du denn da? Herrgott, ich dachte, du kannst reiten!«

Da raste Fritzi schon auf einen gewaltigen weißen Oxer zu.

»Ho! Ho, Fritzi! Stopp!«, kreischte ich panisch, doch Fritzi drückte ab. Er landete mitten in den Stangen, überschlug sich und ich flog aus dem Sattel. Da fiel mir siedend heiß ein, was alles von diesem Ritt abhing. Wir würden den Amselhof verlieren! Schluchzend saß ich neben meinem Pferd, das immer wieder vergeblich versuchte, aufzustehen. Dann standen Papa und Mama vor mir.

»Du hast alles kaputt gemacht, Elena«, sagten sie traurig. »Der Amselhof ist verloren.«

Farid ging mit Ariane vorbei, er sah mich nicht einmal an. Ariane grinste höhnisch.

»Pferdekillerin!« zischte sie. »Lass es besser mit dem Reiten!«

Erschrocken fuhr ich hoch. Mein Herz klopfte, mein Schlaf-T-Shirt war schweißnass und ich brauchte ein paar Sekunden, um mich aus diesem grässlichen Albtraum zu befreien, der mich seit Wochen Nacht für Nacht heimsuchte. Mal ritt ich Fritzi, mal Lenzi, aber immer ging es gleich schrecklich aus und ich wachte schluchzend und zitternd auf und traute mich nicht, wieder einzuschlafen.

Seit dem Turnier in Biblis waren ein paar Wochen vergangen, mein Arm war längst verheilt, und ich hatte noch immer keinen Versuch gemacht, mich wieder auf ein Pferd zu setzen.

Ich vermisste Farid, obwohl wir jeden Tag miteinander telefonierten, manchmal sogar mehrfach und selten kürzer als eine Stunde. Wir schickten uns Fotos und Nachrichten, sodass ich beinahe das Gefühl hatte, er sei bei mir. Mit Melike als Alibi hatten wir uns zwei Mal im Einkaufszentrum getroffen, wenn auch nur kurz, denn Farid hatte den Vertrag unterschrieben und trainierte fest mit der Profimannschaft seines Vereins. Wenn wir uns sahen, war es großartig und ich zehrte lange von diesen seltenen Begegnungen. Durch ihn eröffnete sich mir eine völlig andere Welt als die, die ich kannte. Das war aufregend, aber auch ein bisschen beängstigend und manchmal war ich mir nicht sicher, ob ich all diese Veränderungen wirklich mochte.

An einem turnierfreien Samstagnachmittag Anfang November saß ich auf der Tribüne der alten Reithalle, sah bei der Westernreitstunde zu und überlegte, wie ich es anstellen konnte, am nächsten Freitag mit Melike und Niklas ins Fußballstadion fahren zu dürfen. Farid hatte die Karten für das Spiel, das um 15:30 Uhr beginnen sollte, von seinem Vater bekommen und ich hatte ihm versprochen, mit meinen Eltern alles abzuklären. Aber bisher hatte sich noch keine passende Gelegenheit ergeben.

»Das macht echt Spaß!«, sagte Mama gerade zu Gloria und klopfte Hilda lächelnd den Hals. Sie ritt mittlerweile regelmäßig die Westernreitstunden mit und hatte gute Fortschritte gemacht. Zwar traute sie sich noch nicht, Rollbacks und Sliding Stopps zu reiten, aber sie konnte das, was Gloria ihr sagte, besser umsetzen als Christian, der immer wieder in die englische Reitweise verfiel. Außer meiner Mutter und meinem Bruder ritten Melike und eine junge Frau auf Gray Jac mit, die bisher bei Opa im Schulbetrieb geritten war.

Farid war an diesem Wochenende zum ersten Mal von seinem Trainer für ein Spiel aufgestellt worden und schon gestern Abend mit der Mannschaft zum Auswärtsspiel nach Bremen gefahren. Er hatte mir anvertraut, dass er nicht damit rechne, tatsächlich eingewechselt zu werden, aber vor sechs Wochen habe er schließlich auch nicht damit gerechnet, so bald bei einem Bundesliga-Spiel auf der Ersatzbank zu sitzen, insofern sei alles möglich.

Draußen war es schon dunkel, als die Reitstunde zu Ende war, und es hatte angefangen zu regnen.

»Kannst du bitte Hilda wegbringen?« Mama warf einen Blick auf die Uhr. »Ich muss die Turnierpferde füttern und dann unter die Dusche.«

»Klar, mach ich«, sagte ich.

Jeden zweiten Samstag im Monat traf Mama sich am Abend mit ein paar Freundinnen beim Italiener in Königshofen, darauf freute sie sich jedes Mal.

»Im Kühlschrank steht Nudelsalat«, sagte sie. »Die Würstchen müsst ihr nur noch warm machen.«

»Super. Viel Spaß heute Abend.« Ich führte Hilda zur Sattelkammer in der Putzhalle, wo die Westernsättel hingen. Dort nahm ich der Stute Sattel und Kandare ab, hängte beides weg und zog Hilda die Stalldecke über. Ich hatte nicht vor, zu Hause Nudelsalat zu essen, denn ich wollte unbedingt das Fußballspiel sehen, das um 18:30 Uhr begann.

Niklas, Lajos, der Aknefrosch, Engelbert Maiwald und ein paar andere Männer saßen schon am Tresen, als wir die »Pferdetränke« betraten. Sie blickten auf den Fernseher an der Wand und diskutierten die Mannschaftsaufstellung. Schon vor einer Weile hatte Oma, geschäftstüchtig wie sie war, ein SKY-Abonnement abgeschlossen, und seitdem war es immer voll in der »Pferdetränke«, wenn ein Fußballspiel lief. Man müsse mit der Zeit gehen, hatte sie gebrummt, außerdem hätte sie die Kosten für das Abo schon nach einem einzigen Spiel wieder drin gehabt. In ganz Steinau gab es sonst keine andere Kneipe, in der man Fußball gucken konnte, und so kamen bei Fußballspielen immer häufiger Leute aus dem Ort hierher und sorgten für Umsatz.

»Na, was macht ihr denn hier?«, fragte Opa erstaunt, als Melike und ich uns an den runden Stammtisch setzten, von wo aus man einen guten Blick auf den Fernseher hatte.

»Wir wollen das Spiel sehen«, verkündete Melike.

»Ihr wollt *Fußball* gucken?« Opa lachte belustigt. »Seit wann interessiert euch das denn?«

»Seit heute«, erwiderte Melike und bestellte einen Toast Hawaii. Niklas setzte sich zu uns. Wenig später kamen Ariane und Christian herein, dann auch Gloria und sogar Papa, der wohl keine Lust auf einen einsamen Abend mit Nudelsalat und Würstchen hatte. Er setzte sich zu den Männern an den Tresen und orderte ein Bier.

Nach dem Anpfiff wurde jeder Spielzug lautstark kommentiert. Schon nach ein paar Minuten schoss Bremen ein Tor und ging 1:0 in Führung, die Männer am Tresen murrten und regten sich über den Linienrichter auf, der nicht gesehen haben wollte, dass es »Abseits« gewesen wäre.

Christian und Gloria, die sich nicht für das Spiel interessierten, diskutierten unterdessen über die unterschiedliche Hilfengebung beim Englisch- und beim Westernreiten, und Niklas versuchte, Melike und mir die Abseitsregelung beim Fußball zu erklären. Zu meiner Überraschung tauchte plötzlich auch Tim auf. Unglücklicherweise war am Stammtisch neben Ariane noch ein Stuhl frei und er nahm dort Platz. Genau mir gegenüber. Mich durchzuckte eine Mischung aus Wehmut, Trauer, Kummer und Zorn, aber unvermittelt schob sich die Erinnerung an Zartbitterschokoladenaugen mit goldenen Sprenkeln vor Tims Gesicht und ich vermisste Farid so sehr, dass es wehtat.

Wie sollte ich es ertragen, wenn meine Eltern mir verboten, ihn zu sehen?

In Bremen fiel ein zweites Tor, leider auch nicht für Farids Mannschaft. Und dann war schon Halbzeitpause. Papa ging hinaus, um die Pferde einzudecken und den Stall abzuschließen.

»Wie? Was?«, rief der Aknefrosch plötzlich vom Tresen aus. »Stimmt das, Elena?«

Ich hatte nicht mitbekommen, um was es ging, merkte nur, dass mich plötzlich alle ansahen.

»Was soll stimmen?«, erwiderte ich deshalb.

»Niklas behauptet, du würdest *Farid Belhedi* kennen!«

Die Erwähnung von Farids Namen ließ mein Herz irgendwo in die Gegend meines Magens sacken.

»Ja. Stimmt.« Ich nickte. »Christian und Tim kennen ihn auch. Er war ein paar Wochen lang bei uns auf der Schule.«

»Nicht dein Ernst!« Jens riss entgeistert die Augen auf. »Wieso erzählt mir das keiner?«

»Über wen redet ihr überhaupt?«, wollte Ariane wissen.

»Farid Belhedi ist ein Riesentalent und sitzt heute das erste Mal bei der Eintracht auf der Ersatzbank«, erklärte der Aknefrosch aufgeregt. »Er hat bis jetzt in der U19 gespielt!«

»Ach, ihr meint den schleimigen Trottel, mit dem Elena sich bei der Vor-Abi-Party in den Park verdrückt hat.« Ariane verzog das Gesicht und winkte ab.

Ich begegnete Tims Blick und schaute schnell weg.

»Du kannst ihn doch nur nicht leiden, weil er nicht auf dich abgefahren ist«, stichelte Melike. »Ich finde, Farid ist voll nett und sieht auch noch saugut aus.«

Es tat mir gut, Worte des Lobes für den Jungen, den ich liebte, zu hören, auch wenn es mir ein bisschen peinlich war, vor allen Leuten über ihn zu sprechen, besonders vor Tim.

»Völlig egal, wie er aussieht«, meinte der Aknefrosch ungeduldig. »Der Junge spielt einfach göttlich Fußball! Er wird schon mit Mesut Özil, Ilkay Gündogan und Marco Reus verglichen. Ich wette, der wird gleich eingewechselt, wenn die weiter so unterirdisch spielen wie bisher.«

»Und wenn er erst eines Tages in der Nationalmannschaft ist, dann kann meine Schwester sagen, dass er ihr mal hinterm Tresen bei der Schulparty geholfen hat«, spottete Christian mit vollem Mund und stieß Tim mit dem Ellbogen an. »Auch wenn's ihr keiner glaubt.«

Tim grinste spöttisch und da packte mich der Zorn.

»Deine Schwester kann sogar sagen, dass er sie geküsst hat«, entgegnete ich kühl, obwohl ich innerlich zitterte. »Farid Belhedi ist nämlich mein Freund.«

Mit einem Schlag verstummten alle Gespräche rings um den Tisch. Am Tresen herrschte Totenstille und alle starrten mich mehr oder weniger fassungslos an. Nur Melike und Niklas, die Bescheid wussten, grinsten.

Mein Bruder verschluckte sich. Er wurde knallrot im Gesicht, musste husten und spuckte Käsekuchenbrocken auf die Tischdecke. Ariane klopfte ihm auf den Rücken.

»Das ist ja abgefahren!«, sagte der Aknefrosch in die Stille, die nur von Stimmen der Experten aus dem Fernseher unterbrochen wurde. »Kannst du mir ein Autogramm besorgen?«

»Klar«, erwiderte ich. »Soll er ›für Jens‹ oder ›für den lieben Aknefrosch‹ schreiben?«

Gloria kicherte und dann lachten alle, bis auf Tim, dem urplötzlich einfiel, dass er dringend nach Hause musste. Er schnappte sich mit finsterer Miene seine Jacke, die er über die Stuhllehne gehängt hatte, und verließ die Gaststätte, ohne mich noch einmal anzusehen.

»Das war echt mies von dir«, fand Christian, als Tim weg war.

»Es war auch ziemlich mies von Tim, direkt vor meinen Augen mit Sophia Schröder rumzumachen«, parierte ich. »Außerdem sind wir nicht mehr zusammen. Ich kann tun, was ich will.«

Christian betrachtete mich aus schmalen Augen.

»Ich glaub dir das nicht.« Mein Bruder hatte es noch nie leiden können, wenn ich ihm die Schau stahl. »Du hast das doch gerade nur gesagt, um Tim zu ärgern!«

Ohne ein Wort zu sagen holte ich mein Smartphone heraus und tippte auf den Ordner mit den Fotos. Es gab ein besonders süßes Bild von Farid und mir, das Melike neulich von uns gemacht hatte. Stumm hielt ich es meinem Bruder hin.

»Ich will's auch sehen!« Ariane grapschte nach meinem Handy.

»Ich auch!«, riefen Gloria und der Aknefrosch gleichzeitig.

»Auf dem Foto sieht er besser aus als in echt«, gab Ariane mit unverhohlenem Neid zu, und in dem Blick, den sie mir zuwarf, lag die alte Überheblichkeit. »Ist der so verzweifelt, oder was?«

»Du meinst, weil er sich in mich verliebt hat?«, erwiderte ich spöttisch und nahm ihr mein Smartphone ab. »Viele Jungs stehen auf Bauerntrampel, wie du siehst. Auf arrogante Zicken stehen allerdings nur Psychos wie Fabian Denninger.«

»*Wie* hast du mich genannt?« Arianes Gesicht wurde finster und Melike bekam einen Lachanfall.

Pünktlich zum Anpfiff der zweiten Halbzeit kam Papa zurück.

»Was ist denn mit Tim los?«, erkundigte er sich bei Christian. »Ist etwas passiert? Er ist wie ein Verrückter vom Hof gerast.«

»Elena hat mit ihrem neuen Freund angegeben«, antwortete mein Bruder. »Das fand er wohl nicht so prickelnd.«

»Sag mal, geht's noch?«, fuhr ich auf. »Ich hab überhaupt nicht angegeben!«

Papa blickte verständnislos zwischen uns hin und her.

»Da!«, kreischte Melike, sprang auf und deutete aufgeregt auf den Fernseher. »Er wird echt eingewechselt! Elena, schau doch! Oh, wie geil ist das denn?«

Mein Herz schlug einen Salto. Tatsächlich! Farid – mein Farid – stand am Spielfeldrand bereit. Der vierte Offizielle kontrollierte die Stollen seiner Schuhe und hielt eine Tafel hoch, auf der in Grün seine Rückennummer – die 28 – angezeigt wurde. Ein anderer Spieler kam nach draußen, klatschte Farid ab und der lief auf den Rasen zu seinem allerersten Bundesliga-Spiel. Ich wusste, wie sehr er jahrelang auf genau diesen Augenblick, diese Chance, hingearbeitet hatte und empfand tiefe Freude und Stolz.

Die Bemerkung, die mir in der Halbzeitpause herausgerutscht war, war im Nachhinein betrachtet ein Segen. Und es war durchaus von Vorteil, dass Farid mit einer Torvorlage und einem Tor maßgeblich dazu beigetragen hatte, das Spiel zu drehen, sodass Eintracht Frankfurt mit einem 2:2 unentschieden von Bremen nach Hause fahren konnte. Nach dem Spiel war er interviewt worden, und das hatte dazu geführt, dass seine Fan-Seite bei Facebook über Nacht mehr als fünftausend Likes dazubekommen hatte.

Innerhalb von vierundzwanzig Stunden hatte die Neuigkeit, dass die 17-jährige Nachwuchshoffnung von Eintracht Frankfurt mein Freund war, nicht nur im Stall, sondern bereits in ganz Steinau die Runde gemacht.

Als Mama am Samstagmorgen einkaufen ging, wurde sie gleich ein paar Mal auf Farid und mich angesprochen.

»Die Gerdi von der Bäckerei hat mich sogar zu meinem *Schwiegersohn* beglückwünscht«, erzählte sie Papa mit einem empörten Tonfall in der Stimme. Sie war direkt mit dem Auto zum Stall gefahren und ahnte nicht, dass ich in

Fritzis Box stand und jedes Wort, das sie und Papa in der Sattelkammer sprachen, hören konnte. »Die spinnt wohl!«

»Lass doch die Leute reden«, erwiderte Papa. »Die beruhigen sich auch wieder.«

»Micha, Elena ist fünfzehn! Findest du das etwa gut?«

»Der Junge ist siebzehn«, sagte Papa. »Tim ist genauso alt.«

»Ja, aber … wir kennen ihn doch überhaupt nicht!«, wandte Mama ein. »Mit Tim, das spielte sich alles mehr oder weniger hier auf dem Hof, in der Schule oder auf den Turnieren ab, auf denen wir jeden kennen. Aber das jetzt, das macht mir Angst!«

»Elena glaubt, dass du etwas gegen den Jungen hast«, verriet Papa mich.

Natürlich hatte er mich gestern Abend gleich nach dem Spiel zur Rede gestellt. Zuerst war es mir schwergefallen, in Worte zu fassen, was ich an Farid mochte. Ich war es nicht gewöhnt, mit Papa über so was wie Gefühle zu sprechen, und es war mir extrem peinlich gewesen, aber gleichzeitig hatte ich den dringenden Wunsch verspürt, ihn davon zu überzeugen, dass Mamas Bedenken unsinnig waren. Es war mir ein bisschen so vorgekommen, als ob ich ein Pferdehändler sei, der einem kritischen Kunden verzweifelt die tolle Abstammung und die Vorzüge eines Pferdes anpries, deshalb war ich mitten im Satz verstummt.

»Was ist?«, hatte Papa daraufhin gefragt.

»Ich komme mir vor wie Herr Nötzli«, hatte ich unglücklich erwidert. »Fehlt bloß noch, dass ich dir ein Video und Röntgenbilder von Farid zeige.«

Da hatte Papa gelacht. Er hatte sich vorgebeugt und mein Knie gedrückt. »Es gefällt mir, dass du dich so für ihn einsetzt. Du magst den Jungen wirklich gerne«, hatte er gesagt. »Lade ihn doch mal zu uns ein, damit wir ihn kennenlernen.«

»Ich weiß nicht«, sagte Mama jetzt zweifelnd und ich hielt in Fritzis Box den Atem an und sperrte die Ohren auf.

»Wir können es sowieso nicht verhindern, dass sie sich schreiben und treffen«, entgegnete Papa. »Haben wir nicht immer gesagt, es wäre uns lieber, wenn wir wissen, mit wem unsere Kinder Umgang haben?«

»Du hast ja recht«, gab Mama widerstrebend zu. »Aber was mache ich, wenn ich das Bürschchen nicht mag? Er sieht mir für meinen Geschmack ein bisschen *zu* gut aus.«

Da lachte Papa zu meiner Überraschung lauthals.

»Wäre es dir lieber, Elena würde einen Kerl anschleppen, der aussieht wie der Glöckner von Notre-Dame?«, fragte er gut gelaunt. »Susanne, der Junge ist ein Profisportler. Man spielt nicht mit 17 Jahren in der Bundesliga, wenn man bis nachts in Diskotheken rumhängt, raucht oder Alkohol trinkt. Ich glaube, dieser Farid ist ein anständiger Kerl und ich würde ihn gerne kennenlernen.«

Fritzi schnaubte in sein Heu, deshalb kriegte ich nicht mit, was meine Mutter darauf antwortete. Aber Papa schien sie irgendwie besänftigt zu haben, denn sie lachte nun auch.

»Gutes Zeichen, Fritzi«, flüsterte ich meinem Pferd zu und ballte die Faust in stillem Triumph. »Äußerst gutes Zeichen!«

Meine Eltern verließen die Sattelkammer und ich musste schnell unter Fritzis Trog in Deckung gehen.

Gestern Nacht hatten Farid und ich uns noch geschrieben und vorhin hatten wir telefoniert. Er war außer sich vor Freude über seinen ersten Bundesliga-Einsatz und hatte mir gleich ein paar Links zu Spielberichten im Internet geschickt. Das Fußball-Vokabular war mir noch fremd, aber Adjektive wie »spielintelligent«, »pfeilschnell« und »ballsicher«, mit denen die Journalisten Farid beschrieben hatten, verstand auch ich.

Beim Mittagessen bekam ich von Papa und Mama die Erlaubnis, Farid zu uns einzuladen. Und sie hatten nichts dagegen, dass ich gemeinsam mit Niklas und Melike am nächsten Freitag ins Stadion ging.

»Wir dachten gestern zuerst, das wäre nur ein Witz von Melike und dir«, sagte Christian zu mir, als wir später zusammen die Küche aufräumten.

»Wen meinst du mit ›wir‹?«

»Tim und mich. Tim ist ganz schön angefressen.«

»Er hat doch zuerst eine andere gehabt«, erwiderte ich und stellte die Teller in die Spülmaschine. »Ich hab genau gesehen, wie er seinen Arm um Sophia Schröder gelegt hat.«

»Das hat er nur deshalb gemacht, weil du Farid geküsst hast«, entgegnete Christian.

»Wann soll denn das bitte schön gewesen sein?«

»In der Schule. Im Foyer.«

»Ach!«

Ich erinnerte mich an den Tag, an dem Farid mir das Foto von uns gegeben hatte, und daran, dass Tim genau in dem Moment die Treppe hinuntergekommen war, als ich Farid ein Küsschen gegeben hatte. Und urplötzlich wurde mir einiges klar.

»Der Film von mir bei YouTube«, sagte ich langsam. »Hat Tim den etwa eingestellt?«

»Keine Ahnung«, behauptete Christian und machte sich aus dem Staub.

Als ich am Nachmittag in den Stall kam, begegnete Tim mir in der Putzhalle. Natürlich leugnete er, dass er es gewesen sei, der den Film bei YouTube eingestellt hatte, aber ich ließ nicht locker und schließlich gab er zu, dass er meinen Ritt zwar gefilmt, Sophia ihn aber bei YouTube hochgeladen habe.

»Und wieso das?« Ich war total perplex. »Wie kommt sie dazu?«

»Sie war sauer«, erwiderte Tim. »Jetzt mach doch nicht so ein Fass auf. Ist ja alles längst gelöscht.«

»Sophia war sauer? Auf mich?«, fragte ich ungläubig. »Und deshalb stellt sie einen Film ins Internet, auf dem ein Pferd sich ein Bein bricht?«

Tim verdrehte die Augen.

»Wenn du es genau wissen willst«, sagte er dann, »sie war sauer auf mich, nicht auf dich.«

»Ich glaub dir kein Wort«, antwortete ich. »Wie soll sie denn wohl an ein Video auf deinem Handy kommen?«

»Du konntest ja auch jederzeit an mein Handy gehen.«

»Das hätte ich nie und nimmer getan, das weißt du genau.«

»Tja, Sophia hat's aber wohl getan.« Tim grinste dünn. »War's das jetzt? Ich muss nach Hause.«

Am Donnerstagnachmittag wollte Farid auf den Amselhof kommen und ich war schon zwei Tage vorher das reinste Nervenbündel. Seit unserer Auseinandersetzung wegen des Videos ging Tim mir aus dem Weg. Er kam nur noch in den Stall, um Lenzi zu reiten, und verschwand danach gleich wieder, was mir nur recht war.

In der Schule wusste dank Ariane jeder, dass ich mit Farid

Belhedi zusammen war, und plötzlich sprachen mich Leute wegen Autogrammen und Karten für Eintracht-Spiele an, die vorher wahrscheinlich nicht einmal gewusst hatten, wer ich überhaupt war.

Seit ich denken konnte, war mein Vater ein bekannter und erfolgreicher Springreiter, aber außerhalb der Reiterwelt, die für mich bisher mein Leben gewesen war, kannte kaum jemand seinen Namen. Wie unglaublich populär Fußball war und dass ein einziges Spiel und ein Interview im Fernsehen ausreichten, um jemanden berühmt werden zu lassen, beunruhigte mich ziemlich. Voller Unbehagen erinnerte ich mich daran, welcher Trubel im vergangenen Jahr beim Festhallen-Reitturnier in Frankfurt über Tim hereingebrochen war, nachdem er sich beim internationalen Eröffnungsspringen gut platziert hatte. Kichernde Mädchen hatten sich um ihn gedrängt, Autogramme gewollt und Selfies mit ihm gemacht. Ich hatte daneben gestanden wie das fünfte Rad am Wagen und mich überflüssig gefühlt. Wie würde das erst mit Farid werden, wenn er noch ein paar Tore mehr schoss und öfter im Fernsehen interviewt wurde? Könnte ich das ertragen, wenn dauernd irgendwelche Mädchen an seinen Fersen hingen und Fotos mit ihm machen wollten?

Meine Vorfreude auf das Wiedersehen mit Farid nach über vierzehn Tagen war aber größer als alle Bedenken, und als er dann am Donnerstagnachmittag pünktlich um halb vier von seinem Roller stieg, den Helm absetzte und mich anlächelte, war ich der glücklichste Mensch der Welt.

»Wo sind denn alle?« Farid blickte sich erstaunt um. Obwohl der Parkplatz voller Autos stand, war keine Menschenseele zu sehen. »Nach dem, was du gesagt hast, war ich innerlich schon auf ein richtiges Empfangskomitee vorbereitet. Letzte Nacht hab ich sogar voll den Albtraum gehabt. Dein Vater, dein Bruder und ein paar andere Typen saßen auf ihren Pferden und starrten mich grimmig an, sie hatten alle lange Bärte und helle Mäntel an und die Gewehre im Anschlag. Wie im Western!«

Ich musste kichern. Trotz des Risikos, dass wir heimlich beobachtet wurden, schlang ich meine Arme um Farids Hals und gab ihm einen Kuss. Er sah so wahnsinnig süß aus, ich konnte einfach nicht widerstehen.

»Meine Leni! Ich hab dich so sehr vermisst«, murmelte Farid, strich mir eine Haarsträhne aus dem Gesicht und küsste mich noch einmal. »Auch wenn damit der erste gute Eindruck im Eimer ist, das musste einfach sein.«

»Das finde ich auch.« Ich lachte atemlos und glücklich. »Es ist so schön, dass du hier bist!«

»Und es ist gar nicht mal so weit, wie ich gedacht habe.« Farid setzte seinen Rucksack ab. »Ich hab nur zwanzig Minuten gebraucht.«

Er öffnete den Reißverschluss und förderte einen zerdrückten Mini-Blumenstrauß zutage.

»Was ist das denn?«, fragte ich.

»Ein Bestechungsgeschenk für deine Mom.« Farid betrachtete den Strauß kritisch und zupfte an den Blumen herum. »Mist! Ich war so vorsichtig, aber vorhin sah er irgendwie noch besser aus.«

»Sie wird sich auch so darüber freuen«, sagte ich.

»Na, dann auf in den Kampf!« Farid hielt mir seine Hand hin und ich ergriff sie. Und wie auf ein Stichwort öffnete sich unsere Haustür.

Schon nach den ersten Minuten war klar, dass Papa und Mama Farid mochten, und mir wurde vor Erleichterung ganz flau im Magen. Papa war ohnehin schon wohlwollend gewesen, aber mit dem Blumenstrauß und seinen guten Manieren eroberte Farid auch Mama im Handumdrehen.

Christian kam die Treppe hinunter.

»Na, Fußballgott.« Er lehnte sich an den Türrahmen, die Hände in den Hosentaschen. »Hast es ja nicht lange in der Schule ausgehalten.«

»Hi, Chris«, antwortete Farid. »Der Fußballgott ist Alex Meier. Mich kannst du ruhig weiter Farid nennen.«

»Hä?« Mein Bruder war in Bezug auf Fußball wahrscheinlich noch etwas ahnungsloser als ich.

»Alex Meier, Mittelfeld. Letzte Saison Torschützenkönig der Liga«, erklärte Farid und lächelte. »Er hat bei den Fans den Spitznamen Fußballgott.«

Christian hasste es, dumm dazustehen und verzog das Gesicht. Da musste ich kichern.

»Was gibt's zu lachen?«, fuhr mein Bruder mich an.

»Darf ich ihm von deinem Traum erzählen?«, bat ich Farid und der nickte lächelnd.

Bei der Geschichte mit den Gewehren zuckte ein Lächeln über Christians Gesicht, Papa schmunzelte.

»Hat Elena dir solche Schauergeschichten über uns erzählt?«, wollte er wissen.

»Eigentlich überhaupt nicht«, erwiderte Farid offenherzig. »Keine Ahnung, wie ich dazu komme, so einen Mist zu träumen. Vielleicht liegt's daran, weil ich Angst hatte, es zu vermasseln.«

»Du hast es nicht vermasselt«, versicherte Papa ihm.

»Und hiermit ist der offizielle Teil beendet.« Er warf einen Blick auf seine Uhr. »Ich muss jetzt sowieso noch ein paar Pferde reiten.«

»Auch Fritzi?«, fragte Farid neugierig. »Elena hat mir so viel von ihm erzählt, ich bin total gespannt darauf, ihn mal live zu sehen. Und natürlich auch Twix.«

»Ja, Fritzi muss ich auch noch reiten.« Papa grinste. »Kommt doch am besten in einer halben Stunde in die große Reithalle.«

»Okay. Super.« Farid legte seinen Arm um mich und mir wurde warm vor Glück. Das hatte Tim niemals in Gegenwart meiner Eltern gemacht!

Natürlich kamen Oma und Opa rein *zufällig* gerade aus ihrer Haustür, als Farid, Christian und ich hinausgingen. Twix schlängelte sich durch ihre Beine und sprang an mir hoch. Ich schnappte ihn und nahm ihn auf den Arm.

»Das ist Farid«, sagte ich zu meinem Jack Russell Terrier. »Den darfst du nicht beißen, hörst du?«

Twix spitzte die Ohren und legte den Kopf schief, als hätte er verstanden. Seit ich ihn vor ein paar Jahren im Wald gefunden hatte, verängstigt und bis auf die Knochen abgemagert, misstraute er fremden Männern und ließ sich nur ungern von Menschen, die er nicht kannte, anfassen. Aber als Farid ihm nun seine Hand hinhielt, beschnupperte Twix sie, dann schleckte er sie ab.

»Er mag dich!«, freute ich mich.

»Krieg dich wieder ein«, spöttelte Christian, der auf einmal ganz wild darauf war, Farid den Amselhof zu zeigen.

Wie üblich herrschte reger Nachmittagsbetrieb. Jugendliche Reitschüler sattelten, assistiert von ihren Müttern, im langen Stall die Schulpferde, in der Putzhalle waren Pferde angebunden und wurden gestriegelt, gesattelt oder abgesattelt. Heinrich fuhr mit dem Traktor über den Hof, einen Rundballen Heu auf der Gabel. Lajos kam mit einem Pferd aus der Longierhalle und hob grüßend die Hand, Stani und Srdjan holten die Stuten mit den Fohlen, die nun fast alt genug zum Absetzen waren, von der Koppel. Alles war ganz so wie immer, aber plötzlich befürchtete ich, es könne Farid hier nicht gefallen. Er hatte mit Pferden nichts am Hut, vielleicht fand er den Geruch nach Pferdemist eklig und die Leute, die mir vertraut waren, komisch. Was, wenn er sich in meiner Welt nicht wohlfühlte?

Solche Gedanken hatte ich mir bei Tim nie gemacht, schließlich war er auch auf einem Reiterhof aufgewachsen und fand nichts dabei, wenn direkt neben ihm ein Pferd den Schweif hob und äppelte. Doch meine Sorge schien unbegründet zu sein, Farid war ganz fasziniert.

»Wow, das ist ja riesengroß und total modern hier!«, staunte er. »Ich dachte, der Amselhof wäre so ein kuscheliger, kleiner Ponyhof.«

»Wir haben über achtzig Pferde hier stehen. Um konkurrenzfähig zu bleiben, muss man immer investieren und sich an den Erfordernissen des Marktes orientieren.« Christian tat so, als sei all das, was in den letzten Monaten und Jahren auf dem Amselhof geschehen war, ganz allein sein Verdienst. Dabei kümmerte er sich in Wirklichkeit um nichts, seit er mit dem Turnierreiten aufgehört hatte.

Obwohl Farid das Pferdevokabular so fremd war wie mir die Fußballbegriffe, hörte er Christian aufmerksam zu. Erst als Melike und Niklas um die Ecke bogen, war die Hofführung beendet.

Wir sahen Papa dabei zu, wie er Fritzi ritt und ein paar kleine Sprünge mit ihm machte. Der Hengst präsentierte sich von seiner besten Seite und zeigte nebenbei auch noch, wie großartig er bocken konnte.

»Auf *diesem* Pferd reitest du auch?«, fragte Farid mich ungläubig. »Ich würde vor Angst sterben, wenn ich auf so einem wilden Gau… äh … Pferd reiten müsste!«

Er blickte mich so ehrfürchtig an, dass ich grinsen musste.

»Ach, Fritzi ist eigentlich ganz lieb«, wiegelte ich ab. »Er ist nur jung und manchmal etwas übermütig.«

Der Aknefrosch und Gloria tauchten auf, dann auch noch Lajos, und im Nu drehte sich das Gespräch um Fußball. Irgendwer erinnerte sich daran, dass Oma frischen Käsekuchen gebacken hatte, und wir gingen alle in die Gaststätte.

»Wie machen wir das jetzt morgen eigentlich?«, erkundigte sich Melike, als wir um den runden Stammtisch herumsaßen und uns den Kuchen schmecken ließen. »Wo treffen wir uns?«

»Ach ja, die Karten!« Farid öffnete seinen Rucksack, nahm einen Umschlag heraus und reichte ihn mir. »Es gibt leider ein Problem: Ich kann nicht mit euch zusammen gucken.«

»Wieso das denn nicht?«, fragte ich erstaunt.

»Mit etwas Glück«, lächelte er und seine Augen funkelten, »bin ich in der Startelf.«

»Dann komme ich halt mit«, schlug Jens vor. »Ich könnte auch fahren.«

Melike sah ihn an und runzelte die Stirn.

»Mit dem Aknefrosch ins Stadion?«, fragte sie mich und kassierte dafür einen vernichtenden Blick.

»Warum eigentlich nicht?« Ich grinste. »Damit wäre wenigstens unser Transportproblem gelöst.«

18. Kapitel

»Tür frei, bitte!«, rief ich.

»Ist frei!«, erwiderte jemand von innen. Ich öffnete die Bandentür und führte Lenzi in die Reitbahn. Außer Jens ritten Tim, Laura Baumgarten und zwei Einsteller in der Halle. Seit gestern hatte ich keine plausible Ausrede mehr, nicht zu reiten, denn mein Arm war noch einmal geröntgt worden und der Arzt hatte grünes Licht gegeben. Aufgrund meiner Erfolge in der letzten Saison hatte ich eine Startgenehmigung für das Festhallenturnier in Frankfurt erhalten und Papa war der Ansicht, dass ich dort reiten sollte. Was Lenzi betraf, sprach nichts dagegen. Er war gut trainiert, denn Tim hatte ihn regelmäßig geritten. Das Problem war die Tatsache, dass ich seit Wochen nicht mehr auf einem Pferd gesessen hatte.

Ich gurtete noch einmal nach, zog die Steigbügel herunter und schwang mich in den Sattel. Im selben Moment schlug krachend eine Tür zu. Die junge Stute, die der Aknefrosch ritt, erschreckte sich, buckelte los und Lenzi machte ebenfalls einen heftigen Satz. Ich hatte meinen rechten Fuß noch nicht im Steigbügel, verlor den Halt und flog im hohen Bogen in den Sand. Lenzi rannte los und vollführte ein wahres Rodeo. Er machte Luftsprünge, bockte, schlug aus, verdrehte sich in der Luft und raste kreuz und quer durch die Halle. Dabei trat er sich mit dem Hinterhuf das rechte vordere Hufeisen ab. Die anderen hatten ihre Pferde durchpariert.

»Alles okay, Elena?«, rief der Aknefrosch besorgt.

»Ja.« Ich stand auf. Es war nicht das erste Mal, dass ich vom Pferd gefallen war, aber diesmal war etwas anders als früher. Ich schlotterte am ganzen Körper und meine Knie waren vor Schreck weich wie Pudding. So hatte ich Lenzi noch nie erlebt! Lag es daran, dass Jens ihn vor ein paar Tagen geschoren hatte? Viele Pferde waren nach dem Scheren ziemlich lebhaft, besonders dann, wenn es so knackig kalt war und sie die Kälte ohne Decke plötzlich spürten. Es dauerte eine ganze Weile, bis Lenzi die Lust am Herumtoben verlor und er sich einfangen ließ. Mit zittrigen Fingern ergriff ich die Zügel und versuchte, einen Fuß in den Steigbügel zu kriegen, aber der Wallach wollte nicht still stehen. Er schnaubte mit geblähten Nüstern und tänzelte herum, die Ohren gespitzt und die Augen aufgerissen.

»Was ist denn los mit ihm?«, fragte ich Tim. »Du hast ihn doch geritten, oder?«

»In den letzten Tagen bin ich leider nicht dazu gekommen«, gab er achselzuckend zu. »Da war er wohl nur in der Führmaschine.«

»Wie bitte?« Ich sah ihn ungläubig an. Zorn stieg in mir auf. »Das hättest du mir ruhig sagen können!«

»Sorry! Hab ich wohl irgendwie vergessen.« Er grinste zu meiner Verärgerung sogar, und plötzlich hatte ich keine Lust mehr zu reiten. Ich führte den braunen Wallach ein paar Runden in der Halle, bis ich das Hufeisen gefunden hatte. Mit dem Eisen in der Hand verließ ich die Bahn, warf

Lenzi die Abschwitzdecke über und brachte ihn zurück in den Stall.

»Bist du schon fertig?« Papa tauchte in der Tür der Sattelkammer auf. »Ich wollte gerade rüberkommen.«

»Mit *Tim* bin ich so was von fertig!«, stieß ich wütend hervor und schnappte Lenzis Halfter, das noch an der Anbindestange hing.

Erst da bemerkte Papa den Sand an meiner Reithose.

»Was ist passiert?«, wollte er wissen.

Ich schilderte ihm, was geschehen war, und dass Lenzi sich bei seiner Rodeo-Vorführung ein Eisen abgetreten hatte.

»Tim hat Lenzi seit ein paar Tagen überhaupt nicht mehr geritten!«, schloss ich empört. »Wenn ich gewusst hätte, dass er nur noch Führmaschine gegangen ist, dann hätte ich ihn vorher ablongiert.« Tränen des Zorns brannten mir in den Augen. »Das hat er mit Absicht gemacht. Er ist sauer, weil ich in der Festhalle reiten darf und er nicht.«

Ich schnallte den Gurt auf und nahm Lenzi den Sattel ab.

»Das glaube ich nicht«, erwiderte Papa kopfschüttelnd. »Ich werde mal mit Tim reden.«

Ich brachte Lenzi in seine Box, dann ging ich hinüber zu Bittersweet. Noch immer plagte mich das schlechte Gewissen, deshalb kümmerte ich mich jeden Tag um sie. Die Fuchsstute durfte wieder im Schritt bewegt werden und wieherte freudig, als sie mich kommen sah.

Ich streifte ihr ein Halfter über den Kopf und führte sie aus der Box. Draußen dämmerte es schon und es war empfindlich kalt geworden, dennoch schlug ich den Weg in die Felder ein, nachdem ich Twix geholt hatte.

Bittersweet trottete brav neben mir her, ihre helle Mähne flatterte im kalten Wind.

Warum war ich eben nicht einfach wieder aufgestiegen? Ich war doch schon so oft vom Pferd gefallen und hatte nie gezögert, gleich danach wieder in den Sattel zu steigen und weiterzureiten! Angst war immer ein Fremdwort für mich gewesen, aber vorhin hatte ich genau die empfunden. Woran lag es nur, dass ich vor so vielen Dingen, um die ich mir früher keine Gedanken gemacht hatte, plötzlich Angst hatte?

Seit dem Sommer stand mein ganzes Leben kopf und ich fühlte mich nirgendwo mehr richtig wohl. Zweifellos war ich schrecklich in Farid verliebt und er in mich, aber wir konnten uns nur so selten sehen, seit er als Profifußballer richtig durchstartete. Keine Woche verging, ohne dass er nicht im Fernsehen interviewt oder in den Zeitungen und im Internet über ihn berichtet wurde.

Bei dem Spiel, das Niklas, Melike, Jens und ich im Stadion live gesehen hatten, hatte er wieder zwei Tore geschossen. Fünfzigtausend Menschen hatten seinen Namen gegrölt und ihn begeistert gefeiert. Anschließend hatten wir eine ganze Stunde auf Farid warten müssen, bis er endlich alle Interviews und Autogramme gegeben hatte. Als er mich erblickt hatte, war Farid direkt zu mir gekommen und hatte mich umarmt. Ich war gleichzeitig stolz und verlegen gewesen, als Reporter uns zusammen fotografiert und uns zig Fragen gestellt hatten. Am Montag drauf waren Fotos von uns in der Zeitung und natürlich auch im Internet gewesen, und ich war im Nachhinein heilfroh, dass ich nicht heimlich zu dem Spiel gegangen war.

Tim war tief gekränkt gewesen, angeblich weil Farid

Niklas mit eingeladen hatte. Zum ersten Mal seit unserem Streit wegen des Videos hatte er mit mir gesprochen und mir vorgeworfen, ich würde seinen besten Freund gegen ihn aufhetzen. Um ein Haar hätten wir uns wieder gestritten. Tim hatte behauptet, jedem sei klar, dass das mit mir und *dem*, wie er Farid nur nannte, null Zukunft habe.

»Ihr passt doch gar nicht zusammen«, hatte er gesagt. »Der spielt jedes Wochenende irgendwo Fußball und du bist auf Turnieren. Wie soll denn das bitte gut gehen?«

Seine Bemerkung hatte mich total verunsichert.

Tim war wütend auf mich und das mit Lenzi war eine Art Rache, genau wie die Sache mit dem Video.

Über das, was er zu mir gesagt hatte, sprach ich mit niemandem, nicht einmal mit Melike. Aber seitdem grübelte ich ständig über Tims Worte nach und die Zweifel krochen wie schleichendes Gift in meine Gedanken und mein Herz. Meldete Farid sich an einem Tag nicht mehrfach bei mir, bildete ich mir sofort ein, er habe mich vergessen oder ein anderes Mädchen getroffen, das ihm besser gefiel als ich. War ich mit ihm zusammen, war jede Unsicherheit wie weggefegt, aber schon am nächsten Tag quälte mich sofort wieder die Angst, ihn zu verlieren. Manchmal las ich seine Nachrichten und Mails zwanzig Mal, suchte in jedem Wort und jeder Formulierung nach einem Anflug von Überdruss.

Es war total bescheuert, aber ich wurde von Tag zu Tag unglücklicher und manchmal war ich beinahe so weit, mit Farid Schluss zu machen, nur um nicht irgendwann enttäuscht zu werden, wenn ich irgendwo las, dass er eine andere hatte. Und zu diesen Sorgen kam nun noch die hinzu, dass ich befürchtete, nicht mehr reiten zu können.

Als ich mit Bittersweet zurück zum Stall kam, sah ich Tim mit Lajos reden. Ich blickte demonstrativ weg und auch Tim tat so, als habe er mich nicht gesehen. Zur Hölle mit ihm!

Ich führte die Stute in den Stall und kontrollierte ihr verletztes Bein. Die Narbe war gut verheilt und ich spürte nichts mit meinen Händen.

Lajos kam von draußen herein. Er hatte den Kragen seiner Jacke hochgestellt, sein Gesicht war von der Kälte gerötet.

»Hallo, Elena«, begrüßte er mich und klopfte Bittersweet auf die Kruppe. »Und? Wie ist sie heute gelaufen?«

»Gut«, antwortete ich wortkarg.

»Ist etwas passiert?« Lajos blickte mich prüfend an.

Ich zögerte. Zwar hatte ich Lajos immer bedenkenlos vertraut und er hatte mich nie enttäuscht, aber jetzt war ich vorsichtig. Nach wie vor hegten Melike und ich den Verdacht, dass da etwas zwischen ihm und Tims Mutter lief.

»Nein.« Ich bandagierte Sweetys Bein, ohne aufzublicken.

»Ich wollte mir gerade einen Tee machen«, sagte Lajos. »Magst du auch einen trinken? Du siehst durchgefroren aus.«

Warum eigentlich nicht? In meinem Zimmer warteten nur die Hausaufgaben und meine blöden Zweifel auf mich. Ich brachte Sweety also in ihre Box und folgte Lajos in sein gemütliches Büro, in dem ein Elektroofen für Wärme sorgte.

Lajos füllte den Wasserkocher und schaltete ihn ein. Am liebsten hätte ich ihn danach gefragt, ob er eben mit Tim über mich gesprochen hatte, aber ich biss mir auf die Zunge, zog meine Jacke aus und machte es mir auf der alten Ledercouch bequem. Twix sprang mir auf den Schoß.

»Jetzt erzähl mal, was los ist«, forderte Lajos mich auf. Er stellte zwei Tassen auf den Tisch und hängte Teebeutel hinein. Der Wasserkocher begann zu brodeln. Ich druckste ein bisschen herum, aber dann erzählte ich von der Sache mit Lenzi.

»Das hat Tim mit Absicht gemacht, weil er sauer ist, dass ich einen neuen Freund habe«, behauptete ich. »Aber wahrscheinlich stehst du eh auf Tims Seite.«

»Warum sollte ich das?« Lajos hob die Augenbrauen. Der Wasserkocher schaltete sich mit einem Klacken ab und Lajos goss kochendes Wasser über die Teebeutel.

»Na ja. Wegen Tims Mutter.«

»Was ist denn mit ihr?«

»Du bist doch … äh … in sie … verliebt …«

»Wer sagt denn so was?« Lajos setzte sich mir gegenüber in den Sessel. Unbehaglich rutschte ich hin und her.

»Ich hab zufällig mal ein Gespräch zwischen euch mitangehört«, gab ich zu. »Und sie war bei dir im Forsthaus.«

»Diesmal hat dich dein detektivischer Spürsinn leider in die Irre geführt.« Lajos schmunzelte. »Linda und ich sind nur alte Freunde. Sie steckt gerade ziemlich in der Klemme und ich gebe ihr hier und da mal Ratschläge, die sie aber leider nie befolgt.«

»Also bist du nicht … äh … mit ihr zusammen?«, fragte ich.

»Nein, bin ich nicht«, versicherte Lajos mir und fischte den Teebeutel aus seiner Tasse. Wir nippten beide an unserem Tee und schwiegen eine Weile.

»Du hast mir mal gesagt, dass man zusammenhalten

soll, auch wenn's schwierig wird«, sagte ich dann. »Und ich hab auch immer versucht, zu Tim zu halten, obwohl es eigentlich nur schwierig war. Seit dem Sommer hat Tim sich total verändert. Du warst ja dabei, als Gina mich vor allen Leuten beschimpft hat und Tim einfach weggegangen ist. Ich hab gemerkt, dass ... dass ich ihn nicht mehr liebe. Und dann hab ich zufällig Farid getroffen und mich voll in ihn verknallt. Er ist so anders als Tim, so ... aufmerksam und immer gut gelaunt. Seine Mutter ist supernett und mag mich total. Mit Farid ist alles so – perfekt! Zumindest, wenn wir zusammen sind.« Ich presste die Lippen zusammen. »Aber Tim hat neulich gesagt, Farid und ich würden überhaupt nicht zusammenpassen«, flüsterte ich. »Irgendwann hätte er eine andere. Und seitdem bin ich plötzlich so unsicher! Farid ist megaerfolgreich und sieht auch noch gut aus, er hat total viele Fans und die Mädchen kreischen, wenn er irgendwo auftaucht. Wer bin ich denn schon dagegen?«

Lajos blickte mich aus seinen dunklen Augen forschend an, dann stellte er seine Tasse auf den Tisch.

»Elena«, sagte er ernst. »Ich frage mich, wieso du ein so geringes Selbstwertgefühl hast. Du bist hübsch, hast ein außergewöhnliches Talent fürs Reiten und besitzt eine Gabe, die einzigartig ist! All das würde bei anderen Mädchen reichen, um sie arrogant und überheblich werden zu lassen, aber das bist du kein bisschen, im Gegenteil. Du bist dazu noch ein Pfundskerl, bist zuverlässig, loyal, humorvoll, mitfühlend und mutig.«

Ich sah Lajos verblüfft an.

»Farid hat sich in dich verliebt, weil du ein tolles Mädchen bist«, fuhr er fort. »Und Tim merkt gerade, was er verloren hat. Wenn er so etwas zu dir sagt, dann ist das nichts anderes als ein Ausdruck seiner Hilflosigkeit. Seine männliche Eitelkeit ist angekratzt, weil du ihn nicht brauchst. Tief in seinem Innern weiß er ganz sicher, dass er sich dir gegenüber nicht anständig benommen hat und das bereut er wahrscheinlich sehr. Aber wenn du glücklich werden willst, dann musst du mit dem Kapitel Tim endgültig abschließen.«

»Das ist nicht so einfach«, sagte ich niedergeschlagen. »Ich sehe ihn dauernd hier und auch in der Schule. Und irgendwo … mag ich ihn ja noch immer. Ich will ihm nicht wehtun, deshalb …«

»Falsch«, unterbrach Lajos mich und schüttelte den Kopf. »Sei lieber auch mal sauer auf ihn. Dann fällt es dir leichter, dich von ihm zu lösen.« Er lächelte, als er mein erstauntes Gesicht sah. »Ich freue mich für dich, dass du einen Jungen gefunden hast, der dir ganz neue Horizonte eröffnen kann. Wenn jemand behauptet, Farid und du, ihr würdet nicht zusammenpassen, dann irrt der. Zwar beschäftigt ihr euch mit völlig anderen Dingen, aber in vielem seid ihr euch auch sehr ähnlich.«

»Hm.« Nachdenklich kraulte ich Twix hinter den Ohren. »Findest du Farid … nett?«

»Ja, absolut«, erwiderte Lajos ohne zu zögern. »Ich habe mich jetzt ja schon ein paar Mal mit ihm unterhalten und bin beeindruckt von ihm. Er mag dich sehr, Elena, und glaub mir, er hat ganz ähnliche Zweifel und Befürchtungen wie du.«

»Aber warum denn das?« Ich war erstaunt.

»Versuch doch mal, dich in ihn hineinzudenken. Deine Welt ist für ihn genauso fremd wie seine für dich. Er ist viel unterwegs, während dein Exfreund hier ein- und ausgeht. Farid muss damit klarkommen, dass alle Menschen, die dir etwas bedeuten, Tim kennen und auch mögen. In seinen Augen hat Tim alle Vorteile auf seiner Seite, aber er vertraut einfach darauf, dass du ihn liebst. Etwas anderes bleibt ihm gar nicht übrig – genau wie dir. Und das ist es ja letztendlich auch, was die Liebe ausmacht: Vertrauen.«

Ich war wie vor den Kopf geschlagen, als ich begriff, dass Lajos recht hatte. Es musste Farid tatsächlich genauso gehen wie mir, schlimmer noch: Er wusste Tim täglich in meiner Nähe!

»Übrigens ist es gar nicht so schlimm, wenn man sich nicht jeden Tag sieht«, sagte Lajos nun. »Temporärer Verzicht erhöht die Qualität der gemeinsamen Zeit. Liebe muss Distanz ertragen können.«

Zwischen Farid und mir war alles so völlig anders, als es jemals zwischen Tim und mir gewesen ist. Farids Eltern mochten mich, ich war ihnen willkommen. Und jetzt, wo ich begriff, dass es Farid womöglich genauso ging wie mir, lösten sich die größten Zweifel in Luft auf.

»Du musst mehr Vertrauen in deine eigenen Fähigkeiten haben, Elena.« Lajos stand auf, holte den Wasserkocher und goss ihn über einen frischen Teebeutel. Ich lehnte ab. »Es gibt definitiv keinen Grund, dass du dein Licht unter den Scheffel stellst, hörst du?«

Ich nickte. Hatte Herr Nötzli kürzlich nicht auch so etwas zu mir gesagt?

»Und jetzt mach dir mal nicht so viele Sorgen«, riet Lajos mir. »Genieß die Zeit! Verliebt sein ist doch herrlich! Setz dich nicht selbst unter Druck, wenn es mit dem Reiten gerade nicht so klappen will. Das ist eine Phase, die auch wieder vorbeigeht.«

Das Klingeln meines Handys unterbrach unser Gespräch. *Farid ruft an*, stand auf dem Display.

»Das ist Farid!«, rief ich aufgeregt und sprang hoch. Dabei riss ich Twix, der sich an mich gekuschelt hatte, unsanft aus dem Tiefschlaf. »Danke, Lajos!«

»Gern geschehen.« Er zwinkerte mir zu und ich schlüpfte hinaus in die Stallgasse, um ungestört mit Farid reden zu können.

19. Kapitel

Der Hufschmied war gleich am nächsten Tag gekommen und hatte Lenzi das abgetretene Eisen wieder aufgenagelt. Papa hatte den braunen Wallach anschließend ausgiebig longiert, und als ich am Nachmittag geritten war, hatte Lenzi sich so anständig benommen wie immer. Papa hatte mich aufgefordert, über ein paar kleine Gymnastikreihen zu springen, doch beim Anreiten war mir unvermittelt der Angstschweiß ausgebrochen. Ganz plötzlich war mir die Erinnerung an Biblis durch den Kopf gezuckt, ich glaubte, wieder den Knall zu hören, mit dem Bittersweets Bein gebrochen war, und hatte Lenzi abgewendet. Ein paar Mal hatte ich versucht, die kleinen Steilsprünge anzureiten, aber ich hatte mich völlig verkrampft.

»Nicht so schlimm«, hatte Papa mich getröstet. »Trab einfach mal über das einzelne Kreuz!«

Voller Entschlossenheit, meine alberne Angst zu besiegen, war ich auf das Kreuz zugetrabt, doch Lenzi hatte gespürt, dass etwas nicht mit mir stimmte, und davor angehalten.

»Soll ich vor dir herreiten?«, hatte Ariane mir angeboten.

»Nein. Schon okay«, hatte ich erwidert und die Zügel

lang gelassen. Papa hatte nichts mehr gesagt, aber ich hatte seinen besorgten Blick bemerkt.

Seitdem vermied ich es, in der neuen Halle zu reiten, denn dort standen fast immer ein paar Sprünge. Auch heute ging ich mit Lenzi in die alte Halle. Drüben begann gleich die Springstunde für Tim, Niklas und Ariane. Normalerweise trainierte ich mit den dreien, aber ich war ganz froh gewesen, als Opa mich gefragt hatte, ob ich die Jugendreitstunde um vier mitreiten könnte, um die Abteilung anzuführen. Früher war ich mit Sirius oft die Nachmittagsstunden mitgeritten, denn wenn jemand sicher vorneweg ritt, zockelten die Schulpferde einfach hinterher.

»Durch die ganze Bahn wechseln!«, kommandierte Opa und ich bog am Wechselpunkt ab. Lenzi war total entspannt. Er liebte Reitstunden und fand es klasse, wenn alle hinter ihm hertrabten.

Da erschien Papa auf der Tribüne.

»Hier bist du!«, rief er mir zu, als ich an ihm vorbeiritt. »Ich dachte, du wolltest die Springstunde mitreiten?«

»Ach, heute lieber noch nicht«, erwiderte ich ausweichend.

»Das sagst du jetzt seit drei Wochen.« Papa runzelte die Stirn. »Bis zum Festhallenturnier sind es nur noch vierzehn Tage.«

»Morgen vielleicht«, vertröstete ich ihn und zu meiner Erleichterung ging Papa ohne noch etwas zu erwidern.

»Schlangenlinien durch die Bahn, drei Bogen von Hufschlag zu Hufschlag!«, rief Opa. Er korrigierte die vier Mädchen, die auf den Schulpferden hinter mir hertrabten, aber ich hörte gar nicht zu. Stattdessen grübelte ich darüber nach, weshalb ich lieber in Opas Reitstunden ritt als drüben in der neuen Halle. Noch vor drei Jahren hatte ich mir nichts sehnlicher gewünscht, als von Papa beachtet zu werden und endlich große Pferde reiten zu dürfen, statt nur immer Sirius. Woher kam plötzlich diese blöde Angst? Lag es wirklich nur an dem Sturz mit Bittersweet, den ich verschuldet hatte, oder war es der Erwartungsdruck, der auf mir lastete, seit Herr Nötzli mir von den Plänen des Junioren-Bundestrainers erzählt hatte, mich in den Bundeskader zu berufen, wenn ich in der Festhalle gut ritt? War ich feige, weil ich Dingen, vor denen ich mich fürchtete, einfach aus dem Weg ging? Als Melike sich vor Smiley gefürchtet hatte, war ihre Strategie genau das Gegenteil gewesen: *Face your fears* hatte sie zu mir gesagt und war schlotternd vor Angst auf ihr Pferd geklettert.

»Aus der Ecke kehrt, Marsch!«, rief Opa.

Wo war mein Selbstvertrauen geblieben? Früher hatte ich über viele Dinge gar nicht nachgedacht und sie einfach getan. Ich hatte Fritzi ohne Sattel geritten, war mit Sirius in unzähligen E- und A-Springen gestartet, ich hatte mich einfach auf Quintano gesetzt, als Herr Nötzli mich darum gebeten hatte. Mitten in der Nacht war ich mit Fritzi durch den stockdunklen Wald galoppiert, um Lajos zu holen, als Lagunas in der Waschbox hingefallen war, und hatte keine Sekunde daran gezweifelt, dass alles gut gehen würde. Natürlich hatte ich auch oft genug Angst vor etwas gehabt, aber diese Angst hatte nie eine solche Macht über mich gewonnen, wie es jetzt der Fall war. Heute überlegte ich ständig, ob ich dieses oder jenes tun sollte oder besser nicht, und was man wohl von mir denken würde, wenn etwas schiefging. Richtig schlimm war es geworden, seit Tim mich so im Stich gelassen und ich geglaubt hatte, schuld zu sein am Ende unserer Liebe.

Nach der Reitstunde arbeitete ich noch eine halbe Stunde mit Lenzi, danach brachte ich ihn in seine Box und ging zu Bittersweet, um sie für unseren täglichen Spaziergang zu holen. Gerade als ich mit der Fuchsstute am Halfter den Stall verließ, bog Melike mit Smiley am Zügel um die Ecke. Sie war so dick vermummt, als ob sie zu einer Expedition in die Antarktis aufbrechen wollte.

»Kann ich dich begleiten?«, fragte sie mich.

»Klar.« Ich lief los, Melike ritt neben mir her. Es dauerte nicht lange, bis sie mit dem Grund, warum sie mich hatte begleiten wollen, herausrückte.

»Tim will Lenzi in Frankfurt reiten«, sagte sie. Unwillkürlich zog sich mein Magen zusammen und ich hatte einen Kloß im Hals. »Er meint, du kommst so bald nicht wieder in die Spur.«

»Woher weißt du das?«

»Das hat er zu Niklas gesagt.«

»Dann soll er's doch machen«, sagte ich trotzig. »Ist mir egal. Er reitet eh besser als ich.«

»Das stimmt doch gar nicht!« Melike hielt Smiley an und Bittersweet blieb auch stehen. »Wieso redest du dir so was ein, Elena? Was ist denn eigentlich mit dir los, verdammt?« Melikes Augen blitzten zwischen Mütze und Schal hervor.

Ich biss mir auf die Lippen. Warum fiel es mir bloß so schwer, Melike gegenüber meine Angst vor dem Springen einzugestehen?

Wir gingen weiter und die Hufe der Pferde klapperten auf dem Asphalt. Die kahlen Obstbäume auf den Wiesen ringsum verschwanden im Nebel, der sich heute gar nicht auflösen wollte.

»Ich weiß auch nicht«, entgegnete ich. »Würdest du Tim zutrauen, dass er Lenzi absichtlich nicht geritten hat, nur damit ich runterfalle?«

»Ehrlich gesagt: nein«, antwortete Melike. »Aber er ist wahnsinnig eifersüchtig wegen Farid. Auch, weil Niklas sich so gut mit ihm versteht.«

»Tim ist selbst schuld an allem«, sagte ich schroff. »Er hat sich mir gegenüber total arschig verhalten.«

»Stimmt«, bestätigte Melike. »Und seine Idee, *dein* Berittpferd in der Festhalle reiten zu wollen, ist das Allerletzte. Meinst du nicht, du kriegst es noch irgendwie hin?«

»Melike!« Ich blieb wieder stehen. »Ich soll mit Lenzi die internationale Youngster Tour reiten, nicht die beiden Stilspringen am Donnerstag! Der Junioren-Bundestrainer will mich in den C-Kader berufen, wenn ich in Frankfurt gut reite.«

»Oh, okay.« Melike dachte einen Moment über das, was ich gesagt hatte, nach. »Also ist es wichtig, dass du in der Festhalle reitest, oder?«

»Ziemlich.«

»Willst du das überhaupt?«

»Ich hab immer davon geträumt, auf großen Turnieren zu reiten. Aber jetzt … Ich hab total Angst, zu versagen.« Ich zuckte die Schultern. »Andere Reiter stürzen auch und reiten danach wieder genauso wie vorher. Ich hab echt keine Ahnung, warum ich plötzlich schon bei dem Gedanken, auf ein Hindernis zuzureiten, so eine totale Panik habe!«

»Hallo? *Ich* bin die Meisterin im Schiss-Haben«, entgegnete Melike. »Du bist die Mutige von uns beiden!«

»Ich bin nicht mehr mutig, Melike!«, platzte es aus mir heraus. »Jede Nacht träume ich davon, wie Sweety sich das Bein gebrochen hat! Wenn ich nur dran denke, in einen Parcours zu reiten, bricht mir der Angstschweiß aus und ich fange an zu zittern!«

Endlich traute ich mich, ihr von meinem grässlichen Albtraum zu erzählen. Melike lauschte betroffen.

»Meine Eltern haben zwanzigtausend Euro verloren, weil ich Sweety kaputtgeritten habe«, sagte ich verzweifelt. »Nötzli hat mir für Fritzi vierhunderttausend Euro geboten! Und für Lenzi möchte er mindestens genauso viel haben! Stell dir doch nur mal vor, wenn ich die Pferde ruiniere, nur weil ich wieder so beschissen reite!«

Ich ließ mich auf einen Baumstumpf am Wegesrand sinken, verbarg mein Gesicht in den Händen und begann hemmungslos zu weinen.

Melike glitt aus dem Sattel und umarmte mich. »Oh, Elena, ich hatte ja keine Ahnung, dass es so schlimm ist«, flüsterte sie. »Warum hast du mir denn bloß nie was darüber erzählt?«

»Ich … ich dachte, das würde sich irgendwie von selbst wieder einrenken«, schluchzte ich. »Aber … es wird immer schlimmer und ich weiß nicht mehr, was ich tun soll!«

Auch am nächsten Tag ritt ich Lenzi in Opas Reitstunde, und als mir Tim in der Putzhalle entgegenkam, machte ich auf dem Absatz kehrt und führte Lenzi um den Stall herum. Nachdem ich den braunen Wallach versorgt hatte, holte ich Bittersweet und machte mit ihr und Twix einen langen Spaziergang in den Wald. Ich verscheuchte die unangenehmen Gedanken.

Morgen würde ich endlich Farid wiedersehen! Die Bundesliga pausierte am kommenden Wochenende wegen zwei Länderspielen, und wir hatten geplant, uns auf dem Amselhof zu treffen, um von hier aus mit Niklas und Melike nach Frankfurt zu fahren, dort ein bisschen zu bummeln oder vielleicht ins Kino zu gehen. Für den Abend hatten Farids Eltern uns drei zum Abendessen eingeladen. Gestern hatten wir über eine Stunde lang telefoniert. Genau wie Lajos war Farid der Meinung, dass ich wieder Zutrauen zu mir fassen musste, ohne mir selbst zu viel Druck zu machen. Als ich ihn gefragt hatte, wie ich das denn wohl anstellen könnte, hatte er mir versprochen, sich Gedanken darüber zu machen. Gerade als ich mit Sweety von der Spazierrunde zurückkam, klingelte mein Handy mit der speziellen Melodie, die ich für Farid reserviert hatte.

»Hey!«, meldete ich mich erfreut.

»Hey, Leni«, ertönte Farids Stimme an meinem Ohr. »Wo bist du gerade?«

»Im Stall. Wieso?«

»In welchem? Es gibt hier irgendwie tausend Ställe«, erwiderte Farid und da kapierte ich, dass er auf dem Amselhof war. Mich durchfuhr ein freudiger Schreck. Ich warf die Boxentür zu und lief in die Putzhalle. Da stand Farid und grinste mich an. Er breitete die Arme aus und ich fiel ihm um den Hals.

»Was machst du denn hier?«, fragte ich und schmiegte mich an ihn.

»Du hast gestern so traurig geklungen«, erwiderte er

und streichelte meine Wange. »Deshalb dachte ich mir, ich komme mal vorbei und heitere dich etwas auf.«

»Du bist so süß.« Gerührt blickte ich ihm in die Augen und hätte ihn am liebsten gar nicht mehr losgelassen.

»Bist du schon fertig mit reiten?«, wollte Farid wissen.

»Ja.«

»Ach, schade. Ich hätte dich gerne mal auf 'nem Pferd gesehen.«

»Echt jetzt?«

»Ja, echt. Du hast mich schon Fußball spielen sehen, aber ich war noch nie dabei, wenn du geritten bist.«

»Okay.«

Eigentlich könnte ich ja schnell noch mal Fritzi oder Lenzi satteln und ein bisschen in der Halle herumreiten, den Pferden würde es nicht schaden.

Im Turnierstall brannte noch Licht. Papa und Mama waren gerade dabei, die Pferde für die Nacht einzudecken und waren genauso überrascht wie ich, als sie Farid sahen.

»Hallo, Farid!«, sagte Mama lächelnd. »Na, das ist ja eine nette Überraschung.«

Papa reichte ihm die Hand.

»Elena wollte mir zeigen, wie es aussieht, wenn sie reitet«, sagte Farid. »Ich hab sie ja noch nie auf 'nem Pferd gesehen.«

»Kann ich Fritzi nehmen, Papa?«, erkundigte ich mich.

»Ja, natürlich«, antwortete er. »Ich muss jetzt allerdings weg.«

»Ich schaff das schon ohne dich«, versicherte ich ihm.

»Na, davon gehe ich aus«, schmunzelte Papa. »Machst du dann später die Lichter aus?«

»Klar.«

Rasch schleppte ich Fritzis Sattelzeug aus der Sattelkammer herbei und band den Hengst auf der Stallgasse an. Farid hielt respektvoll Abstand.

»Ganz schön groß, der Kerl«, sagte er. »Tut er was?«

»Nein! Du kannst ihn ruhig streicheln«, antwortete ich. »Er ist total lieb.«

Farid traute sich näher heran und streichelte Fritzis Nase.

»Wow! Fühlt sich an wie ein Stofftier«, staunte er.

Er fuhr mit der Hand über Fritzis Hals und ich zeigte ihm, dass der Hengst es besonders gern mochte, wenn man ihn unter dem Kopf zwischen den Ganaschen kraulte. Prompt machte Fritzi genießerisch den Hals lang. Während ich den Hengst sattelte, erzählte ich Farid, wie ich damals angefangen hatte, Fritzi zu reiten. Heimlich und ohne Sattel.

»Das würde ich mich niemals trauen«, sagte er.

Zehn Minuten später führte ich Fritzi über den Hof zur neuen Reithalle, denn in der alten Halle gab Opa Unterricht. Die Bandentür stand offen, die hell erleuchtete Reitbahn war leer.

»Komm ruhig mit rein«, forderte ich Farid auf. »Es ist ja niemand hier außer uns.«

Ich nahm Fritzi die Abschwitzdecke ab und hängte sie über einen der Hindernisständer, dann gurtete ich nach, zog die Bügel herunter und schwang mich in den Sattel. Es war schon eine Weile her, seit ich Fritzi zuletzt geritten hatte, und wie immer, wenn ich auf seinem Rücken saß, überkam mich ein warmes Glücksgefühl. Er war mir so vertraut wie kein anderes Pferd und ich liebte seine geschmeidigen, schwungvollen Bewegungen.

Farid betrachtete die herumstehenden Hindernisse, hob eine Stange hoch und wog sie in den Händen.

»Die ist gar nicht so schwer, wie sie aussieht«, stellte er fest.

»Die Pferde sollen sich ja auch nicht wehtun, wenn sie dagegenkommen«, erwiderte ich.

Fritzi schnaubte und wölbte den Hals. Er stand federleicht an den Hilfen und ließ sich fantastisch reiten. Nie war er faul und unmutig, denn er arbeitete gerne und wollte es seinem Reiter immer recht machen.

Ein Steilsprung und ein Oxer waren ziemlich hoch, wahrscheinlich hatte irgendjemand trainiert und die Hindernisse nicht wieder heruntergebaut.

»Bist du schon mal über so ein hohes Ding drübergesprungen?«, wollte Farid wissen, während ich auf dem Mittelzirkel um ihn herumtrabte.

»Ja, klar.« Ich musste lachen. »Ich bin schon über so ziemlich alles gesprungen, über was man springen kann. Vor allen Dingen früher mit meinem Pony und dann mit Fritzi, als ich nur im Gelände geritten bin.«

Es machte mir Spaß, unter Farids bewundernden Blicken zu reiten und ich beantwortete geduldig alle Fragen, die er hatte. Bisher war immer ich diejenige gewesen, die ihn gelöchert hatte, aber nun war es umgekehrt und ich musste an Lajos' Worte denken: Farid ging es nicht anders als mir. Meine Welt war ihm so fremd wie seine für mich.

Welch ungewohnter Anblick, ihn mitten in der Reitbahn stehen zu sehen! Ich konnte es nicht lassen, ein wenig anzugeben und ließ Fritzi auf der Diagonalen ein paar Zweierwechsel springen, doch zu meinem Bedauern imponierte das Farid nicht sonderlich, denn er wusste natürlich überhaupt nicht, was Zweierwechsel waren.

»Spring doch mal über so was drüber«, forderte er mich

auf, aber dann schien ihm einzufallen, über was wir erst gestern Abend gesprochen hatten. »Ach, sorry. Das war jetzt blöd von mir.«

»Nein, gar nicht.« Ich parierte Fritzi durch. Ein paar Hindernisse waren ganz niedrig. Außer Farid und mir war kein Mensch in der Nähe. Und ich saß auf meinem Fritzi, dem ich mehr vertraute als jedem anderen Pferd auf dieser Welt. Ich war schon Tausende Male gesprungen – über Hindernisse, umgefallene Baumstämme, über Autoreifen, umgedrehte Schubkarren, über Gräben, Mauern und Bäche. Es war total albern, dass ich mich davor fürchtete!

Ich atmete tief durch, ließ Fritzi wieder angaloppieren und lenkte ihn auf einen kleinen Steilsprung zu. Der dunkelbraune Hengst spitzte die Ohren, verlängerte kaum merklich den Galoppsprung und schon waren wir drüber! In dieser Sekunde kam es mir vor, als ob ein riesiger Stein von meinem Herzen geplumpst wäre. Irgendetwas in meinem Innern, das die ganze Zeit nebenhergelaufen war, war zurück an seinen angestammten Platz gesprungen, fast so, als hätte jemand einen Schalter umgelegt. Ich war plötzlich wieder ganz und alle Zweifel fielen von mir ab.

Weil es so gut passte, ließ ich Fritzi gleich noch über die Doppeloxer-Kombination springen und linker Hand über die Triplebarre. Ein wahrer Glücksrausch erfüllte mich und ich sprang den ganzen Parcours, so, wie er dastand.

»Cool!«, rief Farid begeistert und klatschte in die Hände. »Fritzi springt ja doppelt so hoch, wie das Hindernis eigentlich ist!«

Ich lachte glücklich. Alles fühlte sich so an wie immer,

wenn ich auf Fritzis Rücken saß, und ich konnte kaum verstehen, weshalb ich eine so große Angst vor dem Springen gehabt hatte.

Ich klopfte meinem Pferd dankbar den Hals. Nein, Tim würde Lenzi nicht in der Festhalle reiten! Und überhaupt: Tim war ein für alle Mal Vergangenheit.

Nachdem ich Fritzi noch eine Weile im Schritt geritten hatte, ließ ich mich aus dem Sattel gleiten.

»Es sieht toll aus, wenn du reitest.« Farid nahm mich in die Arme. »Ich könnte dir stundenlang zugucken.«

»Danke.« Ich warf Fritzi die Decke über. »Das war dein Plan, nicht wahr?«

»Was für ein Plan?« Er tat erstaunt und ich musste grinsen. Farid war kein besonders guter Schauspieler.

»Du hattest doch gesagt, du überlegst dir was.«

»Ehrlich gesagt war es Melikes Plan«, gab er zu und lächelte zerknirscht. »Sie hat mich gestern angerufen. Und ich konnte mich so verdammt gut in dich reinversetzen. Erst läuft nur eine Kleinigkeit schief, dann verliert man das Zutrauen in sich selbst und auf einmal empfindet man den ganzen Druck, der einem vorher nichts ausgemacht hat, als negativ. Das ist voll ätzend. Ich hab mir gedacht, vielleicht kann ich dich dazu überreden, mal über so ein Hindernis zu springen. Melike und ich haben gehofft, dass dir das helfen würde.«

»Das hat es«, versicherte ich ihm.

»Freut mich.«

Wir standen in der Dunkelheit vor der Reithalle und sahen uns an, bis Fritzi das Herumstehen zu langweilig wurde. Er stupste mich ungeduldig mit der Nase an und ich stolperte direkt in Farids Arme.

»Danke, Farid«, flüsterte ich. »Du bist einfach toll. Ich liebe dich.«

»Ich liebe dich auch«, erwiderte Farid rau und küsste mich.

Alle Ängste und Sorgen fielen von mir ab. Ich fühlte mich ganz leicht und glücklich. Die Zeit der Zweifel war vorbei.

20. Kapitel

Als ich Lenzi für mein erstes internationales S*-Springen abritt, war Farid mit seiner Mannschaft gerade im Volksparkstadion in Hamburg eingetroffen, zum letzten Auswärtsspiel seiner Mannschaft in diesem Jahr. Seit jenem Abend vor zwei Wochen war ich innerlich wie verwandelt und die Zeit davor erschien mir im Rückblick wie ein wirrer, seltsamer Traum. Gestern waren Lenzi und ich dritte in der 1. Qualifikation der Youngster Tour geworden, hinter den Weltklassereitern Daniel Deusser und Scott Brash, mit ihren Nachwuchspferden, und vor so berühmten Reitern wie Marcus Ehning, Ludger Beerbaum oder Jeroen Dubbeldam.

Das internationale Frankfurter Reitturnier, das jedes Jahr kurz vor Weihnachten in der Festhalle unter dem Messeturm stattfand, war immer das letzte und größte Ereignis der Saison. Startgenehmigungen für die Springen, in denen hessische Reiter zugelassen waren, waren rar und begehrt, und unser kleiner Reitverein RV Amselhof Steinau konnte stolz sein, denn mit Papa, Niklas, Tim und mir waren gleich vier von uns in diesem Jahr dabei. Papa, Niklas und Tim waren bereits zum ersten Mal am Donnerstag geritten, im Finale der hessischen Springreiter, und dort hatte Tim auf Ronalda mit einem wahren Husarenritt in der Siegerrunde gewonnen. Am Freitag war Niklas mit No Doubt zweiter im internationalen Eröffnungsspringen geworden, Papa hatte zwar mit Cornado die schnellere Zeit, aber leider einen Abwurf gehabt. Danach waren Niklas und ich die Youngster Tour geritten, ein M**-Zwei-Phasen-Springen für sieben- und achtjährige Pferde, doch hier hatte Niklas' junge Stute Unique de Reve bereits einen Fehler in der ersten Phase gehabt. Abends waren Papa und Niklas im Championat von Frankfurt gestartet, einem internationalen S***-Springen, und beide waren ins Stechen gekommen. Ein fünfter Platz für Papa und Platz elf für Niklas hatten auch den zweiten Tag für das Team vom Reitverein Amselhof Steinau zu einem vollen Erfolg gemacht.

Es war 15:30 Uhr, als ich aufgerufen wurde und die Abreitehalle verließ. Genau jetzt begann das Spiel zwischen dem Hamburger SV und Eintracht Frankfurt, und Farid war wieder in der Startelf. Papa ging neben mir her zum Einritt und gab mir noch ein paar letzte Tipps, der Aknefrosch zog Lenzi die Abschwitzdecke von der Kruppe.

»Am Start ist die Nummer 104, Lancelot, geritten von Elena Weiland für den Reitverein Amselhof Steinau, Deutschland«, ertönte es aus den Lautsprechern und das Publikum applaudierte freundlich.

Ich parierte durch und grüßte die Richter, Lenzi hob den Kopf und blickte sich mit gespitzten Ohren aufmerksam um. Zu Hause beim Training konnte es schon mal passieren, dass er unachtsam war und Fehler machte, aber er wusste genau, wann es darauf ankam. Er liebte die Turnieratmosphäre und er war ehrgeizig. Die Glocke ertönte, der Start war frei.

»Los geht's«, sagte ich zu dem kleinen braunen Wallach und nahm die Zügel kürzer. Lenzi ging am liebsten mit hohem Kopf und ich ließ ihn gewähren. Schon als wir auf den ersten Sprung, einen schwarz-weißen Steilsprung, zugaloppierten, hatte ich ein gutes Gefühl. Da er klein und wendig war und keine Zeit über dem Sprung verschwendete, gelang es mir, nach der zweifachen Kombination und nach der Triplebarre Abkürzungen zu reiten, die mir ein paar Sekunden einsparten. Papa hatte mir beim Parcoursabgehen genau erklärt, wie ich reiten sollte, wenn ich das Gefühl hatte, dass Lenzi mitspielte, und das tat er – und wie!

Ein tosender Applaus brach los, als wir über die Ziellinie schossen und ich riskierte einen raschen Blick auf die digitale Anzeigetafel. Platz 1 in der laufenden Wertung – null Fehler in 52,87 Sekunden! Wow! Grinsend klopfte ich Lenzi den Hals und trabte in Richtung Ausgang.

»Fantastisch!«, rief Papa mir entgegen, er strahlte vor Stolz über das ganze Gesicht. »Du warst sechs Sekunden schneller als der, der bis jetzt geführt hat!«

»Lenzi war so toll!«, entgegnete ich atemlos und glücklich. »Ich muss nur etwas denken, dann macht er schon, was ich will!«

»Sechste bist du auf jeden Fall.« Auch der Aknefrosch grinste und hielt Lenzi ein Zuckerstück als Belohnung hin. »Es kommen nur noch fünf nach dir.«

Auf dem Weg in die Abreitehalle lockerte ich den Sattelgurt. Hinter der Umzäunung wartete Herr Nötzli mit Mama und Niklas' Eltern.

»Das war hervorragend, Elena«, sagte er und lächelte zufrieden, als ich kurz neben ihm anhielt.

»Wirklich super geritten«, bestätigte Frau Schütze. »Das Pferd hat Ausnahmequalität.«

Das sahen wohl auch andere so, denn immer wieder bemerkte ich neugierige und anerkennende Blicke. Niklas hatte wieder zwei Abwürfe mit Unique de Reve kassiert, er und Melike hatten den Rest des Springens von der Tribüne aus verfolgt.

Tatsächlich schaffte es nur Daniel Deusser, noch schneller zu reiten als ich und ich belegte mit Lenzi einen tollen zweiten Platz in diesem Springen.

Nach der Siegerehrung schlug ich Jens' Angebot, »das Pony« in seine Box zu bringen aus und führte den braunen Wallach selbst hinüber in die Messehalle, in der die Gastboxen untergebracht waren. Melike begleitete mich. Sie holte einen Eimer Wasser, während ich Lenzi absattelte und Sattel, Trense und Gamaschen in den Schrank hängte.

»Du bist wirklich ein ganz Toller«, sagte ich zu dem Pferd und kramte ein Zuckerstückchen aus meiner Jackentasche. Lenzi nahm es, schnaubte zufrieden und rieb seine Nase an meinem Arm. »Ach, mir tut es jetzt schon leid, dass eines Tages einer daherkommt und dich kaufen will.«

»Erst mal muss jemand überhaupt mit ihm zurechtkommen«, sagte jemand hinter mir und ich drehte mich um. Da stand Tim und seine blauen Augen waren unergründlich.

»Herzlichen Glückwunsch. Das war echt ein Superritt.«

»Danke.« Ich bückte mich und kontrollierte Lenzis Beine. »Ich dachte, du wärst heute gar nicht hier.«

»Ich wollte dich reiten sehen«, erwiderte Tim lässig.

Er lehnte an Calvadors Box und sah mir dabei zu, wie

ich Lenzi einbandagierte und sein kastanienbraunes Fell bürstete.

»Komm zu mir zurück, Elena«, brach es plötzlich aus ihm hervor. »Du fehlst mir! Ich liebe dich. Es war nicht okay von mir, wie ich mich verhalten habe, und das tut mir echt leid. Aber wir haben so viel zusammen erlebt, das kann dir doch nicht total egal sein. Ich verspreche dir auch, dass ich mich ändern werde.«

Ich starrte Tim wie vom Donner gerührt an. Auf ein solches Geständnis war ich überhaupt nicht vorbereitet!

»Wieso … wieso sagst du so etwas?«, stotterte ich.

»Weil es so ist«, erwiderte er rau. »Ich hab Fehler gemacht. Ja, ich war unfair zu dir. Und vielleicht war ich hin und wieder mal genervt, aber ich hätte nie gedacht, dass du dir so schnell einen anderen suchen und mich einfach vergessen würdest.«

Ich musste schlucken. Wo zum Teufel blieb Melike?

»Du hast mich enttäuscht, Tim! Immer und immer wieder!«, sagte ich und dachte an Lajos' Ratschlag, sauer auf Tim zu sein. »Ich habe gelitten, weil du so abweisend zu mir warst und mir nie wirklich vertraut hast. Das hat mich so tief gekränkt, das kannst du dir nicht vorstellen. Du hast zugelassen, dass die Polizei zu uns kommt, um Robbie mitzunehmen, weil du deiner Schwester mehr geglaubt hast als mir! Du hast keinen Mucks gesagt, als Gina mich vor allen Leuten angebrüllt hat! Und dann hast du Lenzi einfach nicht geritten, obwohl ich mich darauf verlassen hatte. Ganz zu schweigen von dem Video bei YouTube! Glaubst du, ich kann das alles einfach vergessen, nur weil du jetzt ankommst und sagst, dass du mich *liebst?*«

Ich dachte an den lustigen und gemütlichen Abend,

den wir erst kürzlich mit Farid und seinen Eltern verbracht hatten, und daran, wie Farid extra abends auf den Amselhof gekommen war, um mir dabei zu helfen, meine Angst zu überwinden. Ich hatte immer geglaubt, das mit Tim und mir wäre die große Liebe gewesen, doch erst jetzt, durch Farid, hatte ich begriffen, was Liebe wirklich bedeutete.

»Bitte, Elena.« Tim streckte die Hand nach mir aus, aber ich wich vor ihm zurück. »Gib mir noch eine Chance! Du und ich – wir gehören zusammen!«

»Nein, Tim, das ist vorbei.« Ich schüttelte den Kopf. »Wir hatten eine schöne Zeit und die werde ich nie vergessen. Und ich wünsche mir schon allein deshalb, dass wir Freunde bleiben.«

Tim biss sich auf die Unterlippe und verzog das Gesicht. Für einen grässlichen Moment befürchtete ich, er würde in Tränen ausbrechen.

»Ich war ein Vollidiot. Was willst du noch hören?« Er hob die Arme und ließ sie wieder fallen. »Ich werde auf dich warten, Elena. Wenn du die Nase voll hast von deinem Fußball-Heini oder er von dir, dann bin ich da.«

Das klang beinahe wie eine Drohung und mir lief es eiskalt über den Rücken. In diesem Moment kam Melike endlich mit dem Wassereimer um die Ecke.

»Ach, hi, Tim«, sagte sie wenig begeistert.

»Wir sehen uns«, sagte Tim und verdrückte sich.

»Was wollte er von dir?«, erkundigte sich Melike.

»Dass ich zu ihm zurückkomme«, antwortete ich und zog eine Grimasse. »Angeblich liebt er mich noch immer! Und dann hat er gesagt, er würde auf mich warten, bis Farid die Nase von mir voll hätte.«

»Der spinnt doch!« Melike schnaubte ungläubig. »Was bildet der sich eigentlich ein?«

»Puh, das war voll unheimlich.« Ich schüttelte mich. »Er hat mich so angeguckt wie sein Vater, so … so drohend.«

»Ach komm, jetzt vergiss ihn!« Melike ergriff meine Hand. »Lass uns in die VIP-Lounge gehen und deinen zweiten Platz feiern. Ich hab dir das Video von deinem Ritt und der Siegerehrung schon geschickt, du kannst es gleich an Farid weiterleiten.«

Wir liefen durch die Festhalle, drängten uns durch die Menschenmassen im Ausstellungsbereich und erreichten den VIP-Bereich, zu dem nur Teilnehmer, Sponsoren und andere wichtige Personen Zutritt hatten. An großen runden Tischen saßen die Leute, aßen, tranken oder beobachteten das Geschehen im Parcours auf großen Bildschirmen, die überall hingen.

»Teicherts sind ja auch da«, stellte ich fest und rümpfte die Nase, als ich Arianes Eltern an einem der Tische sitzen sah. Melike und ich holten uns am Buffet etwas zu essen und setzten uns zu meinen Eltern und Schützes an den Tisch, an dem auch der Aknefrosch und Niklas saßen und auf einem Smartphone das Fußballspiel verfolgten.

»Foul!«, rief Niklas aufgeregt. »Ja! Das gibt einen Elfmeter! Damit können sie in Führung gehen und drei Punkte holen!«

Melike und ich ließen unsere Teller stehen und blickten Niklas und Jens gespannt über die Schultern. Mein Herz raste und meine Handflächen wurden ganz feucht, als nun tatsächlich Farid zum Elfmeterpunkt ging und sich den Ball zurechtlegte.

»Der macht das Ding jetzt rein«, behauptete Niklas,

und er sollte recht behalten. Farid schoss den Ball in die linke obere Torecke, der Torwart sprang zur anderen Seite. Niklas, Melike und Jens jubelten und klatschten sich ab, als stünden sie im Stadion, aber ich blickte auf den kleinen Bildschirm, auf dem die Kamera Farid nun in Großaufnahme zeigte, wie er vor Freude einen Salto machte, so wie Miro Klose früher nach einem Tor. Und dann lief er direkt auf den Kameramann zu und hauchte eine Kusshand in die Kamera. Mir wurde ganz warm ums Herz und plötzlich lief mir eine Träne über die Wange.

»Uiiii!«, quiekte Melike. »Der war für dich, Elena!«

»Ja.« Ich lächelte und wischte mir die Träne ab. Selbst in diesem Moment des Triumphs dachte Farid an mich. »Das hat er mir versprochen.«

21. Kapitel

Ich hatte Farid Melikes Video von meinem Ritt geschickt und wir hatten in der Nacht noch lange miteinander telefoniert, nachdem er in Frankfurt gelandet und wieder zu Hause war. Farid war überglücklich und behauptete, es läge nur an mir, dass er gerade einen solchen Lauf hatte.

Und wie er es mir versprochen hatte, kam er am Sonntag mit in die Festhalle. Natürlich sprach es sich in Windeseile herum, dass er da war, und der Hallensprecher begrüßte ihn sogar. Als wir vom VIP-Raum aus mit Melike, Niklas, Christian und dem Aknefrosch Richtung Stall gehen wollten, stürzten sich die Vertreter der Presse, die in der Festhalle waren, um prominente Zuschauer und die Reiter zu interviewen und zu fotografieren, auf Farid. Sie drängten meinen Bruder und die anderen einfach achtlos zur Seite. Ein wahres Blitzlichtgewitter ging über uns nieder und der Trubel war um ein Vielfaches größer als im Jahr zuvor, als Tim im Championat der Stadt Frankfurt so gut geritten war. Anders als Tim jedoch, der mich damals einfach hatte stehen lassen, ließ Farid nicht ein einziges Mal meine Hand los und sagte tatsächlich in die Kameras, dass er deshalb so gut spielte, weil ich ihn beflügeln würde.

»Was sagen Sie dazu, Elena?«, bestürmten mich die Reporter und ich amüsierte mich innerlich darüber, gesiezt zu werden. »Wie ist es, einen so erfolgreichen und berühmten Freund zu haben?«

»Sind Sie stolz auf ihn?«

»Gehen Sie auch mit ins Stadion?«

»Wo haben Sie sich kennengelernt?«

»Wie lange sind Sie schon zusammen?«

»Können wir ein Exklusiv-Interview haben?«

»Äh, ich … ich muss jetzt mein Pferd holen«, stammelte ich verwirrt, statt die Fragen zu beantworten.

»Meine Freundin war gestern Zweite in einem ganz schweren Springen«, verkündete Farid stolz und legte den Arm um mich.

Erneut klickten die Kameras, Fragen prasselten auf uns nieder. Hinter den Reportern drängten sich Leute, die von Farid ein Autogramm haben wollten. Mädchen, die ihn anschmachteten, aber auch erwachsene Männer, die Eintracht-Fans waren und Farid einfach nur sagen wollten, wie toll sie es fanden, dass die Eintracht dank seiner Tore in der Bundesliga-Tabelle auf dem vierten Platz stand.

Irgendwann tauchte Papa mit ein paar Security-Leuten im Schlepptau auf und rettete uns, sonst wären wir wohl so bald nicht mehr weitergekommen. Wir wurden über die Tribüne gelotst, durchquerten die Abreitehalle und gingen zu den Ställen. Ich hielt noch immer Farids Hand umklammert.

»Ist das immer so, wenn du irgendwo hingehst?«, erkundigte sich Christian.

»Ja, mittlerweile meistens.« Farid hatte sich selbst noch nicht an den Rummel um seine Person gewöhnt, aber er nahm es cool.

»Das muss doch mega nerven, oder?«

»Ist schon komisch, wenn man überall plötzlich erkannt wird. Aber die Leute meinen es nett. Sie sind halt total begeistert.«

»Und du wirst jetzt auch berühmt, Schwesterherz.« Mein Bruder ließ es spöttisch klingen, als würde es ihm nichts ausmachen, aber ich ahnte, dass es ihn insgeheim wurmte.

Papa hatte Lenzi schon aus der Box geholt und nahm ihm die Decke ab, während ich mir die Stiefel anzog.

»Hol doch mal bitte den Sattel«, sagte er zu Christian, aber der tat so, als habe er nichts gehört. Stattdessen half der Aknefrosch dabei, Lenzi zu satteln. Die besten zwanzig Paare aus den ersten beiden Qualifikationen würden jetzt im Finale der Youngster Tour, einer Zwei-Phasen-Springprüfung der Klasse S* an den Start gehen. Da ich dank meiner guten Platzierungen die meisten Punkte hatte, startete ich als Letzte. Christian, Niklas und Melike erklärten Farid die Abläufe auf einem Turnier und ich versuchte, mir die Sporen an die Stiefel zu schnallen, aber meine Hände zitterten so sehr, dass ich es kaum schaffte. Die Tatsache, dass ich am Sonntagmittag vor dem Großen Preis in der Festhalle reiten durfte, hätte allein schon ausgereicht, um mich nervös zu machen, Farids Anwesenheit und der Aufruhr, der dadurch entstanden war, brachten mich völlig durcheinander. Papa erkannte das und bat Farid und die anderen, schon mal auf die Tribüne zu gehen.

»Ich drück dir die Daumen, Leni.« Farid umarmte mich und gab mir einen Kuss. »Bleib ganz cool, dann rockst du das Ding.«

Er hatte Verständnis dafür, dass ich vor meinem Ritt noch einen Moment der Konzentration brauchte. Ihm ging es ja vor einem Spiel nicht anders.

Als sie weg waren, atmete ich tief durch. Jens führte Lenzi in die Abreitehalle, Papa und ich folgten den beiden.

Die Tribünen waren voll, sogar der erste und zweite Rang waren gut gefüllt, denn direkt nach dem Youngster-Tour-Finale begann das Hauptereignis des Turniers. Papa und ich gingen zusammen den Parcours ab, der technisch viel anspruchsvoller war als gestern. Schon in der ersten Phase gab es ein paar Klippen, in Phase zwei konnte man ein höheres Tempo reiten und eine Abkürzung auf den letzten Oxer reiten. Ob ich diesmal überhaupt so weit kommen würde?

Die Prüfung begann. Papa und ich schauten uns die ersten drei Ritte an. Alle scheiterten an Sprung vier, einem schmalen Steilsprung, der Richtung Ausritt stand und wirklich schwer anzureiten war.

»Am besten passt es, wenn du fünf Galoppsprünge reitest und ein bisschen schräg kommst«, sagte Papa und ich nickte.

Lenzi stand mit hängender Unterlippe und halb geschlossenen Augen neben Jens am Rand der Abreitehalle. Der Trubel ringsum störte ihn nicht. Ähnlich wie ein Polopferd war er total phlegmatisch, bis es losging. Dann war er jedoch schlagartig hellwach und voll konzentriert.

Die Abreitehalle leerte sich, während ich Lenzi aufwärmte und abritt. Nur drei Reitern war es bisher gelungen, in die zweite Phase zu kommen. Marcus Ehning führte mit einem fehlerfreien Ritt in 28,49 Sekunden, knapp hinter ihm lag Meredith Michaels-Beerbaum mit null Fehlern und 29,11 Sekunden. Gedämpft drangen die Stimme des Ansagers und der Applaus der Zuschauer an mein Ohr, dann plötzlich laute Musik. Daniel Deusser hatte Marcus Ehning noch einmal zwei Zehntelsekunden abgenommen und lag nun in Führung! Kurz bevor ich an der Reihe war, erhöhte Papa den Steilsprung auf dem Abreiteplatz, ich nahm die Zügel auf und ließ Lenzi angaloppieren.

»Nummer 104, bitte zum Start!«, rief der Mann an der Startertafel.

»Viel Glück«, wünschte Daniel Deusser mir, als ich an ihm vorbei in die Einreiteschneise ritt. Papa klopfte mir aufs Knie, dann öffnete sich schon die Bandentür vor mir. Scott Brash hatte einen Fehler in der ersten Phase gehabt, das Publikum verabschiedete ihn mit einem höflichen Applaus, der wieder anschwoll, als ich nun in den Parcours trabte und die Richter grüßte.

Lenzi spitzte die Ohren. Ich nahm die Zügel auf und ließ den braunen Wallach angaloppieren, als die Glocke ertönte. Alles um mich herum verschwand, es gab nur noch mein Pferd, die Hindernisse und mich. Ich spürte Lenzis Kraft, seinen Willen, seine Freude und dieses unvergleichlich herrliche Gefühl des Einsseins mit einem so großartigen Pferd. In der Halle war es mucksmäuschenstill. Bis auf Lenzis dumpfen Hufschlag war nichts zu hören, als wir uns Steilsprung Nummer vier näherten. Es passte perfekt – ein erleichterter Seufzer ging durch die Zuschauerreihen. Linker Hand ein gelber Oxer, dann eine Doppeloxer-Kombination auf der Diagonalen und rechter Hand an der langen Seite eine gewaltige Triplebarre, der letzte Sprung von Phase eins.

Als ob Lenzi wusste, dass es nun darauf ankam, erhöhte er ganz von selbst das Tempo. Ich musste nur in die Richtung schauen, in der das nächste Hindernis stand, und er spürte, wohin ich reiten wollte. Oxer-Steil-Kombination, Mauer. *Und nun links, Lenzi, ganz scharf links, noch vor dem Blumentopf herum! Das schaffst du!* Ich verkürzte die eigentliche Abkürzung nochmals und Lenzi flog ohne Mühe über den Steilsprung mit den weißen Stangen, landete im Rechtsgalopp und galoppierte flüssig weiter auf den allerletzten Sprung, einen hohen und breiten Karré-Oxer.

Dröhnend laut setzte die Musik ein, das Publikum jubelte und pfiff, und ich klopfte Lenzi strahlend vor Freude den Hals.

»Die Letzten werden die Ersten sein!«, rief der Ansager. »Fehlerfrei in 27,86 Sekunden, das bedeutet den Sieg in dieser Prüfung für die Nummer 104, Lancelot, geritten von Elena Weiland, Deutschland!«

Die Halle tobte und ich umarmte mein Pferd.

»Toll, Elena! Das war großartig!« Papa erwartete mich draußen und platzte fast vor Stolz und Begeisterung.

»Warum hattest du es bloß so eilig?«, grinste Marcus Ehning.

»Glückwunsch!«, riefen ein paar andere.

Herr Nötzli gratulierte mir, ebenso wie Jürgen Bergmann, der Junioren-Trainer. Mama, Melike, Niklas und Christian lachten, winkten und riefen mir Glückwünsche zu. Und dann erblickte ich Farid, der mitten in dem ganzen Tumult stand und mich anlächelte. Ich glitt aus Lenzis Sattel, drückte Papa die Zügel in die Hand, schlüpfte unter der Abgrenzung hindurch und fiel in Farids Arme.

»Das war einfach sensationell, Leni!«, sagte er in mein

Ohr und hielt mich ganz fest. »Ich bin wahnsinnig stolz auf dich! Wow! Du bist echt spitze!«

Ich hob den Kopf und blickte ihn an. Da war nichts als Zuneigung und Freude in seinen Schokoladenaugen und in diesem Moment war ich der wohl glücklichste Mensch auf der ganzen Welt.

Zum ersten Mal in meinem Leben wurde bei der Siegerehrung für mich die Nationalhymne gespielt und die deutsche Fahne aufgezogen. Die Zuschauer erhoben sich von ihren Plätzen und ich bekam eine Gänsehaut nach der anderen. Lenzi stand am hingegebenen Zügel cool da und genoss den wundervollen Moment genauso wie ich.

Nach der Ehrenrunde brachte ich Lenzi in seine Box und Farid begleitete mich.

Ich versorgte Lenzi und gab ihm eine Extraportion Karotten, dann räumte ich das Sattelzeug weg und entledigte mich mit Farids Hilfe meiner Reitstiefel. In einer Viertelstunde begann der Große Preis, Niklas war vierter und Papa sechzehnter Starter. Gleich danach würden wir die Pferde verladen und zurück auf den Amselhof fahren.

»Ist es nicht total irre, was in den letzten Monaten alles passiert ist?«, fragte Farid. »Ich hatte echt überhaupt keinen Bock nach Königshofen umzuziehen, aber wenn wir das nicht gemacht hätten, hätte ich dich wohl nie getroffen.«

»Und wenn wir nicht auf diese Vor-Abi-Party gegangen wären, hätten wir uns vielleicht nie unterhalten«, erwiderte ich.

»Es gibt keine Zufälle.« Farid ergriff meine Hände. »Das ist Schicksal.«

Wir lächelten uns an. Es fühlte sich so gut an und so viel besser, als es jemals mit Tim gewesen war. Ich hatte die richtige Entscheidung getroffen und dank Farid meine Angst besiegt. Das Leben war einfach herrlich und nichts konnte mein Glück trüben. Doch ich sollte mich irren.

22. Kapitel

»Nein, Prinzessin Elena gibt momentan keine Interviews«, hörte ich meinen Bruder am Telefon zu irgendjemandem sagen, als ich ein paar Tage später morgens die Treppe hinunterkam. »Und jetzt hören Sie endlich auf, hier dauernd anzurufen, okay?«

»Wer war denn das?«, erkundigte ich mich.

»Irgend so ein Trottel von der Zeitung«, brummte Christian und verschwand in der Küche.

Nach dem Festhallenturnier waren Bilder und Berichte von Farid und mir in allen Zeitungen und im Internet gewesen, Journalisten, die ein Interview mit mir wollten, riefen bei uns an und das fuchste meinen Bruder tierisch.

»Wieso nennst du mich ›Prinzessin Elena‹?«, wollte ich wissen.

»Du tust doch so, als wärst du eine«, behauptete mein Bruder. »Mir geht der ganze Zirkus langsam echt auf den Keks. Nur weil du mit 'nem Fußballer zusammen bist, der zufällig mal ein paar Tore geschossen hast, drehen alle völlig durch.«

»Wie bitte?« Ich war total verblüfft.

»Glaub ja nicht, dass es irgendeinem von den Pressefuzzis, die hier dauernd anrufen, um dich geht!«, sagte

Christian höhnisch. »Wenn dein Kerl dich eines Tages satthat, dann will kein Schwein mehr was von dir wissen.«

Es war nicht das erste Mal, dass er so etwas sagte, aber seine Bemerkungen wurden immer boshafter. Wollte er mich nur ärgern oder steckte mehr dahinter?

»Und du wirst sehen: Der Tag kommt todsicher, an dem er keinen Bock mehr auf dich hat«, ätzte mein Bruder weiter. »Solchen Typen steigt es nämlich schnell in den Kopf, wenn sie plötzlich berühmt werden. Dann kaufen sie sich einen Ferrari und suchen sich irgendwelche coolen Models als Freundin, nicht so eine wie dich.«

Christians Missgunst schockierte mich. Wie hatte ich nur dem Trugschluss erliegen können, er würde sich für mich freuen?

»Sag mal, hast du sie noch alle?«, fragte ich fassungslos. »Was ist denn in dich gefahren? Ich dachte, du magst Farid!«

»Falsch gedacht«, sagte Christian verächtlich. »Der Typ passt null zu uns.«

»Aber Tim hat zu *uns* gepasst, ja?« Ich wurde sauer. »Ich kann mich ziemlich gut daran erinnern, wie du ihn gehasst und was du alles über ihn gesagt hast.«

»Das ist lange her. Jetzt ist Tim mein Kumpel«, entgegnete mein Bruder. »Und du hast ihn eiskalt abserviert wegen diesem Farid. Klar, der ist ja auch die bessere Partie.«

Diese Ungerechtigkeit machte mich sprachlos. In den letzten anderthalb Jahren hatte ich komplett vergessen, wie neidisch Christian früher schon gewesen war. Es hatte ihn rasend gemacht, als ich Quintano zum Reiten bekommen hatte und er plötzlich nicht mehr der unangefochtene Kronprinz auf dem Amselhof gewesen war.

»Und überhaupt: Du kassierst die fette Kohle vom Nötzli und gibst keinen Cent ab«, warf er mir nun vor. »Tim hat Lenzi wochenlang geritten und du hast ihm nichts dafür gegeben. Dabei könnte er das Geld gut gebrauchen.«

»Tim hat Berittgeld gekriegt für die Zeit. Dabei hat er Lenzi meistens nur Führmaschine laufen lassen«, widersprach ich meinem Bruder. »Und Papa und Mama wollen nichts von dem Geld. Wahrscheinlich sind sie froh, dass sie wenigstens einen von uns später nicht durchfüttern müssen.«

Christian wurde blass vor Zorn.

»Du bist doch nur eifersüchtig, weil du selber nichts auf die Reihe kriegst! Und du hast deshalb aufgehört zu reiten, weil du es nicht ertragen kannst, dass ich besser bin als du!«

»Das glaubst du wirklich, was?«, zischte er hasserfüllt. »Du hast dir doch nur die besseren Pferde erschleimt! Mit Lenzi oder Fritzi würde ich genauso gut reiten wie du.«

»Ach ja? Wieso hat Herr Nötzli dir Quintano damals nicht zum Reiten gegeben? Und warum kriegst du von Papa kein Pferd mehr? Ganz einfach: Weil du zu grob und zu ungeduldig bist.«

Christian kam drohend auf mich zu und ich merkte, dass ich den Grad des Zorns und der Eifersucht, die in meinem Bruder tobten, unterschätzt hatte.

»Du sitzt ganz schön auf dem hohen Ross, Goldprinzessin!«

Plötzlich bekam ich Angst vor ihm. Doch bevor ich aus der Küche fliehen konnte, versetzte er mir einen heftigen Stoß. Ich taumelte und prallte mit dem Kopf gegen den Türrahmen. Meine Lippe platzte auf, ich schmeckte Blut.

»Aber der Tag kommt, an dem du das bereuen wirst,

du kleine, arrogante Pute, das schwöre ich dir! Wer kann dich schon leiden, außer der beknackten Melike, he? Irgendwann kommst du angekrochen …« Bei jedem Wort versetzte er mir einen Stoß und trieb mich so vor sich her durch den Flur. Twix, der es nicht leiden konnte, wenn mich jemand anfasste, schoss aus seinem Körbchen, bellte Christian an und sprang an ihm hoch. Gleichzeitig klingelte wieder das Telefon. Da rastete mein Bruder aus.

»Verpiss dich, du Dreckstöle!« Er trat wütend nach dem Hund, aber Twix war klein und wendig und wich den Tritten mühelos aus. Stattdessen grub er seine scharfen Zähne knurrend in Christians Wade. Der ganze Zorn und Frust, der sich in meinem Bruder angestaut hatte, entlud sich nun gegen meinen Hund, aber da sah ich rot. Wir kämpften verbissen, dabei ging die Stehlampe mit dem Jugendstilschirm zu Bruch, die Mama von ihrer Oma geerbt hatte. Der Schirmständer krachte zu Boden, ein Bild fiel von der Wand, dazu klingelte unablässig das Telefon.

Plötzlich stand Papa in der Haustür. Mit zwei Schritten war er bei uns, packte Christian und zerrte ihn von mir weg.

»Hast du den Verstand verloren?«, brüllte er meinen Bruder an.

»Elenas Dreckskköter hat mich gebissen!«, brüllte Christian zurück, seine Stimme überschlug sich.

»Nur, weil du mich verprügelt hast!«, schrie ich.

Christian wollte wieder auf mich losgehen, aber Papa hielt ihn davon ab.

»Schluss jetzt!«, donnerte er. »Wie kommst du dazu, deine Schwester zu schlagen, Christian? Was ist hier los?«

Mein Bruder presste trotzig die Lippen zusammen.

»Das … das Telefon hat geklingelt. Da war jemand von der Zeitung dran.« Ich kauerte schluchzend auf dem Boden und hielt Twix fest an mich gedrückt. »Christian hat … hat gesagt, er hätte den Zirkus wegen mir satt … Und er sagt lauter fiese Sachen über …«

»Halt bloß dein Maul, du dumme Kuh!«, schrie mein Bruder außer sich vor Wut. »Das ganze Theater hier kotzt mich so was von an!«

In diesem Moment kam Mama zur Tür herein, den Autoschlüssel in der einen und eine Einkaufstasche in der anderen Hand. Fassungslos blickte sie auf das Chaos im Flur, sah die Scherben und das Blut in meinem Gesicht.

»Ihr könnt Weihnachten ohne mich feiern!« Christian riss seine Jacke von der Garderobe. »Ich hab echt keinen Bock mehr auf diese Scheißfamilie!«

Er drängte sich an Papa und Mama vorbei und warf die Haustür so heftig hinter sich zu, dass die Glasscheiben wackelten.

»Das darf ja wohl nicht wahr sein«, murmelte Mama. »Was war denn hier los, Elena?«

»Christian war so fies!«, heulte ich los und die Tränen flossen mir über das Gesicht. »Er hat gesagt, Farid würde sich einen Ferrari kaufen und ein Model als Freundin suchen, wenn er berühmt ist. Und dass ich mir die guten Pferde nur erschleimt habe und einfach das Geld von Herrn Nötzli für mich behalte, ohne was davon abzugeben!«

Twix wollte mich trösten, indem er versuchte, meine Hände abzulecken.

»Warum ist er so wütend auf mich? Ich hab ihm doch gar nichts getan!«

Mama stellte die Einkaufstasche in die Scherben, setzte

sich neben mich auf die Treppenstufe und nahm mich in den Arm.

»Ich glaube, er hasst mich!«, schluchzte ich.

»Nein, ganz sicher nicht«, sagte Mama bekümmert. »Aber versuch doch mal, dich in seine Lage zu versetzen. Er ist der große Bruder und du, die kleine Schwester, überholst ihn mit allem. Das ist nicht leicht für jemanden wie Christian.«

»Was soll ich denn machen, damit er sich besser fühlt?«, fragte ich. »Aufhören zu reiten? Oder mit Farid Schluss machen und wieder mit Tim zusammen sein?«

»Nein, natürlich nicht.« Mama war ratlos. »Ich werde mal mit Christian reden.«

»Das bringt doch eh nichts«, erwiderte ich dumpf.

»Es gibt absolut keine Entschuldigung dafür, wie Christian sich in letzter Zeit verhält«, sagte Papa nun. »Ich schaue mir das keinen Tag länger an. Er hat genau dieselben Chancen und Möglichkeiten wie Elena, nur nutzt er sie aus Bequemlichkeit und Faulheit nicht. Wenn er achtzehn ist, soll er hier ausziehen.«

»Aber Micha!«, protestierte Mama. »Das kannst du doch nicht machen! Wo soll er denn hingehen?«

»Das ist mir egal.« Papa war richtig sauer auf meinen Bruder. »Ich dulde es nicht, dass er aus lauter Eifersucht auf seine Schwester losgeht! Wenn er weiter hier wohnen will, dann muss er sich an unsere Regeln halten. Er lebt hier wie die Made im Speck, kümmert sich um gar nichts. Reiten tut er nicht mehr, im Stall und auf der Anlage hilft er nicht und im Haus rührt er auch keinen Finger.«

»Er macht in ein paar Monaten Abitur«, wandte Mama ein. »Dafür muss er jede Menge lernen.«

»Lernen?« Papa schnaubte. »Er hockt nur an seinem Computer und spielt irgendwelche Spiele! Am Wochenende schläft er bis in die Puppen und verbreitet schlechte Stimmung. So geht das nicht mehr!«

Ich erhob mich und trug Twix in sein Körbchen, damit er sich an den Scherben seine Pfoten nicht verletzte. Während meine Eltern noch diskutierten, holte ich Schaufel und Kehrbesen und fegte mit zitternden Fingern die Glassplitter zusammen. In vier Tagen war Weihnachten. Farid war gestern mit seinen Eltern und seiner einen Schwester nach New York geflogen, um seine andere Schwester dort zu besuchen, und obwohl wir schon zwei Mal geskypt hatten, vermisste ich ihn schrecklich.

Christian war über Nacht weggeblieben. Als ich am nächsten Morgen die Treppe hinunterging, bekam ich mit, wie Papa Mama fragte, ob sie etwas von ihm gehört hatte. Ich blieb stehen.

»Er ist bei Tim«, sagte Mama. »Und da will er erst mal bleiben.«

»Wie bitte? Wieso hast du mir das nicht gesagt?«, fragte Papa.

»Weil ich mir dachte, dass du genau so reagieren würdest«, entgegnete Mama.

»Wie reagiere ich denn?« Papas Stimme hatte plötzlich einen unheilverkündenden Unterton.

»Christian kann dir in letzter Zeit gar nichts mehr recht machen«, sagte Mama. »Er ist momentan in einer schwierigen Situation. Es hat ihn tief getroffen, dass Niklas und Tim zusammen in Amerika waren und die Mädchen dort besucht haben, und er wurde nicht einmal gefragt, ob er mitkommen will. Dann kommen Elena und Melike auch noch mit zwei Westernpferden zurück. Und zu allem Überfluss sticht Jens ihn bei Gloria aus.«

Ich setzte mich auf eine Treppenstufe und sperrte neugierig die Ohren auf.

»Das sind alles keine Gründe, sich hier so aufzuführen und auf Elena loszugehen«, brummte Papa ungehalten. »Mein Bruder hatte früher nur Vorteile und ich musste immer auf dem Hof arbeiten, trotzdem habe ich mich nicht mit ihm geprügelt.«

»Es ist für Christian schwer zu ertragen, dass Elena so viel Erfolg hat«, antwortete Mama. »Und jetzt hat sie noch einen Freund, der ebenfalls erfolgreich ist.«

»Elena hat eben mehr Talent als er, daran kann niemand etwas ändern«, sagte Papa. »Außerdem ist sie extrem fleißig. Sie reitet jeden Tag ihre Pferde und kümmert sich außerdem noch um Bittersweet. Christian hat schon immer schnell die Flinte ins Korn geworfen, wenn irgendetwas nicht sofort geklappt hat. Das Einzige, was er kann, ist Forderungen stellen! Wenn es nach mir gegangen wäre, hätte ich Teicherts sicher nie mehr auf den Amselhof kommen lassen, aber er hat uns so lange in den Ohren gelegen, bis du weich geworden bist.«

»Stimmt, da hast du recht.« Mama seufzte.

»Dasselbe gilt für Jungbluts«, fuhr Papa fort. »Für Elena ist es sicher nicht schön, dass sie dauernd Linda, Gina und Tim hier auf dem Hof begegnet, aber sie akzeptiert es. Und gerade deshalb finde ich es höchst unfair, dass Christian schlecht über Farid spricht.«

»Wir können Christian nicht zwingen, Farid zu mögen«, meinte Mama.

»Niemand erwartet, dass er ihn *mag*«, erwiderte Papa. »Elena mag den Jungen, nur das ist wichtig. Und ich kann ihn auch sehr gut leiden. Er ist höflich und anständig, er weiß, was er will, und arbeitet hart dafür. Allein das, was er für Elena gemacht hat, ist bedeutend mehr, als Tim jemals für sie getan hat. Ich hab nichts gegen Tim, aber ich war nie wirklich glücklich darüber, dass Elena ausgerechnet mit Richards Sohn zusammen war.«

Das war ja wirklich hochinteressant! Auch wenn es sich nicht gehörte, heimlich Gespräche zu belauschen, so war es doch oft die einzige Möglichkeit, Dinge zu erfahren, über die meine Eltern in meiner Gegenwart niemals gesprochen hätten. Es freute mich, dass Papa Farid ganz offensichtlich sehr mochte.

Mama murmelte etwas, was ich nicht verstehen konnte.

»Das muss er selbst wissen«, antwortete Papa darauf. »Wenn er Weihnachten lieber bei Tim bleiben will, ist das seine Entscheidung.«

Er erschien im Flur, schlüpfte in seine Stallschuhe und ging nach draußen. Ich stand auf und lief die letzten paar Stufen der Treppe hinunter.

»Guten Morgen«, sagte ich zu Mama, die am Frühstückstisch saß und auf ihrem Handy herumtippte, obwohl sie selbst die Regel eingeführt hatte, dass Handys am Tisch verboten waren.

»Guten Morgen«, erwiderte sie.

»Schreibst du Christian?«, erkundigte ich mich.

»Du hast gelauscht«, stellte sie fest und blickte auf.

»Stimmt«, gab ich zu. »War ziemlich interessant. Ich wusste gar nicht, dass Christian unbedingt wollte, dass Teicherts hierher zurückkommen.«

»Macht es einen Unterschied, ob Christian das wollte oder wir?«, fragte Mama.

»Für mich schon.«

»Inwiefern?«

Sie wartete auf eine Erklärung von mir, aber ich gab ihr keine.

»Ich geh rüber in den Stall und helfe Papa mit den Pferden«, sagte ich stattdessen, pflückte ein Brötchen aus dem Brotkorb und wandte mich zum Gehen. Heute um 15 Uhr begann die Weihnachtsfeier des Reitvereins und vorher mussten alle Pferde bewegt worden sein. Da Jens und Gloria gestern in die Schweiz gefahren waren und erst nach Weihnachten wiederkommen würden, stand Papa allein mit der ganzen Arbeit da.

»Elena …«

Der bittende Tonfall in Mamas Stimme hielt mich zurück, ich drehte mich im Türrahmen um.

»Als wir Linda angeboten haben, dass Tim und Gina hier reiten können, wussten wir nicht, wie es sich zwischen dir und Tim entwickeln würde. Und tatsächlich hat Christian uns regelrecht angebettelt, Teicherts wieder bei uns aufzunehmen. Dein Vater wollte das zuerst absolut nicht und ich war auch nicht begeistert davon …« Sie machte eine Pause und suchte nach den passenden Worten. »Christian war schon immer … hm … schwieriger als du. Er will überall der Beste sein, aber leider übersieht er dabei gerne, dass Erfolg nicht von selbst kommt. Es ist nicht einfach für ihn, von seiner kleinen Schwester überholt zu werden. Das soll keine Entschuldigung für sein Verhalten sein, aber vielleicht kannst du es ihm verzeihen, wenn du verstehst, was in ihm vorgeht.«

»Hm.« Ich begriff, in welchem Zwiespalt Mama war. Aber ich war nicht bereit, meinem Bruder einfach so all die Kränkungen und Beleidigungen zu verzeihen.

»Du hast Melike als deine beste Freundin, du hast deine Pferde und jetzt hast du mit Farid auch noch einen Freund, der all das verkörpert, was Christian selbst gerne wäre.« Mama seufzte. »Es fällt mir schwer, das über eines meiner Kinder zu sagen, aber …«

»… Christian ist krank vor Neid«, fiel ich ihr ins Wort. »Er wollte nur, dass Ariane hierherkommt, weil er wusste, dass es mich ärgert. So war er schon immer.«

Ich erinnerte Mama an ein paar Begebenheiten von früher und sie konnte mir nicht widersprechen.

»Ehrlich gesagt ist es mir egal, was er tut und denkt«, sagte ich. »Er ist mein Bruder und ich kann nichts dran ändern, wie er ist. Aber wenn er Twix tritt oder Farid schlechtmacht, dann halte ich nicht den Mund.«

»Da hast du auch recht.« Mama zog eine Grimasse, die wohl ein Lächeln darstellen sollte.

Von mir aus hätte Christian bei Tim versauern können, aber leider tauchten die beiden nachmittags auf der Weihnachtsfeier des Reitvereins auf. Wie üblich gab es ein paar Reitvorführungen, eine Springquadrille und ein albernes Rekordhochspringen, das Ariane mangels ernsthafter Konkurrenz für sich entschied, danach ein gemütliches Beisammensein mit Gänseessen und die Ehrung der Vereinsmeister in der »Pferdetränke«. Die Stimmung war bei allen gut, außer bei unserer Familie. Mama lachte und scherzte zwar mit allen, aber in ihr drin sah es sicher ganz anders aus.

Es war kurz nach sechs, als alle hinüber in die »Pferdetränke« gegangen oder nach Hause gefahren waren. Stani, Heinrich und Srdjan hatten gefüttert und das Abendheu gegeben, Melike und ich waren die Letzten im Stall. Wir zogen Hilda, Smiley, Gray Jac und Shiner noch die warmen Stalldecken an. Bittersweet, die mittlerweile in eine der Paddockboxen gezogen war, brauchte keine Decke. Sie hatte ein Fell wie ein Islandpony und fühlte sich offenbar pudelwohl. Melike und ich sahen unseren Pferden eine Weile dabei zu, wie sie zufrieden an ihrem Heu knabberten. Natürlich hatte ich meiner besten Freundin erzählt, was vorgefallen war. Sie war der Meinung, dass Christian schon immer neidisch auf mich gewesen sei, und hatte nur die Achseln gezuckt, als ich wiederholt hatte, was Christian über meine Freunde gesagt hatte.

»Besser eine einzige gute Freundin als fünfzehn ›Freundinnen‹, die hintenrum über einen lästern«, hatte sie gesagt. »Ich hab auch nur dich, Niklas und Smiley und das reicht mir völlig.«

»Vermisst du unsere Clique nicht?«, fragte ich sie nun.

»Nein.« Melike schüttelte den Kopf. »Es gibt für alles im Leben eine Zeit und die Zeit der Clique ist rum. Man soll nach vorne schauen, nicht nach hinten. Und ich find's prima, wie es jetzt ist. Niklas und Farid verstehen sich super, da gibt's keinen Neid und keine alten Feindschaften.«

»Du hast recht.« Ich stieß einen Seufzer aus. »Ich wünschte, Farid wäre jetzt hier. Mit ihm ist alles irgendwie so … einfach. Bei Tim musste ich immer genau aufpassen, damit ich nicht aus Versehen etwas sage, was er in den falschen Hals kriegen könnte. Und seine Familie ist echt gruselig. Jeder von denen.«

»Das stimmt«, bestätigte Melike. Ihr Handy klingelte. Es war Niklas, der wissen wollte, wo wir blieben.

Wir löschten das Licht im Stall und gingen an der Scheune und der neuen Reithalle vorbei zum Parkplatz. Den ganzen Tag über war der Himmel grau und verhangen gewesen und nun fielen zarte Schneeflocken.

»Der erste Schnee«, stellte ich fest und breitete die Arme aus. »Es gibt wohl wirklich weiße Weihnachten!«

»Dann können wir einen richtig geilen Schnee-Weihnachtsritt machen«, frohlockte meine Freundin.

In der Gaststätte war es voll und heiß und wir kamen gerade rechtzeitig, als Opa, der 1. Vorsitzender des Reitvereins Amselhof Steinau war, die diesjährigen Vereinsmeister ehrte. Es war keine Überraschung, dass im Springen wieder einmal Papa und ich geehrt wurden, außerdem Niklas und Tim. In der Dressur war bei den Senioren wie immer Berit Teves am erfolgreichsten in der vergangenen Saison geritten, bei den Junioren Ilona Adelmann. Gegen neun Uhr brachen die meisten Leute auf, denn es schneite mittlerweile stärker, und übrig blieb nur der harte Kern aus Steinau: Papa und Mama, Lajos, Linda Jungblut, Baumgartens, Adelmanns, Engelbert Maiwald, Corinna Faist und ein paar von den Einstellern. Die Stimmung war fröhlich, es wurde viel gelacht. Gina saß mit mürrischem Gesicht in einer Ecke mit Kopfhörern auf den Ohren und spielte irgendwelche Spiele auf ihrem iPod. Ich schrieb WhatsApps mit Farid. In New York war es vier Uhr nachmittags, er war gerade mit seiner Familie im Auto, unterwegs zu irgendwelchen Freunden seiner Eltern und hatte nichts zu tun.

»Meinst du, dass zwischen Tim und Ariane was läuft?«, sagte Melike zu mir. Tatsächlich hatte Tim den Arm um

Ariane gelegt und ihre Hand lag wie zufällig auf seinem Knie. Sie redete auf ihn ein, er grinste, aber ich sah aus den Augenwinkeln, dass er immer wieder unauffällig zu mir herüberschaute.

»Ich wäre froh, wenn's so wäre«, erwiderte ich. »Sie war schon immer hinter ihm her.«

»Vielleicht wird's auch was mit Christian und Laura.« Melike schmunzelte. »Die ist seit ewigen Zeiten in ihn verliebt.«

Mein Bruder saß ziemlich dicht neben Laura Baumgarten und sie lachte über jeden Mist, den er von sich gab.

»Engelbert und ich fahren jetzt, Melike«, sagte Corinna Faist. »Sollen wir dich mitnehmen? Es schneit ganz schön.«

»Oh ja, gerne.« Melike stand auf und ergriff ihre Jacke. »Wir sehen uns morgen! Gute Nacht, allerseits.«

Mit Engelbert und Corinna brachen Kaisers, Adelmanns und Baumgartens auf. Niklas war schon vor einer Weile mit seinen Eltern gefahren und Tim und Christian wollten angeblich noch irgendwo auf eine Party.

»Wie kommst du eigentlich nach Hause?«, fragte Mama Ariane.

»Keine Ahnung.« Sie zuckte die Schultern. »Ich soll mir ein Taxi nehmen, haben meine Eltern gesagt.«

»Bei dem Wetter wird wohl kaum noch ein Taxi zu uns rausfahren«, entgegnete Mama. »Wenn du willst, kannst du bei uns im Gästezimmer übernachten.«

Ariane bei uns im Gästezimmer! Das hatte mir gerade noch gefehlt.

»Wäre cool, wenn das ginge.« Ariane lächelte.

»Wieso bist du nicht mit Tim gefahren und pennst bei

ihm?«, fragte ich spitz, als Mama wieder zurück an ihren Tisch gegangen war.

»Warum sollte ich denn das wohl tun?« Sie hob die Augenbrauen.

»Na ja, nachdem du den ganzen Abend mit ihm rumgemacht hast.«

»Du raffst mal wieder gar nichts«, erwiderte Ariane und verdrehte die Augen. »Tim will nichts von mir.«

»Schade eigentlich.« Ich musste gähnen. Der Tag war lang und anstrengend gewesen und die Hitze in der Gaststätte machte mich müde. »Ich glaub, ich gehe rüber.«

»Ist es o.k., wenn ich mitkomme?«, wollte Ariane wissen. »Ich bin auch ziemlich platt.«

»Klar.«

Wir standen auf und wünschten allen eine gute Nacht. Just in dem Moment, als ich nach der Klinke greifen wollte, flog die Tür auf und mir blieb vor Schreck beinahe das Herz stehen. Für einen kurzen Moment glaubte ich, in einem Albtraum gelandet zu sein, denn vor mir stand Richard Jungblut und starrte mich aus kalten blauen Augen finster an.

23. Kapitel

Tims Vater beachtete Ariane und mich nicht. Er stampfte an uns vorbei, direkt auf den Tisch zu, an dem Linda mit Lajos, Opa, Oma und meinen Eltern saß. Bei seinem unerwarteten Anblick verstummten alle Gespräche.

»Hallo, Richard«, sagte Papa, doch Richard Jungblut antwortete ihm nicht.

»Hier sitzt du also«, fuhr er Linda an, die ein Gesicht machte, als ob sie sich am liebsten in Luft aufgelöst hätte, und der Tonfall seiner Stimme jagte mir einen Schauer über den Rücken. »In trauter Runde mit unseren alten *Freunden.* Freust du dich gar nicht, mich zu sehen? Dabei können wir tatsächlich zusammen Weihnachten feiern. Ich habe Freigang über die Feiertage und im Januar werde ich wohl wegen guter Führung vorzeitig entlassen.«

Niemand sagte etwas. »Es wäre allerdings nett gewesen, wenn du mir Bescheid gegeben hättest, dass ich in ein leeres, ungeheiztes Haus komme und meine Familie bei Weilands untergekrochen ist.«

»Richard ... ich ... ich wollte ...«, stammelte Linda, doch bevor sie weitersprechen konnte, hatte Gina ihren Vater erkannt. Sie riss sich den Kopfhörer von den Ohren und sprang auf.

Sie rannte zu ihm. »Papa! Papa! Papa!«, rief sie, strahlend vor Glück und Freude. Sie wollte ihn umarmen, aber er wehrte sie unwillig ab.

»Linda ist übrigens keine gute Partie mehr«, sagte Richard Jungblut nun zu Lajos. »Mein lieber Schwiegervater ist pleite! Ist das nicht herrlich? All die Jahre hat er mir vorgeworfen, ich würde zu viel Geld ausgeben und nun ist er es, der wohl zu viel Geld ausgegeben hat. Wahrscheinlich hockt er deshalb nicht bei euch. Er kann keine großen Töne mehr spucken!«

Er lachte rau und spöttisch.

»Lajos Kertéczy, der edle Ritter, der Retter der Witwen und Waisen!« Richard Jungblut schnaubte. »Linda muss nicht von dir gerettet werden. Sie ist es nicht wert, glaub mir.«

»Bist du betrunken?«, entgegnete Lajos eisig. »So wie damals?«

»Ich war noch nie in meinem Leben nüchterner als heute«, erwiderte Tims Vater grimmig. »Aber es ist gut, dass ich euch alle hier auf einem Haufen erwische.«

»Papi, ich freu mich so, dass du wieder da bist.« Gina zupfte an seinem Ärmel. »Kann ich mit dir nach Hause fahren?«

Richard Jungblut beachtete seine Tochter nicht. Er stieß sie sogar zur Seite und begann damit, Linda, Lajos und meine Eltern zu beschimpfen, aber da stand Opa auf.

»Verschwinde hier, wenn du auf Streit aus bist«, sagte er mit fester Stimme.

»Du kannst mich nicht rauswerfen, Ludwig! Das hier ist eine öffentliche Gaststätte!«, triumphierte Tims Vater.

»In der ich das Hausrecht habe«, entgegnete Opa. »Ich will, dass du auf der Stelle gehst.«

»Springt man so mit alten Freunden um, Micha?«, wandte Richard Jungblut sich an Papa.

»Wenn alte Freunde sich so schlecht benehmen, wie du das tust, dann muss man das wohl«, sagte Papa und erhob sich ebenfalls von seinem Stuhl. »Du bringst jedem Menschen, der deinen Weg kreuzt, nichts als Unglück. Du ganz allein hast unsere Freundschaft zerstört und dein Leben ruiniert. Du hast Leute betrogen und Pferde gestohlen. Nicht einmal vor dem Pferd meiner Tochter hast du haltgemacht. Du bist ein schlechter Mensch, Richard. Und das warst du schon immer.«

Die beiden Männer, die früher einmal gute Freunde gewesen waren, standen sich gegenüber und musterten sich feindselig. Ich zitterte am ganzen Körper vor Angst. Ariane ergriff meine Hand und drückte sie, als ob sie mich trösten wollte.

»Kommst du mit nach Hause?«, fragte Richard Jungblut nun seine Frau.

Linda schlug die Augen nieder und schüttelte den Kopf. »Nein«, flüsterte sie. »Ich wohne jetzt bei meinen Eltern.«

»Gut.« Tims Vater holte tief Luft. »Zur Hölle mit euch allen!«

Er drehte sich auf dem Absatz um, stampfte an Ariane und mir vorbei und verließ die Gaststätte.

Für einen Moment waren alle wie gelähmt, niemand sagte etwas. Wir hörten den Motor eines Autos anspringen, Scheinwerfer huschten durch die Fenster. Dann war es wieder still.

»Will jemand einen Schnaps?«, fragte Opa. »Ich glaube, den können wir jetzt alle vertragen.« Er ging hinter den Tresen.

»Es tut mir leid«, sagte Linda Jungblut, noch immer bleich wie ein Gespenst. »Ich hatte keine Ahnung, dass er hier auftauchen würde.«

»Dafür sind Freunde da«, erwiderte Mama und umarmte sie.

Ariane ließ meine Hand los.

»Ich hätte dem ganz andere Sachen gesagt«, murmelte sie.

»Das glaub ich«, erwiderte ich. Meine Knie zitterten vor Erleichterung darüber, dass dieser schreckliche Mensch wieder verschwunden war, aber in meinem Innern blieb ein mulmiges Gefühl. Wie konnte es sein, dass man ihn schon im Januar aus dem Gefängnis entlassen würde?

Ariane und ich ließen uns von Opa noch eine Apfelsaftschorle geben. An Schlafen war nach diesem Schreck nicht zu denken, deshalb setzten wir uns wieder an den Tisch. Die Stimmung war natürlich jetzt hinüber und Lajos beschloss, nach Hause ins Forsthaus zu fahren, bevor er Probleme wegen des Schnees bekam. Da ging die Tür auf und ich zuckte zusammen, weil ich fürchtete, dass Richard Jungblut zurückgekommen sein könnte. Aber es war Stani und er war ganz aufgelöst.

»Chef, schnell kommen!«, rief er. »Pferde draußen, ganz viele!«

Mit einem Fluch sprang Papa auf und griff nach seiner Jacke. Opa, Lajos, Mama und Linda folgten ihm. Auch Ariane und ich rannten hinaus in das dichte Schneetreiben. Schnell war klar, dass jemand die Boxen im Turnierstall und die Stalltür nach draußen geöffnet haben musste.

»Wenn ein Pferd auch nur einen Kratzer hat, dann geht Richard dafür zurück in den Knast!«, knurrte Papa wütend und schaltete die Außenbeleuchtung ein. »Das geht zu weit!«

Der Schnee wehte schräg durch das gleißend helle Licht der Strahler. Die meisten Pferde waren in der Dunkelheit nicht weit gelaufen. Sie irrten zwischen Scheune und neuer Reithalle herum und wir konnten sie alle recht schnell wieder einfangen. Glücklicherweise hatte sich keines verletzt und die Hengste waren nicht aufeinander losgegangen. Zum Schluss fehlten nur noch Canaletti und Ronalda. Papa schnappte zwei Halfter und Stricke und fuhr mit Opa und Lajos in Lajos' Geländewagen los. Mama, Linda, Ariane und ich suchten den ganzen Hof, die Reitplätze und die Koppeln in der Nähe ab. Im Schnee konnte man Hufabdrücke ziemlich gut sehen und ich fand eine Spur, die vom Hof weg direkt Richtung Wald führte. Allerdings waren die Abdrücke zu klein, als dass sie von Ronalda oder Canaletti hätten stammen können. Fehlte etwa noch ein Pferd?

»Wo ist eigentlich Gina?«, fragte Ariane plötzlich.

»Ich … ich weiß es nicht.« Linda blickte sich erschrocken um. »War sie nicht eben noch hier?«

»Ich hab sie zum letzten Mal drin in der Gaststätte gesehen, als Ihr Mann seinen großen Auftritt hatte«, erwiderte Ariane, gewohnt respektlos.

Linda lief über den Parkplatz zur »Pferdetränke«, kehrte aber nach ein paar Minuten zurück.

»Sie ist nicht da.« Ihre Stimme zitterte und ihre Augen

waren groß vor Angst. »Vielleicht hat Richard sie ja mitgenommen.«

»Dann ruf ihn an!«, forderte Mama sie auf.

Linda nestelte ihr Handy heraus und tippte eine Nummer ein.

»Er geht nicht dran«, sagte sie nach einer Weile.

»Du solltest die Polizei verständigen. Er kann das Kind nicht einfach mitnehmen, ohne dir Bescheid zu sagen, auch wenn er der Vater ist!«

»Aber … ich … oh Gott!« Tims Mutter begann zu schluchzen. »Ich traue mich nicht, allein zum Hof zu fahren. Würdest du mitkommen, Susanne?«

»Ja, natürlich.« Mama überlegte. »Aber zuerst suchen wir hier alles ab. Vielleicht hat sie sich bei ihrem Pony verkrochen, nachdem Richard sie so grob zurückgewiesen hat.«

»Könnte es sein, dass sie die Pferde rausgelassen hat?«, sagte ich, fröstelnd in der Kälte. »Komm, Ariane, wir gehen mal gucken, ob wir sie irgendwo finden.«

Gefolgt von Mama und Linda Jungblut liefen wir zuerst in den langen Stall. Ich sah schon von Weitem die aufgeschobene Stalltür. Und die Tür von Flöckchens Box stand sperrangelweit offen. Da erinnerte ich mich an die kleinen Hufspuren, die vom Hof weg Richtung Wald geführt hatten.

»Sie ist mit ihrem Pony weggeritten«, sagte ich.

»Oh mein Gott, das darf alles nicht wahr sein!« Linda presste die Hände vor den Mund und begann zu weinen. »Was mache ich denn jetzt? Wenn ihr etwas passiert!«

Mama hatte schon ihr Handy am Ohr.

»Ich rufe Micha an«, sagte sie entschlossen. »Und dann die Polizei. Versuch du weiter, Richard zu erreichen. Wahrscheinlich will sie zum Sonnenhof!«

Mama und Linda eilten davon und Ariane und ich wechselten einen Blick.

»Total irre, das Kind«, sagte sie kopfschüttelnd. »Was jetzt?«

Ich erinnerte mich daran, wie hasserfüllt Gina auf mich losgegangen war. Vielleicht hätte es mir egal sein sollen, was jetzt mit ihr passierte, aber auf einmal tat sie mir leid. Wie konnte ihr Vater, den sie über alles liebte, nur so gemein zu ihr sein? Was hätte ich getan, wenn ich an ihrer Stelle wäre?

»Wir warten ab, was mein Vater sagt«, entschied ich. Wir gingen zurück zur »Pferdetränke«. Die Polizei tauchte innerhalb von zwanzig Minuten auf, dann kam Opa mit Lajos' Geländewagen zurück. Sie hatten Ronalda und Canaletti am Sportplatz gefunden, Papa und Lajos führten die Pferde zurück zum Hof.

Mittlerweile schneite es stärker und die Luft war schneidend kalt geworden. Linda Jungblut und Mama waren mit zwei Polizisten weggefahren. Sie wollten auf dem Sonnenhof nachschauen, ob Gina nicht vielleicht doch mit ihrem Vater weggefahren war, bevor eine große Suchaktion gestartet wurde.

»Wie lange braucht man mit dem Pferd durch den Wald nach Hettenbach?«, wollte der eine Polizist wissen.

»Bei Tag und wenn das Wetter gut ist vielleicht eine Stunde«, schätzte Papa. »Aber man muss durch das Moor reiten, einen anderen Weg gibt es nicht.«

Lajos hatte unterdessen den Förster angerufen, Opa ein paar andere Leute. Noch mehr Polizeiautos kamen, die freiwilligen Feuerwehren von Steinau und Hettenbach wurden alarmiert und auf einmal wimmelte es von Männern in Uniformen mit ernsten Mienen. Innerhalb von einer Stunde verwandelte sich die »Pferdetränke« in eine Einsatzzentrale. Oma kochte eine Kanne Kaffee nach der anderen, Tische wurden zusammengeschoben, Landkarten ausgebreitet. Die Polizisten und die Einsatzleiter der Feuerwehren diskutierten über den Sinn einer Suche aus der Luft mit einer Wärmebildkamera.

»Der Wald ist voller Rehe und Wildschweine«, gab Papa zu bedenken. »Das hat wenig Sinn.«

»Erst recht nicht bei diesem Schneesturm«, pflichtete der Polizist ihm bei. »Wir müssen Suchmannschaften organisieren und zu Fuß los, bevor alle Spuren zugeschneit sind.«

Ariane und ich saßen auf einer Eckbank und beobachteten stumm den ganzen Trubel. Telefone klingelten, Stimmen knarzten aus den Funkgeräten der Feuerwehrleute. Noch mehr Autos und Leute kamen und draußen schneite es immer weiter. Die Nachricht kam über Funk, dass man Richard Jungblut auf dem Sonnenhof angetroffen hatte, sturzbetrunken, aber allein.

Ich schrieb Melike eine WhatsApp, bekam aber keine Antwort. Wahrscheinlich schlief sie schon. Auch Tim und Christian meldeten sich nicht.

Die Einsatzleiter entschieden, dass sofort mit der Suche begonnen werden sollte. Bei einer Temperatur von minus zwei Grad konnte ein Kind innerhalb weniger Stunden erfrieren. Mama und Linda blieben auf dem Sonnenhof, um Bescheid zu geben, falls Gina dort auftauchte.

Auf einmal waren alle Männer verschwunden, übrig blieben nur die schmutzigen Wasserlachen, die ihre Stiefel auf dem Boden hinterlassen hatten. Oma räumte die Kaffeetassen zusammen.

»Geht schlafen, ihr Mädchen, und betet, dass sie das Kind noch rechtzeitig finden«, sagte sie zu uns. »Ihr könnt sowieso nichts tun.«

»Ich lasse Twix noch mal raus«, sagte ich und stand auf. Ariane folgte mir. Mein Hund hatte in seinem Körbchen schon tief und fest geschlafen, aber er war sofort hellwach und stürmte hinaus in den Schnee. Ganz plötzlich fiel mir etwas ein.

»Ich glaube, ich weiß, wo Gina sein könnte«, sagte ich zu Ariane. »Vor ein paar Wochen sind Melike und ich nach Hettenbach geritten und da kam sie mit ihrem Pony aus einer Hecke geschossen. Das war irgendwo unterhalb vom alten Steinbruch.«

Ariane sah mich mit gerunzelter Stirn an, dann erhellte sich ihr Gesicht.

»Ich bin Gina zwei Mal am alten Steinbruch begegnet, als ich ins Gelände geritten bin«, sagte sie langsam. »Sie wollte mir nicht sagen, was sie da gemacht hat. Ich war natürlich neugierig und hab an einem anderen Tag mal nachgesehen. Es gibt da eine Hütte und Gina hat sich da drin ganz gemütlich eingerichtet. Lauter Fotos von ihrem Alten an den Wänden und so.«

Keine Frage: Gina war genau dort hingeritten!

Ich zückte mein Handy und rief Papa an, aber er ging nicht dran. Auch Mama meldete sich nicht auf ihrem Handy und Lajos war gar nicht erreichbar.

»Na toll«, sagte Ariane. »Und jetzt?«

Ich überlegte fieberhaft. Das Vernünftigste war, die Polizei anzurufen und ihnen unsere Vermutung mitzuteilen. Sie konnten dann irgendjemanden zum alten Steinbruch schicken, der nachschaute, ob Gina wirklich dort war.

»Wir müssen den Suchtrupps Bescheid sagen«, sagte ich. »Sie suchen an einer ganz falschen Stelle.«

»Und wie willst du das, bitte schön, machen? Du erreichst doch niemanden!«

»Ganz einfach: Wir reiten in den Wald.«

»Du hast 'nen Knall.« Ariane tippte sich gegen die Stirn. »Draußen ist es stockdunkel und der Wald ist riesengroß. Wie willst du denn da jemanden finden?«

»Ich kenne den Wald. Und ich bin schon öfter nachts durchgeritten. Hast du Schiss?«

»Du etwa nicht?«

»Doch, schon. Ein bisschen«, gab ich zu. »Aber wenn Gina irgendwo von ihrem Pony gefallen ist, findet sie womöglich niemand.«

Wieder versuchte ich, Papa, Mama oder Lajos anzurufen – vergeblich. Der Empfang hier draußen auf dem Hof war oft ziemlich schlecht, aber nun schien das komplette Handynetz zusammengebrochen zu sein, denn es zeigte sich nicht einmal mehr ein einziger Balken auf dem Display.

Wir sahen uns an, ich erkannte die Zweifel in Arianes Augen und wusste, dass sie recht hatte: Es war vollkommen verrückt, mit den Pferden mitten in der Nacht in den Wald zu reiten.

»Willst du echt nachts durchs Moor reiten?«, fragte sie mich.

»Müssen wir nicht«, erwiderte ich. »Wenn wir uns vor dem Moor links halten und den Panorama-Weg nehmen, kommen wir direkt oberhalb des Steinbruchs raus.«

»Lass uns lieber die Polizei informieren«, sagte Ariane mit bebender Stimme und blickte zum Wald hinüber, der still und schwarz hinter dem verschneiten Springplatz lag. »Mir ist das echt zu unheimlich.«

Sie schauderte und ich wünschte, Melike wäre jetzt hier. Die hätte keine Sekunde gezögert und wäre mit mir losgeritten. In dem Augenblick bog ein Moped in die Einfahrt ein und näherte sich im Schritttempo durch den Schneefall. Christian! Mein Bruder stellte das Moped ab und kam mit hochgezogenen Schultern auf uns zu. Er klappte das Visier seines Helms hoch.

»Was is'n hier los?«, wollte er von Ariane wissen. Mich würdigte er keines Blickes. Ariane erzählte ihm rasch, was heute Abend vorgefallen war und dass halb Steinau und Hettenbach auf den Beinen war, um nach Gina zu suchen.

»Deine Schwester hatte die schwachsinnige Idee, jetzt zum Steinbruch zu reiten«, schloss sie kopfschüttelnd. »Ich würde lieber die Polizei anrufen. Wegen Gina brech ich mir doch nicht das Genick.«

»Ich kann niemanden erreichen«, sagte ich. »Kein Empfang.«

Christian zog sich den Helm vom Kopf und blickte mich an. Ich rechnete schon fest damit, dass er irgendetwas Verächtliches sagen und im Haus verschwinden würde.

»Zum Steinbruch kommt man nicht mehr mit 'nem Auto seit dem Erdrutsch im letzten Frühjahr«, sagte er zu meiner Überraschung. »Der einzige Weg ist tatsächlich der vom Panorama-Weg aus. Bist du sicher, dass Gina dort hingeritten ist?«

»Ziemlich. Aber natürlich nicht hundertprozentig«, erwiderte ich.

»Egal. Lass es uns versuchen«, sagte mein Bruder nach kurzem Überlegen und Ariane stieß einen seltsam verzweifelten Laut aus.

»Du bist ja genauso beknackt wie deine Schwester«, sagte sie und rollte mit den Augen.

»Wir waren auch so beknackt und sind über einen See gerudert, um dich zu befreien«, erinnerte Christian sie. »Bleib du hier auf dem Hof und versuch, irgendwen zu erreichen. Ruf auch bei der Polizei an. Elena und ich reiten zum alten Steinbruch.«

24. Kapitel

Wir brachten Twix ins Haus, zogen uns Thermohosen an, die wir im Winter immer über der Reithose trugen, wenn wir ins Gelände gingen. Außerdem nahmen wir Handschuhe, Schals und zwei Taschenlampen mit. Oma war noch immer dabei, die Gaststätte aufzuräumen und bemerkte nicht, dass wir in den Stall gingen. Wir schreckten Hilda und Gray Jac aus ihrer Nachtruhe, führten sie in die Putzhalle und sattelten die beiden Pferde. Ich streifte ihnen die Kandaren über ihre Stallhalfter und wickelte die Enden der Führstricke um die Sattelknaufe. Hinter Hildas Sattel schnallte ich Satteltaschen, in denen ich zwei Fleecedecken, den kleinen Erste-Hilfe-Koffer und ein Taschenmesser verstaute. Christian nahm noch ein Nylonseil und ein paar Haken mit. Die ganze Zeit zeterte Ariane herum und zählte alle Gefahren auf, die im Wald auf uns lauerten.

»Halt jetzt einfach die Klappe«, sagte mein Bruder ungehalten. »Und mach den Telefondienst. Mit etwas Glück stoßen wir auf eine der Suchmannschaften, dann können wir umkehren.«

Wir führten die Pferde nach draußen, saßen auf und schlugen den Weg ein, der zwischen den Reitplätzen zum Wald führte. Der Schnee knirschte unter den Hufen der

Pferde und es schneite so heftig, dass man kaum die Hand vor Augen sah. Christian ritt auf Gray Jac vorneweg, ich folgte ihm. Zwischen den Bäumen lag nur wenig Schnee und wir kamen gut voran. Immer wieder hielten wir kurz an und lauschten, aber von den Männern der Suchmannschaften war nichts zu sehen oder zu hören. Im Winter war der Wald viel stiller als im Sommer, Stimmen hörte man schon auf viele Hundert Meter, doch es war absolut totenstill.

»Sie suchen im Moor«, sagte ich. »Weil das der direkte Weg nach Hettenbach ist.«

»Hm«, machte Christian nur und ritt weiter.

Eine Eule flog dicht über unsere Köpfe hinweg. Der Schneefall wurde stärker, unter den Hufen unserer Pferde knackte hin und wieder ein Zweig. Das Sattelzeug knarrte, manchmal schnaubte eines der Pferde oder schüttelte den Kopf, wenn es der Schnee an den Ohren kitzelte. Eine ganze Weile ritten wir schweigend hintereinander her.

»Wolltet ihr nicht auf eine Party gehen, Tim und du?«, erkundigte ich mich schließlich.

Christian antwortete nicht gleich und ich glaubte schon, er würde nichts mehr sagen, aber dann lenkte er Gray Jac neben Hilda.

»Das haben wir nur so gesagt«, gab er zu, ohne mich anzusehen. »Eigentlich wollte ich bis nach Weihnachten bei Tim bleiben, aber plötzlich hatte ich keinen Bock mehr. Ich fand's ziemlich ätzend von Tim, dass er heute Abend mit Ariane rumgemacht hat, nur damit du eifersüchtig wirst.«

Er verstummte wieder, aber ich hütete mich davor, etwas dazu zu sagen. Christian mochte Ariane, das wusste ich. Ich erinnerte mich daran, wie er sie beschützt hatte, als Gina auf sie losgegangen war. Es musste ihm ziemlich gestunken haben, Tim und sie zu beobachten.

»Er labert mir seit Tagen die Ohren voll wegen dir und lästert in einer Tour über Farid ab«, fuhr er dann fort. »Dauernd fragt er mich, wie er es wohl anstellen könnte, damit er wieder mit dir zusammenkommt und so. Vielleicht hab ich auch deshalb so mies über Farid gesprochen.« Mein Bruder warf mir einen raschen Seitenblick zu. »Ich hab zuerst geglaubt, ihm würde es um dich gehen, aber dann hat er vorhin etwas gesagt, und da ist mir klar geworden, dass du und ich ihm im Prinzip egal sind. Er will einfach nur bei Papa gut dastehen, weil er unsere Pferde auf Turnieren reiten will, und er hat gemerkt, dass er ohne dich auf lange Sicht wohl schlechte Karten hat. Bei Sophia Schröder konnte er nicht landen, deshalb wollte er zu dir zurück.«

Christians Worte versetzten mir einen winzigen Stich der Enttäuschung. *Du fehlst mir! Ich liebe dich.* Das hatte Tim zu mir gesagt und ich hatte es ihm beinahe geglaubt! War das wirklich nur eiskalte Berechnung gewesen?

»Wenn er echt mein Kumpel wäre«, redete Christian weiter und seine Stimme klang bitter, »dann hätte er mich wenigstens gefragt, ob ich mit ihm und Niklas nach Amerika kommen wollte. Aber er hat nicht mal einen Gedanken daran verschwendet. Er will mit Niklas befreundet sein, weil der gute Pferde hat und seine Alten Kohle haben, das hat er vorhin zugegeben. Niklas würde bald aufhören mit dem Reiten, hat er gesagt, und dann könnte er vielleicht seine Pferde reiten.« Christian schnaubte und schüttelte den Kopf. »Er ist eben doch ein echter Jungblut.«

Ganz plötzlich hielt er sein Pferd an und Hilda stoppte auch.

»Es war scheiße, was ich gestern gemacht habe«, sagte er rau. »Eigentlich bin ich total stolz darauf, dass du so gut reitest. Und ich finde Farid ziemlich cool.«

Ich blickte meinen Bruder sprachlos an. Nie hätte ich solche Worte von ihm erwartet: Das war ja fast eine Entschuldigung!

»Ich bin wohl eher der, der keine Freunde hat.« Er sah mich zerknirscht an. »Tut mir echt leid, Elena.«

»Schon okay«, antwortete ich. »Ich hab schon fast vergessen, was du gesagt hast. Und diese Glaslampe war eh voll hässlich.«

Da musste Christian grinsen. »Frieden?«, fragte er.

»Klar«, erwiderte ich und ergriff seine ausgestreckte Hand. »Reden wir nicht mehr drüber, okay?«

»Okay.« Mein Bruder sah erleichtert aus.

Wir ritten weiter und erreichten die Abzweigung zum Panorama-Weg, doch bevor wir nach links abbogen, checkten wir beide noch einmal unsere Handys. Keiner von uns hatte Empfang. Ob Ariane jemanden erreicht oder die Polizei informiert hatte?

In der Kiefernschonung lag der Schnee so hoch, dass man den Pfad zwischen den niedrigen Bäumchen nicht mehr sehen konnte. Wir mussten höllisch aufpassen, nicht vom Weg abzukommen, denn irgendwo rechts von uns lag die Abbruchkante des Steinbruchs, an der es dreißig Meter steil hinunterging.

Ohne den Schutz der Bäume trieb uns der eisige Wind den Schnee ins Gesicht. Ich zog meinen Schal bis über meine Nase, aber meine Augen tränten innerhalb von Sekunden so sehr, dass ich kaum noch etwas sehen konnte.

»Du musst dich mehr links halten!«, rief ich Christian

zu, aber der Wind riss mir die Worte von den Lippen. Hilda kämpfte sich mit angelegten Ohren durch die tückischen Schneeverwehungen und ich beugte mich im Sattel nach vorne, suchte nach Hufspuren von Ginas Pony, aber es war nichts zu sehen. War sie überhaupt hier entlanggeritten? Ich begann daran zu zweifeln. Womöglich hatte sie doch den Weg durchs Moor genommen und war längst auf dem Sonnenhof angekommen.

»Christian!«, schrie ich. »Mehr nach links!«

Endlich hörte mein Bruder mich. Er hielt an und ließ mich vorbeireiten, denn ich kannte die Strecke besser als er. Der Panorama-Weg war mir noch nie so endlos lang erschienen wie jetzt. Bei schönem Wetter konnte man von hier aus in der Ferne die Lichter von Hettenbach im Tal sehen, doch in diesem Schneegestöber reichte die Sicht keine zehn Meter weit. Trotzdem starrte ich angestrengt nach rechts in die Dunkelheit, damit wir den Trampelpfad nicht verpassten, der den Hang hinab zu der Stelle führte, an dem Gina unsere Pferde erschreckt hatte. Auf einmal blieb Hilda stehen. Sie riss den Kopf hoch und wieherte. Ein schrilles Wiehern war die Antwort und mir fuhr der Schreck in die Glieder, als sich zwischen den mickrigen Kiefern etwas bewegte und auf uns zukam. Hilda wieherte noch einmal, dann erkannte ich Flöckchen, Ginas Pony, das froh zu sein schien, andere Pferde zu sehen.

Ich war nicht weniger froh, denn es bedeutete, dass wir auf der richtigen Fährte waren. Ich ließ mich aus dem Sattel gleiten und ergriff Flöckchens schleifenden Zügel. Auch Christian war abgesessen.

»Entweder ist ihr das Pony abgehauen oder sie ist gestürzt«, vermutete er. »Lass uns nach ihr rufen, vielleicht ist sie ganz in der Nähe.«

Mit vereinten Kräften riefen wir Ginas Namen und lauschten immer wieder auf eine Antwort, aber da war nichts außer dem Heulen des Windes.

»Halte du die Pferde fest. Ich gehe mal an die Abbruchkante«, sagte Christian.

»Sei bloß vorsichtig«, warnte ich meinen Bruder, aber da war er schon in der Dunkelheit verschwunden. Minuten verstrichen, bis Christian endlich wieder auftauchte.

»Nichts«, sagte er kopfschüttelnd. »Wir müssen hinunterreiten.«

Es war gar nicht so einfach, den Pfad zu finden, aber schließlich rutschten die Pferde, fast auf der Hinterhand sitzend, den Abhang hinab. Wahrscheinlich hätten wir die Lücke in der Dornenhecke, durch die es in den Steinbruch ging, niemals gefunden, wenn wir nicht auf einmal einen Lichtschein bemerkt hätten.

»Riechst du das?«, fragte Christian mich. »Ich glaub, da brennt es!«

»Da ist das Loch!«, rief ich und lenkte Hilda scharf nach rechts. Die Pferde zwängten sich durch das Gestrüpp, Dornenranken rissen an meiner Jacke und den Hosenbeinen. Ein Stück weit vor uns erhellte roter Widerschein die dunkle Nacht.

»Die Hütte brennt!«, stellte ich besorgt fest. Wir ritten um ein paar schneebedeckte Hügel herum und sahen das Feuer direkt vor uns. Gelbe Flammen schlugen aus dem Dach, das plötzlich mit einem Funkenregen in sich zusammenbrach. Unsere Pferde schnaubten erschrocken und wollten zurückweichen.

»Gina!«, schrien wir. »Gina, wo bist du?«

»Hilfe!«, hörten wir auf einmal eine dünne verzweifelte Stimme. »Hilfe! Ich bin hier drin!«

»Oh shit!«, stieß Christian hervor. »Sie ist in der verdammten Hütte!«

Wir sprangen beide von den Pferden, Christian warf mir die Zügel zu und rannte los. Ich blickte mich suchend um und fand einen kahlen Baumstamm, an dem ich Hilda und Gray Jac festbinden konnte. Dann holte ich die Decken, das Messer und den Erste-Hilfe-Koffer aus den Satteltaschen und folgte meinem Bruder. Christian zog seinen Schal über Mund und Nase und riss die Tür auf. Ich sah seine Silhouette vor den Flammen und bekam plötzlich Angst. Was, wenn jetzt die ganze Hütte in sich zusammenfiel und meinen Bruder unter sich begrub? Sekunden vergingen, sie schienen wie Minuten. Ich spürte die Hitze des Feuers, der Qualm raubte mir fast den Atem. Doch dann tauchte Christian wieder auf, mit Gina in den Armen. Er taumelte auf mich zu, sackte in die Knie und legte Gina vorsichtig in den Schnee. Beide husteten und rangen nach Luft, Gina schluchzte wie von Sinnen.

»Ich glaub, ihr Bein ist gebrochen«, krächzte mein Bruder.

»Ich wollte nicht, dass es brennt«, flüsterte Gina. »Mir war nur so kalt und ich wollte ein Feuer anmachen.« Tränen flossen über ihr rußgeschwärztes Gesicht. »Und dann wollte … wollte ich das löschen, aber … aber plötzlich waren überall Flammen!«

»Ein Balken ist auf ihr Bein gefallen und hatte sie eingeklemmt«, erklärte Christian.

Gina hustete und weinte und plötzlich verlor sie das

Bewusstsein. Ich rüttelte an ihrer Schulter, rief ihren Namen und tätschelte ihre Wange, aber sie reagierte nicht.

»Was machen wir jetzt?« Ich sah meinen Bruder panisch an.

»Wir müssen ihr Bein schienen und sie hier wegbringen«, sagte Christian. »Hol die Taschenlampe. Ich suche etwas, womit man den Bruch fixieren kann.«

Ich rannte zurück zu den Pferden, kramte mit zitternden Händen die Taschenlampen und das Seil heraus. Christian hatte zwei Äste gefunden. Mit den Zähnen zog er sich die Handschuhe aus und schnitt die Äste mit dem Taschenmesser auf die passende Länge. Ich reichte ihm die Verbandspäckchen und hielt die Taschenlampe, damit er genug Licht hatte, um zu sehen, was er tat. Immer wieder beugte ich mich über Gina und überprüfte, ob sie noch atmete. Endlich kam sie wieder zu sich.

»Aua«, wimmerte sie. »Das tut so weh und mir ist kalt.«

»Wir bringen dich nach Hause«, sagte Christian. »Du musst jetzt die Zähne zusammenbeißen, okay?«

Gina blickte ihn aus großen Augen an und nickte stumm. Sie zitterte am ganzen Körper.

»Wie wollen wir sie transportieren?«, fragte ich ratlos. In Westernfilmen hängten sie Verletzte einfach über einen Sattel und banden sie fest, aber das konnten wir mit Gina wohl kaum tun. Christian runzelte die Stirn.

»Du steigst auf, ich hebe sie hinter dich und dann binden wir sie an dir fest«, bestimmte er. Das war einfacher gesagt als getan, denn Gina verlor zwischendurch das Bewusstsein und hing wie ein nasser Sack da. Wir waren beide schweißgebadet, als Gina, in beide Decken gewickelt und mit dem Nylonseil an mich gebunden, auf Hildas Kruppe saß. Christian schnappte sich das Pony, kletterte in Gray Jacs Sattel und wir ritten los. Es hatte aufgehört zu schneien, Gina klammerte sich an mir fest und wimmerte leise vor sich hin.

Christian hob plötzlich den Kopf.

»Da kommt ein Hubschrauber!«

Tatsächlich! Von Hettenbach aus näherte sich ein Helikopter, der Suchscheinwerfer tastete über die verschneiten Felder. Offenbar hatte Ariane die Polizei informieren können!

Wir hoben die Arme und winkten. Mir wurde vor Erleichterung ganz schwindelig, als uns der grelle Lichtstrahl des Scheinwerfers erfasste.

»Reitet zum Gewerbegebiet hinüber!«, übertönte eine Stimme aus einem Lautsprecher das Knattern der Rotorblätter.

Christian signalisierte mit einem Winken, dass wir verstanden hatten, und der Hubschrauber drehte ab. In der Ferne sahen wir die Lichter des Ortes, Blaulichter blinkten.

»Wir haben es wirklich geschafft«, sagte mein Bruder und seine Stimme klang etwas erstaunt. Dann grinste er. »Wir sind echt ein gutes Team, Schwesterchen.«

»Das sind wir, Bruderherz«, entgegnete ich und grinste auch. »Und nur das zählt!«

25. Kapitel

Auf dem Sonnenhof erwarteten uns Notarzt, Polizei und Feuerwehr. Unsere Eltern waren da, Richard und Linda Jungblut und auch Tim. Ginas Mutter weinte vor Freude und stürzte auf uns zu.

»Ihr Bein ist gebrochen«, warnte ich Linda. »Fassen Sie sie lieber nicht an.«

Ich parierte Hilda durch und die Stute stand in dem ganzen Trubel gelassen da, bis zwei Feuerwehrmänner endlich das Seil aufgeknotet hatten, mit dem Christian Gina an mir festgebunden hatte. Vorsichtig wurde die Kleine vom Pferd gehoben, auf eine Trage gelegt und zum Rettungswagen gebracht. Nun ließ auch ich mich aus dem Sattel gleiten und musste mich einen Moment am Sattelhorn festhalten, sonst wären meine Beine unter mir weggeknickt. Wie immer, wenn ich etwas Abenteuerliches erlebte, kam der Schreck erst später. Christian legte den Arm um meine Schulter und drückte mich an sich, dann kamen Papa und Mama auf uns zu. Aber bevor sie etwas sagen konnten, drängte Linda Jungblut sich an ihnen vorbei. Und zum ersten Mal, seit ich sie kannte, sah sie mich direkt an und ergriff meine Hände.

»Danke, Elena. Danke«, flüsterte sie. Ihre Augen waren geschwollen vom Weinen. »Ariane hat mir erzählt, dass du darauf bestanden hast, in den Wald zu reiten und Gina zu suchen. Du hättest wirklich allen Grund gehabt, das nicht zu tun, nach dem, was Gina dir alles an den Kopf geworfen hat.«

Sie umarmte erst mich, dann Christian, der so etwas eigentlich überhaupt nicht leiden konnte.

»Purer Leichtsinn, was ihr da gemacht habt«, knurrte der Einsatzleiter der Polizei, aber in seiner Stimme lag Anerkennung. »Wenigstens hatte eure Freundin genug Grips, in der Notrufzentrale anzurufen. Aber zweifellos habt ihr dem Mädchen das Leben gerettet. Mit unseren Einsatzfahrzeugen wären wir bei dem Wetter nicht bis in den Steinbruch gekommen.«

»Mein Bruder hat Gina gerettet«, wandte ich ein. »Er hat sie aus der brennenden Hütte geholt. Sie war unter einem Balken eingeklemmt. Ohne Christian wäre sie wohl verbrannt.«

»Aber du hattest den richtigen Riecher«, sagte Christian bescheiden. »Ich wäre niemals draufgekommen, Gina im alten Steinbruch zu suchen.«

Ein orangefarbener Helikopter landete auf dem Reitplatz hinter der Reithalle des Sonnenhofs.

»Gina wird in eine Spezialklinik für Brandverletzungen nach Mannheim gebracht«, wusste Papa, der noch einmal mit Linda gesprochen hatte. »Sie hat ziemlich schwere Verbrennungen an den Beinen und den Händen.«

Ich schauderte bei dem Gedanken daran, wie knapp Gina dem Tod entronnen war. Wäre Christian nur fünf Minuten später in die Hütte gegangen, hätte er sie wohl nicht mehr retten können.

Richard Jungblut, den der Schreck wohl ernüchtert hatte,

stand ziemlich verloren im Hof herum, aber Linda beachtete ihren Mann gar nicht. Sie kletterte zu ihrer Tochter in den Krankenwagen, der sie zum Rettungshubschrauber brachte, und in dem Augenblick bog Lajos in den Hof ein. An seinem Geländewagen hing ein Pferdehänger und auf dem Beifahrersitz saß Ariane.

»Kommt, Kinder«, sagte Papa müde. »Lasst uns die Pferde verladen. Es war ein langer Tag.« Er blickte Christian und mich an. »Ich bin stolz auf euch beide. Nicht nur deshalb, weil ihr das Kind gerettet habt. Sondern auch, weil ihr euch wieder vertragen habt.«

»Ich kann mich gar nicht daran erinnern, dass wir uns irgendwann mal gestritten haben.« Christian sah mich mit gespielter Überraschung an. »Du, Elena?«

»Nein.« Ich tat so, als müsste ich angestrengt nachdenken, und schüttelte den Kopf. »Ich weiß nicht, wovon du sprichst.«

Papa schmunzelte. »Na, dann lasst uns mal nach Hause fahren. Für heute haben wir wirklich genug Abenteuer gehabt.«

Ariane lief auf uns zu.

»Ihr seid ja echt nicht mehr ganz dicht«, sagte sie, aber dann ging sie an mir vorbei und fiel meinem Bruder um den Hals. »Ich hab mir voll die Sorgen um dich gemacht! Das hätte total schiefgehen …«

Bevor sie weitersprechen konnte, nahm Christian sie in die Arme und küsste sie.

»Na endlich«, murmelte ich. »Ich dachte schon, das passiert in diesem Leben nie mehr.«

Lajos und Papa verluden die Pferde. Mein Blick fiel auf Tim, der neben seinem Vater auf dem Rand eines Blumenkübels saß. Richard Jungblut verbarg sein Gesicht in den Händen und Tim hatte ihm tröstend seinen Arm um die Schultern gelegt.

»Ach, ich habe gar nicht an das Pony gedacht.« Lajos runzelte die Stirn, nachdem Hilda und Gray Jac verladen waren. »Was machen wir denn jetzt?«

»Flöckchen kann hierbleiben.« Tim stand auf und kam zu uns.

»Willst du mit nach Steinau fahren?«, fragte Papa, aber Tim schüttelte den Kopf.

»Nein, ich bleibe bei meinem Vater«, antwortete er. »Ich kann ihn jetzt nicht im Stich lassen. Trotz allem, was er getan hat, ist er mein Vater. Vielleicht gibt es ja noch eine Chance für unsere Familie.«

Papa klopfte Tim anerkennend auf die Schulter und wir wandten uns zum Gehen.

»Elena«, sagte Tim leise, und ich blieb stehen. »Das war wirklich wahnsinnig mutig von dir und Christian. Danke.«

»Keine Ursache. Ich hoffe, Gina wird wieder ganz gesund.«

»Das hoffe ich auch.« Tim steckte die Hände in die Hosentaschen und biss sich verlegen auf die Unterlippe. Wir standen uns gegenüber, blickten uns an. »Die Zeit mir dir war die beste meines Lebens, Elena. Ich hab alles kaputt gemacht. Dieses Talent hab ich offenbar von meinem Vater geerbt.« Er lachte kurz auf, aber es war kein fröhliches Lachen. »Vielleicht können wir ja trotzdem Freunde bleiben.«

»An mir soll's nicht liegen«, erwiderte ich und betrachtete Tims Mienenspiel. Er war der erste Junge, den ich geliebt hatte. Und auch wenn die Zeit mit ihm oft nicht leicht und manchmal sehr schmerzhaft gewesen war, so würde ich sie niemals vergessen.

»Tim?«, sagte Richard Jungblut hinter uns. »Kommst du?«

»Ja, Papa. Bin gleich da«, erwiderte Tim, ohne den Blick von mir abzuwenden. »Mach's gut, Elena. Frohe Weihnachten für dich.«

»Dir auch frohe Weihnachten.«

Ein Hauch von Wehmut schlich sich in mein Herz, als ich Tim nachblickte, wie er mit seinem Vater über den Hof hinüber zum Haus ging. Mit ihm ging die Vergangenheit. Ich dachte an Farid, der in drei Tagen wieder da sein würde, und plötzlich verspürte ich ein aufgeregtes Kribbeln in meinem Innern.

Farid hatte mir geholfen, meine Angst zu überwinden. Aber mein größter Sieg war der über meine Selbstzweifel gewesen. Ein wichtiger Abschnitt meines Lebens war unwiderruflich vorbei, aber eine andere, neue und aufregende Zeit hatte bereits begonnen.

Nele Neuhaus

Elena – Ein Leben für Pferde
Eine falsche Fährte

320 Seiten · Gebunden
ISBN 978 3 522 50557 4

Bei einem Ausritt retten Elena und ihre beste Freundin Melike ein verletztes Reh. Vom Förster erfahren sie, dass es in letzter Zeit mehrere Übergriffe auf Wildtiere gegeben hat. Elena ist schockiert: Ist es ein Wolf, der in den Wäldern rings um den Amselhof sein Unwesen treibt? Ist Junior, das neugeborene Fohlen, in Gefahr? Zum Glück sind Farid und ihre Freunde an ihrer Seite – gemeinsam kommen sie einem gefährlichen Geheimnis auf die Spur.

LESEPROBE ZUM 6. BAND DER Elena-REIHE

1. Kapitel

Das neue Jahr hatte so begonnen, wie das alte zu Ende gegangen war, nämlich mit eisiger Kälte. Selbst tagsüber kletterte das Thermometer nur selten über minus fünf Grad, und ich konnte mir kaum vorstellen, dass es jemals wieder warm und sonnig sein würde. An dem Abend, als das mit Tims Schwester passiert war, waren die ersten Schneeflocken gefallen, und dann hatte es eine ganze Woche lang so heftig geschneit, als ob es nie wieder aufhören wollte. Zwei Tage vor Silvester war eine Kaltfront aus dem Osten über das Land gekommen und hatte alles zu Eis erstarren lassen.

Als ich mit Lenzi am Zügel vorsichtig den schmalen Weg zur großen Reithalle entlangging, den Heinrich mit dem kleinen Bagger in die gefrorenen Schneeberge gefräst und mit Schotter gestreut hatte, dachte ich sehnsüchtig an die Oaktree-Farm von Brenda Murray in Massachusetts, auf der meine beste Freundin Melike und ich im letzten Jahr die Sommerferien verbracht hatten. Dort waren nicht nur die Reithallen beheizt, sondern es gab sogar Fußbodenheizung unter den Wegen zwischen den Stallungen, damit die wertvollen Turnierpferde bei Eis und Schnee nicht ausrutschten und sich verletzten.

»Von so was können wir hier nur träumen«, brummte ich und öffnete das Tor, das in den Vorraum der Reithalle führte. Twix, mein braun-weiß gefleckter Jack Russell Terrier, schlüpfte flink hindurch und lief geradewegs zu der Tür, durch die man auf die große Tribüne an der langen Seite gelangte. Auf einem Sitz in der fünften Reihe lag extra für ihn ein kuscheliges Schaffell, auf dem er es sich gemütlich machen konnte, wenn er mir beim Reiten zusah, und das tat er immer. Seitdem ich ihn im letzten Sommer sechs Wochen allein gelassen hatte, folgte er mir auf Schritt und Tritt und wahrscheinlich würde er mich sogar in die Schule begleiten, wenn er könnte.

»Tür frei, bitte!«, rief ich.

»Ist frei!«, erwiderte Papa im Vorbeigaloppieren. Er war ganz alleine mit Cotopaxi in der großen Halle. Unser Bereiter Jens war mit seiner Freundin Gloria, die auf dem Amselhof Western-Unterricht gab, noch bis zum 5. Januar, also übermorgen, im Urlaub, deshalb half ich mit den Pferden. Ohne Jens' Hilfe war für Papa das Pensum, jeden Tag fünfzehn Pferde zu reiten, allein kaum zu bewältigen. Dazu kamen Glorias Westernpferde, die ebenfalls bewegt werden mussten. Nach einer langen und anstrengenden Saison hatten unsere Turnierpferde zwar momentan ihre wohlverdiente Winterpause, aber trotzdem sollten sie bis zum ersten Turnier Mitte Februar nicht komplett außer Form geraten, deshalb kamen alle mindestens zwei Mal am Tag raus: eine Stunde in die Freilauf-Führmaschine, außerdem noch lockere Bewegung unterm Sattel.

Zitiert werden Liedzeilen aus: *Bad Blood* von Taylor Swift, 2014

Neuhaus, Nele:
Elena – Ein Leben für Pferde
Ihr größter Sieg
ISBN 978 3 522 50575 8

Umschlaggestaltung: Johannes Wiebel | punchdesign, München
unter Verwendung von Motiven von Shutterstock.com
(shutterstock_210501397/Carlos Amarillo; shutterstock_116368246/
Maxim Khytra; shutterstock_459738313/Alex Bros)
Vor- und Nachsatz: Tamara Lang
Innentypografie: Kadja Gericke
Reproduktion: Medienfabrik GmbH, Stuttgart
Druck und Bindung: GGP Media GmbH, Pößneck

FSC www.fsc.org
MIX
Papier aus verantwortungsvollen Quellen
FSC® C014496

5. Auflage 2018

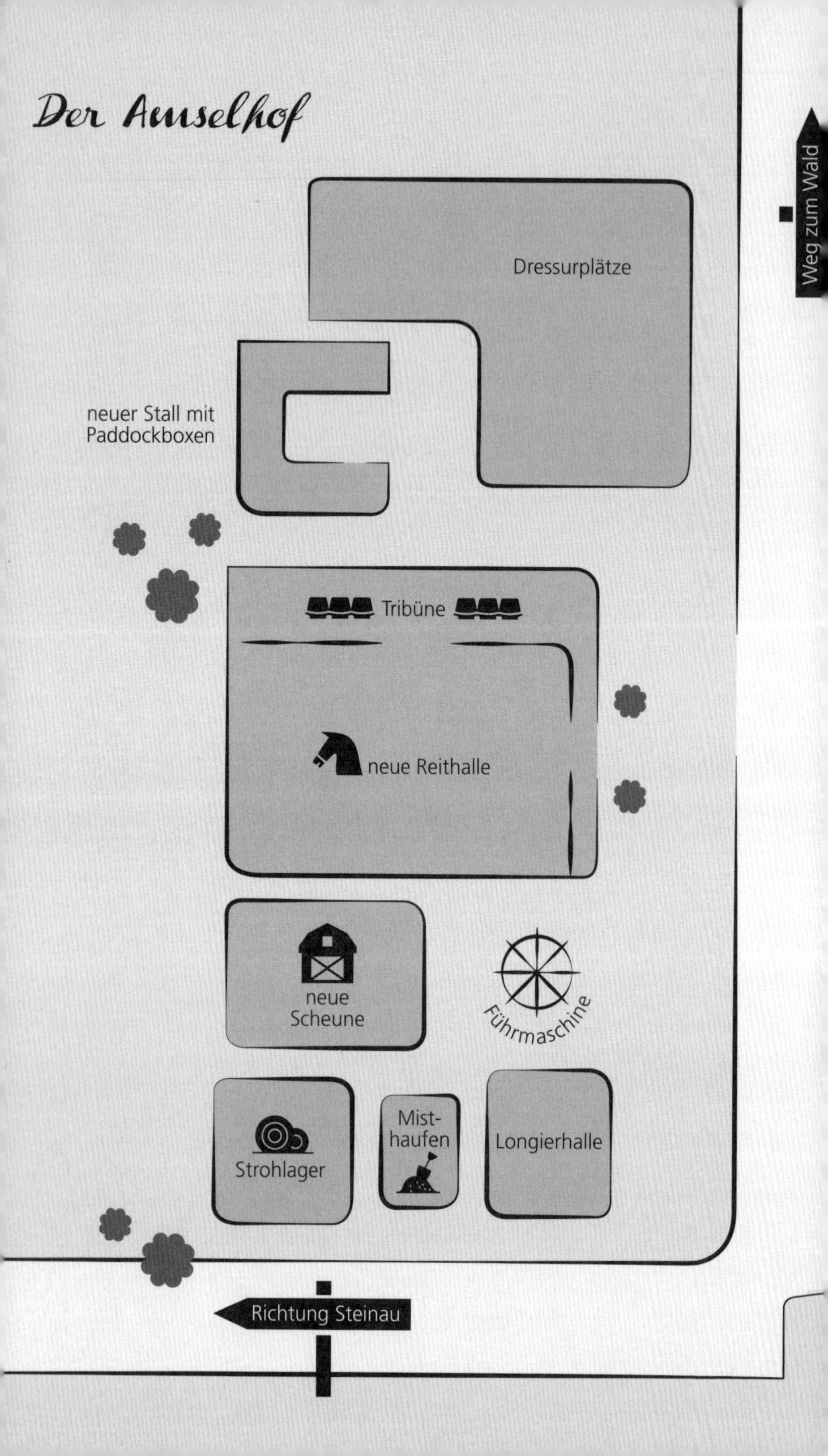
Der Amselhof
Weg zum Wald
Dressurplätze
neuer Stall mit
Paddockboxen
Tribüne
neue Reithalle
neue
Scheune
Führmaschine
Mist-
haufen
Strohlager
Longierhalle
Richtung Steinau